粉墨春秋

經典新版

高陽 著

中

目錄

中冊

1 迴風小舞

司徒雷登願作調人。

其時爲日本新聞界稱之爲「和平運動參謀總長」的周佛海，對「組府」正起勁之時，在上海招兵買馬，許下了好些「部長」、「次長」，而且連「新政府」的預算都編好了。但是有兩個問題不能解決，以致於哪一天才能粉墨登場，卻是個未知數。

一個問題是青天白日旗上的飄帶。汪精衛堅持要取消，而日本軍部特地召集華中、華南、華北三個派遣軍的參謀長，在東京開會研究，一致表示：青天白日旗上掛飄帶，作爲「汪政府」的「國旗」，已是最大的讓步；如果連這條飄帶也要取消，變成敵我不分，不但在實際作戰上有妨礙，最嚴重的是會影響軍心，萬一發生譁變情事，勿謂言之不預。

提出這樣的警告，日本軍部自然堅持原議；汪精衛也知道事實上有困難，只能拖著再說。

再有一個問題是今井從香港回日本以後才發生的。原來關於「汪政府」的國際地位問題，周佛海曾經與日本外務省的代表加藤談過，「汪政府」自稱爲「還都」，並非成立「新政權」，所以無所謂「承認」問題。周佛海只要求日本派遣「大使」向汪精衛呈遞「國書」。

加藤的答覆是，日本派特使不派大使，不遞國書。周佛海表示，倘或如此，組成「新中央政府」毫無意義，談得一場無結果而散。

當然，讓步的必是騎虎難下的一方，周佛海跟汪精衛商量，用與日本當局同時發表宣言的方式，作爲日本對汪精衛「組府」支持的表示。這個方式是影佐禎昭所同意，而且認爲很合理的；但到東京去了一趟，他的態度改變了。

「貴方發表宣言，日本方面不便阻止；但日本不發表宣言響應，不表同意，亦不否認，採取默認態度。」影佐接下來將與今井商量好的解釋說了出來：「因爲公然承認，則日本右派及帝國主義者，必然反對，不能不事先顧慮。」

周佛海愕然，「汪先生的宣言，日本固不否認；可是，」他問：「日本的議員或者記者提出詢問；日本政府如果稍爲表示：這是中國片面的希望。那一來，汪先生宣言的效力，豈不是完全打消了？」談來談去談不攏，只好約定第二天一起去見了汪精衛再作道理。

到得第二天一早，影佐忽又不速而至；一見面便問：「汪先生跟燕京大學校長司徒雷登，是否熟悉？」

司徒雷登是美國人，他的父親是早期來華的傳教士；所以司徒雷登出生在中國。周佛海認識此人，並不相熟；如今聽影佐這一問，料知有話，考慮了一會，還是據實相答。

「他到上海來了；要由香港轉重慶。我昨天跟他見面。」影佐緊接著說：「他對全面和平倒也很熱心。」

一提到這一點，周佛海心情有些矛盾，全面和平固然是內心的希望；但一談到全面和平，對於「組府」便橫生好些障礙；日本軍部不肯發表宣言響應，亦就是爲了留下跟國民政府的和談之路。如今橫刺裡又殺出來一個司徒雷登，眼前的情勢，恐怕要弄得很複雜了。

心裡是這麼想，表面上當然表現得頗爲興奮的樣子。「喔，」他問：「他怎麼說？」

「他說，他在北平跟王克敏談過，希望王克敏出任蔣委員長及汪先生中間的調人。」

這就有點匪夷所思了！周佛海心想，司徒雷登在華多年，何以政治行情，一無所知？王克敏具何資格，能任此調人？

「不過，我們從另一方面接到的電報，與此不同。」

「所謂另一方面，是哪一方面？」

「華北方面軍總司令岡村寧次大將。」影佐停了一下說：「據說，司徒雷登本人想出任重慶與東京間的調人，託王克敏向岡村大將探詢意向。」

這兩種情況，大不相同；王克敏雖沒有資格擔任重慶與東京的調人，但司徒雷登有美國的背景，甚至可能是華府白宮或國務院的授意，擔任重慶與東京的調人，不但夠資格，而且是非常值得重視的一件事。

「那末，」周佛海問：「岡村大將作何表示？」

「岡村大將覺得這件事不應該由他答覆；所以打了電報給西尾大將，請求指示。」

西尾就是中國派遣軍總司令西尾壽造；周佛海心想，此事即使是西尾，亦未便貿然作決定性的答覆，便即問說：「西尾大將當然要跟東京聯絡？」

「是的。一方面跟東京聯絡；一方面要我來聯絡，西尾大將想知道汪先生跟周先生的意向。」

聽得這話，周佛海大感興奮；因爲西尾壽造沒有拋開汪精衛，證明日本軍人還是講交情的。否則，重慶與東京，通過司徒雷登直接聯絡，汪精衛成了局外人，不僅沒有發言的餘地，而且連內幕都無從獲知，那時的地位，豈不尷尬？

「周先生，」影佐最後才道明眞正來意：「司徒雷登提出要求，希望通過我們的關係，請你跟他見一次面；談談汪先生跟你對全面和平的意見。」

這一下，周佛海不由得躊躇了。原來他的根本目的是：「組府」第一；談和其次。以爲有了「政權」在手裡，就是有了一筆政治資本。但「組府」之事，從「高陶事件」以後，各方的空氣不佳；全虧得周佛海在那裡極力拉攏。如果傳出消息去，說他與司徒雷登有所接觸，大家都會想到：必與中日談和有關；既然要停戰談和了，「汪政府」當然不會再出現。見機而作，避得遠些；否則「新貴」做不成，落個準備「落水」做漢奸的名聲，太犯不著。這一來，不就等於垓下的楚歌，一夕之間，楚軍瓦解！其事不可不愼。

但是，儘管影佐一直是支持他的；卻由於他也一直跟影佐表示，只要有全面和平的機會，個人的得失算不了甚麼。如今機會來了，倒說退縮不前，豈非言不由衷，平白讓人把他看得矮了半截？

因此，他決定採取拖延策略，「要見面，就要談得很具體；不然不如不見。」他說：「容我先跟汪先生談了，再給你答覆。」

事實上他沒有去見汪精衛；而是跟他的智囊之一，岑春煊的兒子岑德廣去商量。岑德廣毫不遲疑地說：「這機會當然不容錯過。不管談些甚麼，你總要跟他會一面。」

周佛海想了一下說：「問題是，我去看他，他來看我，都不方便。消息一洩漏出去，恐怕畫虎不成反類犬。」

岑德廣當然瞭解他的言外之意，「那也容易！」他說：「你跟中間人約定時間、地點，到時候我派車去接，在我這裡見面。即或消息洩漏，只說不期而遇就是。」

「不錯，不錯！人生何處不相逢？」周佛海認為這樣做不露痕跡，同意照辦。

「公博快回來了吧？」岑德廣又問。

陳公博早又回香港了，他對「組府」本不感興趣，從高陶事件以後，態度益發消極，此時岑德廣問到，周佛海嘆口氣說：「汪夫人預備親自去勸駕，來不來未可知！」

「有公博在這裡就好了；你跟公博一起跟司徒雷登見面，可以表示和平的願望是一致的；以後報告汪先生，有公博在場也比較好說話。」岑德廣接著問道：「你是不是先要跟汪先生談一談？」

「你看呢？」

「我覺得事後告訴他比較好。」

周佛海考慮了一下，點點頭說：「有甚麼事，只有我先挺下來再說。」

* * *

見面的日子，定在二月十二日；到了約定的時間，岑德廣派了一輛車，將司徒雷登及他的秘書傅涇波，接到了愚園路岐山村的住宅，周佛海已經等在那裡了。

經過短短的一番寒暄，司徒雷登用一口可以亂眞的杭州話說道：「我等於一個中國人。」就這一句開場白，周佛海與岑德廣對這個高大的美國朋友，立即有了一種很微妙的親切感，不約而同地深深點頭，表示領會到他的立場。

「蔣委員長勵精圖治，這幾年來國內無論物質上的建設，精神上的培養都令人刮目相看。不幸地爆發了七七事變，基本上也就是日本看到中國的進步，內心不安之故。」

周佛海接口說道：「我要說明，日本看到中國進步，內心不安，誠然有之；不過那是日本軍閥的心境，而且也只是一部分日本軍閥，像松井石根、杉山元之流。」

「是的！因此，中日之間的和平，在日本方面出現了機會；現在是中國方面的問題。將近兩年的作戰中，已證明了中國的軍事力量，尙不足與日本相敵。如果此時求得合理的和平，給英明的蔣委員長幾年生聚教訓的時間，仍舊可以跟日本一決雌雄。」司徒雷登緊接著以鄭重的神色說道：「這完全是我把我當作一個中國人所說的話。」

「我完全能夠理解。」周佛海說：「事實上，我們內心中也是這樣想法。」

「你所說的『我們』，想必包括汪先生在內。對於汪先生倡導和平，我極表贊成；不過傳聞汪先生將另組『政權』，如果所傳是實，那是中國的另一大不幸。」

「喔，」周佛海以極沉著的態度說道：「請司徒博士作個簡單分析。」

「很顯然地，在對外作戰時，內部和戰的步驟不能一致，已是一個弱點；如果造成分裂，更非國家之福。」

「司徒博士的看法，就一般而言是不錯的。不過，一時分裂的現象，也許反可以發生加速復合的力量。」

「分裂之後再復合，裂痕總歸存在的。」司徒雷登不願在這個問題引起爭執，話鋒很快地一轉，「我這次到重慶，會謁見蔣委員長；很願意將汪先生方面的眞意轉達蔣先生，謀求一個共濟之道。今天想跟周先生見面，就是爲了想瞭解汪先生方面的意見。」

「司徒博士的熱誠，我們感激而且佩服。不過，以蔣先生目前的處境，已無法與日本交涉和平；目前進行組織『政府』，最大的目的是取得一個立場，以便利進行交涉。如果我們的『政府』在組成以前，重慶跟東京的和談，已經在進行；那麼成立新『政府』這一層，自可從緩。倘如重慶與東京能夠達成停戰的協定，則新『政府』雖已成立，亦可隨時取消。」

這樣徹底的表示，司徒雷登爲之動容；便進一步問道：「照周先生的說法，不知道汪先生是不是同意？」

「我們可以完全代表汪先生，保證履行我剛才所說的一切，請司徒博士代爲向蔣先生表明：我們所做的事，純在求取全面和平，決不會成爲重慶與東京和談的障礙。」

岑德廣所提出的，如果和談實現，希望美國居間保證。周佛海不贊成他的這種主張，因爲不論如何，中國人與中國人之間的事，邀請另一國居間保證，無異自請他國來干預內政；不過司徒雷登已經很爽快地作了承諾，也就不必再提任何異議了。

「周先生，」司徒雷登又說：「我大概在月底才會從上海動身；如果汪先生還有甚麼意見要我帶到重慶，我是樂於效勞的。」

周佛海知道他的言外之意，對於他剛才所說的，可以代表汪精衛保證「新政府」將不會成爲和談障礙的聲明，希望進一步獲得本人的確認；因而毫不遲疑地答說：「在司徒博士啓程以前，不妨再敘一敘；我可以把汪先生在這方面的意見，詳細奉告。」

2

悔不當初

陳公博、周佛海悔殺當年參加發起組織中國共產黨。

談話到此，可說是到了圓滿結束的時候；但司徒雷登興猶未央，而傅涇波卻又提出一個深具意義，也令人深感興趣的問題。

「我們研究過汪先生和周先生倡導和平的動機之一，是爲了反共；華北日軍司令多田駿曾經表示，希望蔣委員長改變容共抗日的政策；而據說『新政府』使用的青天白日旗上面，有『和平、反共、建國』的字樣，說明了中日和平與反共有密不可分的關係。但是，大家都知道，周先生與陳公博先生都是中國共產黨的催生者；由發起共產黨到堅決反對共產黨，是甚麼力量來推動了這個一百八十度的轉變？」

「理論！」周佛海平靜而簡潔地答了這兩個字；「不過公博是就經濟方面看透了馬克思

主義根本不通；我是從鹿兒島七高畢業以後，升學京都帝大，聽了河上肇博士的課，又徹底研究了他的著作，從政治方面看透了馬克思主義在當前的中國，根本不能實行。」

「周先生參加共產黨，是在七高時代？」

「是的。那是在一九二一年夏天；在上海舉行『中國共產黨第一次全國代表大會』。出席代表十三人；代表上海、北平、長沙、廣州、武昌、濟南這六個地區的五十七名黨員。」

「只有五十七個人？」

「是的。像廣州，公博跟譚平山叔侄一共三個人，就成立了廣州共產黨。那次廣州的代表就是公博；我跟毛澤東是長沙的代表。但是所謂『南陳北李』都沒有參加：因爲——。」

因爲「北李」李大釗主持北大圖書館，暑假正是整頓內部的時候，他身爲館長，不容他請假南下；「南陳」陳獨秀則方爲陳炯明聘爲廣東省教育委員會委員長，亦以同樣的理由，無法分身。因此，這一次「大會」的主席，就由曾經去過俄國的張國濤擔任。

「據公博後來告訴我，他之脫離共產黨，就起意於對張國濤的不滿；公博一向喜歡觀人於微，當時張國濤的處置，我倒並不以爲不當，而公博看出來了，事情是這樣：最初決定，開會爲了安全問題，應該逐日更換地點，但一連四天，都在法租界貝勒路，上海代表李漢俊家開會。公博便問張國濤何以與原議不符？你們知道張國濤怎麼說？」

張國濤說，李漢俊是有問題的，他的主張不是列寧的理論，而是克倫斯基的理論；他是黃色的，不是赤色的。原來俄國一九一七年發生的「二月革命」，是軍隊不奉政府彈壓罷工工人的命令；國會亦起而反對政府；俄皇下令解散國會，而國會置之不理，成立了臨時政府，由克倫斯基擔任主席。不過，臨時政府雖由專制改為共和，但實權操在資產階級手中，所以當時認為「二月革命」乃是「資產階級民主革命」；以後在作為俄共黨史的「簡明教程」中，更一再強調，臨時政府是「資產階級專政」；這與列寧的「無產階級專政」的理論，自然水火不容。

然則這一連四天在李漢俊家開會，又有甚麼關係呢？張國濤說，因為李漢俊的立場有問題，所以在他家開「大會」似乎已引起他的恐慌；「他越是恐慌，我們越要在他家開會！」張國濤這樣很得意地對陳公博說；臉上的神色，彷彿是虐待狂者獲得滿足時的反應。

陳公博卻大起反感，認為既屬「同志」，應該相見以誠，相待以義；張國濤這樣做法，不僅故意與李漢俊為難，甚至連「同志」的安全都不顧，共產黨開第一次「代表大會」，便有這種同舟敵國的現象，使得陳公博內心的滿腔熱情，頓時降到零度。

再有件事，氣得陳公博幾乎要退席。有一件提案是：禁止共產黨員參加政治，連教員都不許當。也許張國濤是希望逼著共產黨員去當「無產階級」的「工農」；以為參加政治就是做官，與組織的要求不符，但何至於連從事教育都不許？豈非荒謬絕倫！

儘管陳公博全力反對，但在張國燾堅持之下，居然照案通過。可是到了第二天晚上再開會時，張國燾自動提出取消前一天的決議；陳公博自然要提出質問。張國燾的答覆是：俄國代表的意見。

原來那時「第三國際」有兩個代表派在中國，一個叫吳庭斯基，一個叫馬林；組織中國共產黨，即出於吳庭斯基的策動，在這次「全代會」中，儼然君臨的姿態，陳公博本就有些看不慣；現在聽張國燾恬不知恥地表明，一兩個俄國人竟可推翻「大會」通過的議案，自然氣憤難平；疾言厲色地說：「這樣子不必開甚麼會，只由俄國人發命令算了！」當場衝突，不歡而散。

到得最後一天，終於出麻煩了。他們開會總是在晚上，這天人還沒有到齊，正在閒談時，李家的僕人上樓報告，說有一個面生可疑的人在問他：你們經理在家不在家？一聽這話，深具秘密工作經驗的吳庭斯基和馬林，立刻主張解散。於是張國燾領頭，紛紛下樓，開了前門逃散；上海的「弄堂房子」習慣由後門出入，所以前門反變成比較安全的「太平門」了。

陳公博本來心惡張國燾不顧「同志」危險，專跟李漢俊為難；及至急難來時，先就逃得快，那就不但心惡，而且心鄙了。此時他一方面覺得有跟李漢俊共患難的必要；一方面也想瞭解張國濤何以對李漢俊的惡感如此之深，所以留下來不走，跟李漢俊談談。

李漢俊開了一罐長城牌香煙，一人抽了一支，談不到三五句話，三個法國「三道頭」帶著四個「包打聽」上樓來了。「不准動！」有個包打聽大喝一聲。

李漢俊想盡主人之禮，坐在那裡探手去取煙罐，準備敬客，那知手剛一伸，又嚇一大跳！

「叫你不准動，就不准動！」聲音愈來愈粗暴了。不許動，不許說話，甚至不許喝茶——怕茶中預置了毒藥；不過煙罐就在陳公博面前，他取煙抽，卻未被禁；一支接一支，等搜索了一個多鐘頭，又問了李漢俊許多時候的話，恰好四十八支煙抽完，就輪到陳公博受訊了。

陳公博不懂法語，「包打聽」翻譯著說：「總辦大人問你是不是日本人？」

陳公博大爲詫異，便用英語問「總辦」：「你能不能說英語？」

「行！」總辦用英語問：「你是不是日本人？」

「我是百分之百的中國人，我不懂你爲甚麼懷疑我是日本人？」

「現在我更加懷疑了。」

「爲甚麼?」

「你似乎不懂他說的中國話。」

「哪有這回事?」陳公博轉臉用廣東味道的「京腔」向包打聽說:「他說我不懂你的話;請你告訴他,我懂不懂。」

等包打聽爲他證明以後,總辦問道:「你這次由甚麼地方來?」

「我是由廣東來的。」

「來幹甚麼?」

「我是廣東法專的教授,暑假到上海來看朋友。」

「看哪些朋友?」

這一問太容易回答了,陳公博手一指說:「喏,這位李先生就是。」

「你住在甚麼地方?」

陳公博想說住在永安公司的大東酒樓;話到口邊,驀地裡想起,說了實話,可能會去搜查;不獨他的妻子李麗莊會受驚,而且旅館中還有許多社會主義的書籍,這一搜出來,後果如何,難以逆料。於是他改口說道:「我就住在這裡。」

「你睡哪裡?」一個曾將李家搜查遍了的包打聽說:「樓上主人兩夫妻一間房;樓下是

傭人房，哪裡還有第三間房？」

他一開口陳公博就想到了：再加上那一段解釋，更讓他有從容思考的機會，所以等他說完，不慌不忙地答說：「天氣太熱，就在這客廳裡打地鋪，也很舒服。」

那包打聽對他的答覆很滿意；用法語向總辦報告以後，訊問便告一段落了。

接下來是他向李漢俊滔滔不絕地說了一大篇；只見李漢俊連連點頭，事後告訴陳公博，那法國人教訓了他一頓，說知道他們是知識份子，大概想有某種政治企圖；但中國教育不普及，甚麼都談不到，任意妄為無非引起混亂而已。今天因為沒有抓到證據，只好算了；希望他們以後不要再作這種集會。

「證據是有的。」李漢俊從抽屜裡取出來一張紙，「他們在搜抽屜，我的心已經跳到喉頭了。居然這樣重要而就在跟前的東西，會交臂而失，實在不可思議！」

陳公博不用看就知道了，是陳獨秀所草擬，自廣州寄來的《中國共產黨組織大綱》；上面已改得一塌糊塗，不容易看得清楚，也許就因為如此，才會令人疏忽。

風浪已過，陳公博便又要求主人供煙；也喝了好些茶，方始告辭出門。那知一出弄堂，便發現有人跟蹤，陳公博快他也快；陳公博慢他也慢。這一下就不能回大東旅館了；陳公博漫無目的的走了一陣，盤算好了一條脫身之計；喊一輛「黃包車」，關照拉到八仙橋大世界。

到得大世界，車一停下，轉身之際，自然而然地看到了「釘梢」的人。這一回成竹在胸，毫不慌張，逛遊藝場，在「共和廳」聽了「女校書」，最後來到露天電影場。

大世界夏天的露天電影場，共有兩處，一處在地面；一處在屋頂，陳公博是先到地面那一處，坐在後面看了三四分鐘，趁銀幕上出現夜景，光線特暗時，離座而去，直奔屋頂露天電影場，繞了一圈，從另一邊下樓，疾步出門，跳上一輛車，很快地回到了旅館；一進門便說：「麗莊，麗莊，快把箱子打開。」

打開箱子，撿取有關的文件，燒乾淨了，將灰燼丟了在痰盂裡，陳公博方向妻子細談這晚遇險的經過。

「那天，」談到這裡，周佛海補敘他自己的經歷，「我因爲吃壞了肚子，大吐大瀉；睡在貝勒路博文女中樓上的地板上，到得十二點多鐘醒來，發見毛澤東在門外探頭探腦，我問他爲甚麼不進來？他說：他看看有沒有陌生人。接著，將這晚上發生的事，都告訴了我。當然，公博的臨危不苟，是事後聽別人說的。那天晚上，公博眞倒楣，驚魂初定，又接觸到了一件命案；就在他大東旅館間壁的屋子——。」

那間屋子裡，寄宿的是一對情侶，由於婚事受阻，相約殉情；男的是洋行職員，偷了洋「大班」的一把手槍，打算先結果了女的性命，再飲彈自殺。到得後半夜，在大風雨中，陳公博聽得一聲槍響，起床開門一看，走廊上空宕宕地甚麼人都沒有；夫婦倆都猜不透是怎麼回事？陳公博還以爲是夢魘。

及至天明起床，才知道出了命案，女的死在床上，男的卻從從容容地走了。臨走以前，寫了一封長信，自道忽然覺得殉情是件卑怯的事，還是要在這個世界上奮鬥下去。而且還吃了一碗麵，方始離去。

這一下，陳公博又緊張了，因爲巡捕房查緝命案，他是緊鄰，也許會被傳去問話；節外生枝，暴露了他的秘密身分，可能又是一場災難。因此，夫婦倆商量了一下，決定到杭州去躲兩天再說。

就在這一天，周佛海這些人到了位居上海與杭州之中的嘉興。原來周佛海聽到了毛澤東的敘說以後，覺得「大會」功虧一簣，未免可惜，認爲應該另外找個安全的地方，將最後一天的大會開完。同時想到上海代表李達的妻子，也是正跟周佛海在熱戀中的楊淑慧的同學，是嘉興人，不如託她安排。

李達住在法租界環龍路漁陽里，替陳獨秀看家；找到了一商量，決定連夜通知「同志」第二天到嘉興開會。李達的妻子打前站，雇好了鴛鴦湖中一條大畫舫；船到湖心，天公不知作美，還是痛哭，竟是滂沱大雨，雨聲眞如李義山詩中所形容的「錦瑟驚絃破夢頻」，所以儘管船中開會，大聲爭執，隔著白茫茫一片煙雨的鄰近船上，竟一無所聞。

這天會中，通過了「黨綱」和「黨的組織」；接著是選舉，陳獨秀自然膺選爲「委員長」；周佛海由於力疾從公的功勞，被選爲「副委員長」，代理「委員長」。下面「組織」、「宣傳」兩部，由張國濤、李達分別擔任。

會後到上海，周佛海一面搞共產黨；一面談戀愛，在南成都路輔德里租了一間屋子住，也是他跟楊淑慧秘密談情之處。至於「工作」，就不一定了，大世界、新世界、永安公司「屋頂花園」都是；因爲他常需要跟馬林接觸，而會面的地點，總是在這些地方。

跟馬林見面頂重要的一件事是，領取第三國際所發的經費，所以有些人加入共產黨，只是爲了領取津貼，爲生活而「革命」而已。周佛海就多少是這樣的情形。

到了暑假將近結束，陳獨秀由於周佛海的函電交催，在廣州辭了職回到上海，接掌由「委員長」改稱「總書記」的大權。但他與馬林的意見甚深，主要的是馬林以爲你們拿了第三國際的錢，就該聽第三國際使喚，而陳獨秀認爲「朋友幫忙」是一回事，「獨立自主」又是一件事。他說馬林的話說錯了，要他認錯，才肯見面；馬林不肯，以致形如參商，有甚麼事接頭，要由「同志」轉達。

這時莫斯科又派了一個山東人楊明齋到上海，預備創辦「中俄通訊社」，住在陳獨秀家；

陳太太喜歡打牌，楊明齋亦好此道，所以有「同志」去看陳獨秀，常被她拉成麻將搭子，有時「三缺一」亦能成局。周佛海就常打這種三人麻將。

有天下午正打得起勁，留滬未走的漢口「代表」包惠僧去了，他向周佛海說：「我剛剛從輔德路上遇見密斯楊，她到你那裡去了。」

聽這一說，周佛海便將牌讓給包惠僧打，匆匆趕回秘密住處去會楊淑慧。走了半個小時，法捕房大批警探包圍漁陽里，陳獨秀夫婦、楊明齋、包惠僧，還有去訪陳獨秀的邵力子，都被捕了。

陳獨秀有過在北方政府被捕的經驗，所以態度很沉著，不承認他就是陳獨秀；巡捕房也相信了，因為在想像中，作為一個「政黨領袖」必定氣概軒昂；而陳獨秀其貌不揚，還帶些土氣，「望之不似人君」，所以沒有進一步查證。

不過，他們的主要目標就是陳獨秀，「元兇在逃」，當然要繼續緝捕，所以命令守在陳家的包打聽，不論甚麼人上門，一律收禁。在這段期間，僥倖漏網的周佛海，陪著楊淑慧到法國公園去散步，經過漁陽里，楊淑慧要去看陳太太，周佛海不贊成，因而又僥倖逃過一關。但接踵之間，有個人自投羅網，遭了無妄之災。

這個人叫褚輔成，字慧僧，杭州人，在浙江政局中是重要人物；去訪陳獨秀時，為包打聽逮捕，送到巡捕房，主辦的翻譯，恰好也是杭州人，急忙離座相迎，問他：「慧老，你怎麼也在那裡？」

「我是去看陳獨秀。」

「慧老，你認不認識他？」

「當然認識。」褚輔成沒好氣地答說：「不認識，我去看他幹甚麼？」

「好，好！我帶你去看他。」

帶到別室，陳獨秀一看褚輔成的臉色，急忙打手勢想通款曲，褚輔成已經大聲在問了。

「仲甫，這是怎麼回事？」

這一下，身分拆穿；守在陳家的包打聽，奉到不再逮捕任何人的命令。恰好此時，周佛海又來了——他是順道去看馬林；為馬林帶來一封致陳獨秀的「哀的美敦書」，上面寫的是：「如果你是眞正共產黨員，一定要聽第三國際的命令。」由於措詞嚴重，所以周佛海連楊淑慧都顧不得陪，急急趕來下書。

到得漁陽里一看，陳家的後門關著，周佛海不由得奇怪；上海的「弄堂房子」，進後門就是廚房，時值黃昏，作炊之時，天氣又那樣熱，所以除非全家出外，後門是沒有一家不敞開的。陳家訪客甚多，在白晝，後門從無關閉之時，唯獨此刻例外，是何緣故？

一面這樣想，一面已動手去敲門；門開處出現一個彪形大漢，用山東話問道：「你找誰？」

「我找陳先生。」

「不在家！」砰然一聲，後門又關上了。

周佛海越發奇怪；一路走到家，都想不出是怎麼回事？不久，有個叫陳望道的「同志」，神色倉皇地來告警；周佛海才知道陳獨秀等人被捕，暗叫一聲「好險！」匆匆焚毀了重要文件，找個小旅館住下；一面自己避禍，一面還要設法營救陳獨秀。

就在這時候，馬林來找周佛海，說要召開一個「遠東弱小民族會議」，對抗「華盛頓會議」——美國總統哈定所發起，受邀參加的共有中、英、法、意、日、荷、葡、比八國；會議的主旨在解決存在於太平洋及遠東地區的，足以造成糾紛的各種問題。

而第三國際認爲這是宰割弱小民族的會議，所以在伊爾庫茨克召開「遠東弱小民族會議」，希望中國能夠派出工人、農民、商人和青年的代表六十人至七十人，到俄國去出席。

這是個極大的難題，周佛海只有親自去奔走，坐了長江輪船到湖南、湖北繞了一個大圈子，拉了二十幾個不滿現狀，性情偏激的青年到上海交差；接著便回到了鹿兒島「七高」。

七高畢業，升入京都帝大，周佛海的原意是，日本馬克思列寧主義權威河上肇在帝大執教，想從他進一步精研馬克思的學說。結果，周佛海從河上肇那裡得到的，是堅強的反共產的意志。

「在產業不發達的中國，在勞資階級的對立沒有尖銳化和深刻化的中國，在無產階級沒有發達成熟的中國，在內受封建軍閥統制，外受帝國主義者侵略的中國，絕對不能行共產主義的社會革命！」周佛海不自覺地激昂了；話一句比一句重。

「那末，」傅涇波問道：「照周先生的看法，產業發達以後的中國，就可以實行共產主義的社會革命囉！」

「是又不然！」周佛海微笑著，恢復了平靜，從容的神態，「這方面公博比我研究得透澈，我把他的看法介紹給你。」

原來陳公博從上海開會回去以後，對共產主義雖未失望；而對共產黨人卻深爲厭惡，最後陳獨秀做了一件很莫名其妙的事，惹得陳公博致書絕交，同時聲明：「自今以後，獨立行動；絕不受『黨』的束縛。」

事情之起是，陳獨秀以書生搞「黨」、搞政治，不免有投機主義的色彩；當民國十一年春天，中山先生由桂林回師，轉道廣東北伐時，陳炯明下野退居惠州；而陳獨秀卻又翩然而至了。

陳獨秀來廣州的目的是，要轉道惠州去看陳炯明。陳公博以爲他故人情重，當陳炯明失意時，不遠千里去慰問，是件極可稱道的事；所以他雖不大欣賞陳炯明的作風，卻並不反對陳獨秀此行。

那知陳獨秀提出要求，希望陳公博能陪他走一趟；陳公博一口拒絕，他說：「你已經有陳炯明的秘書黃居素作伴，何必又拉上我？我從沒有見過陳炯明；黃居素幾次要給我介紹，我抱定宗旨，教書、辦報，不見大人先生，你又何必強人所難？」

陳獨秀答說：「我跟黃居素不太熟，旅途不免寂寞；有你在一起，有說有笑，才有旅行之樂可言。」

陳公博覺得他的話也有道理，便以不見陳炯明爲條件，相陪同行；他又拉了一個朋友，也是陳獨秀相熟的陳秋霖作伴。一行四人循廣九鐵路往石龍，換輪船到惠州，黃居素陪著陳獨秀去看陳炯明；陳公博與陳秋霖買了四五斤正上市的「增城掛綠」、帶了兩瓶酒去逛「小西湖」，劇談縱飲，在小艇上睡了一覺；黃昏歸去，陳獨秀和黃居素也回來了，即晚下船，踏上歸程。

「陳炯明不像下野的樣子。」陳獨秀在船上對陳公博說：「屋子裡排滿了軍用地圖；桌上好幾架軍用電話，我看，廣東恐不免有事。」

陳公博報以沉默，陳獨秀也就不再說下去了。到得他回上海的前一天，特為約請陳公博密談；談的仍是陳炯明。

「廣東不久恐怕有變故，我們應知有所適從。」陳獨秀說：「論道理應當聯孫；論力量應當聯陳，你有甚麼意見？」

陳公博看他這趟來，行蹤詭秘，所以聽他這一問，不免存著戒心，不知他是眞的在徵詢，還是在試探？

考慮了一下，陳公博決定表示內心的看法，「我們暫時不談道理和力量，」他說：「中山先生到底是中國第一人；陳炯明再了不起，也不過廣東第一人。何去何從，仲甫先生，你自然知道抉擇。」

陳獨秀默然；好一會才說了句：「我們再看罷！」

等他回上海不久，他的話不幸而言中了——六月十六陳炯明終於叛變，炮轟觀音山總統府，並通電要求孫中山先生下野。中山先生夤夜脫險，抵達海珠海軍司令部；司令溫樹德陪著中山先生登楚豫艦，召集各艦長商決應變之策；第二天親率七條軍艦，回泊白鵝潭，炮擊陳軍。當雙方炮火正烈之際，陳獨秀派了一個本名張春木、改名張太雷的留俄「同志」到廣州，專門為陳公博送來了一封信。

這封信是陳獨秀的親筆，說是希望陳公博馬上離開廣東到上海；因爲上海盛傳，陳公博有助陳炯明叛亂的嫌疑。

這一看，陳公博暴跳如雷，問張太雷說：「是根據甚麼證據，說我幫助陳炯明？」

「上海許多國民黨員都這樣說；而且香港的報紙也登載過。」

「『許多國民黨員』是甚麼人呢？倒指出來給我聽聽。至於『香港報紙』，我知道是《晨報》；那段消息，我也見過，附陳的頭一名是古應芬，其實古應芬跟陳炯明的關係雖密切，也做過他的政務廳長，但古是爲廣東全局，更是爲了擁護孫先生；孫先生北伐，陳炯明不肯接濟軍餉器械，古力勸不從，這是他辭職到上海的主要原因之一。炮轟觀音山之後，他南下香港，後來又到江門組織大本營討陳。你想，第一名古應芬就不是附陳叛變的人，何況排到第六，還不如第七名的我呢。」

「這些情形，外界是不會瞭解的——。」

「可是，」內心越來越激動的陳公博，搶著說道：「陳仲甫應該知道：我沒有做過陳炯明的官，沒有拿過陳炯明的錢，而且也沒有見過陳炯明；上次陳仲甫來，要我陪他到惠州，我就以不見陳炯明爲條件；惠州回來，如果不是我的勸告，他也許已經跟陳炯明站在一起了。你倒問他，他想聯陳不聯孫，問到我時，我是怎麼說的。」

「這些情形請你立刻離開廣州，到了上海，當面解釋，都清楚了。」

「我不需要解釋。廣州我是要離開的，但不是『立刻』，我已經決定到美國去讀書，護照要簽證——。」

「公博，」張大雷急急打斷他的話說：「要留學何不去莫斯科；到美國幹甚麼？」

陳公博不答他的話，只說：「我附陳不附陳？陳仲甫知道；剛去了上海的譚平山也知道，何以他們兩個人知而不言，讓許多不瞭解我的人誤會我！要朋友幹甚麼？不就是在這種時候發生作用嗎？他們兩個人不但夠不上朋友，連做人都有問題。」

「公博，你不要激動，朋友之間，難免有誤會。至於留學，我知道你對經濟方面興趣濃厚，學經濟就不能不深研馬克思理論，我勸你到俄國留學；我來替你安排。」

「多謝你的好意。」陳公博一口拒絕，「我只想託你一件事，替我帶封信給陳仲甫。」

陳公博的那封信，長達一千餘言，八行信箋寫了二十多張；質問陳獨秀記不記得問過他是聯孫還是聯陳；記不記得他的答覆。後面附帶大罵譚平山說：「我們做了朋友和同事多少年，連我的性格和主張都不清楚，我在廣東的行動都是公開的，你應該完全瞭解；對於上海那種無稽之談，何以默無一言？人之相知，貴相知心，你這種賣友的行徑，做個普通朋友都不配，遑論共同奮鬥？我現在聲明：從此脫離共產黨了！」

他不但信如此表示，而且正式通知廣州的共產黨黨部，聲明即日起不再負責。廣州的共產黨大爲震動，連夜召集會議；陳公博出席報告了經過。有些人很激動，主張廣州共產黨全體獨立；陳公博因爲深深感到一個有學問道德的人，像陳獨秀那樣，加入了共產黨，就會變得不顧信義，不講廉恥，所以下定決心，不但脫離共產黨，而且不跟共產黨人交往；他們獨立不獨立，與己無干，所以根本不贊一詞。散會以後，只專心一志去辦出國的手續。

陳公博是在民國十二年春天，由日本到紐約的，隨即進哥倫比亞大學的文學院。

他本來是專攻哲學的；進修卻改研究經濟，而研究經濟的目的，實在是研究政治。因爲陳公博在研究倫理學及各國政治史以後，有了一個確信不疑的結論：除了責任沒有道德；除了經濟沒有政治。

研究經濟當然要研究馬克思主義。陳公博在道經芝加哥時，定購了馬克思的全部著作，包括他與恩格斯合著的書在內。經過三年的鑽研，馬克思的主張，在講責任、講道德的陳公博心目中，幾乎沒有分文價值了。

首先他發現，馬克思所說中產階級消滅的理論，是絕對欠正確的。照馬克思的說法，社會革命有幾個階段，最初是資本主義消滅了封建；然後是資本主義消滅了中產階級；這時社會上就只剩下資產階級與無產階級兩大壁壘，最後是無產階級革命成功。但美國的實際情形及統計數字告訴他，馬克思的《共產黨宣言》出世後，中產階級不但沒有被消滅，反而增加到了人口總數的百分之十二。其他所謂資本主義國家的情形，大致亦是如此。原來馬克思沒有想到，科學技術會飛躍進展；技術工人的工資，超過若干自由職業者的收入，這班工人自然逐漸變成中產階級。馬克思所引為革命群眾基礎的產業工人，有誰願意由中產階級，變成無產階級？

第二個發現的是唯物辯證法的不合邏輯。陳公博是哲學系出身，很容易地將唯物論辯證法的「娘家」找了出來；大家都知道馬克思的辯證法，源於他的老師黑格爾的學說，其實這個辯證法是由希臘形而上學的學者芝諾所發明。

黑格爾的辯證，一切進步都由於矛盾；由矛盾才會產生眞理。因此辯證法有正、反、合三個面；正、反的矛盾，產生眞理便是合；但馬上又有一個反面出現，形成矛盾而產生另一個合。這樣相反相生，永無休止；所以共產黨不斷製造矛盾，不斷展開要鬥爭。但馬克思推斷到了「無產階級專政」，就不再有無產階級的反面；矛盾沒有了，鬥爭也停止了！這不是不合「正、反、合」相反相生，永無休止的邏輯？陳公博終於明白，共產宣言不過是對工人的煽動宣傳，決不是眞理，所謂「科學的社會主義」，本身就是不科學的。

第三個發現的是，馬克思的剩餘價值論，只是片面的、浮淺的觀察。他認為一個工廠的盈餘，都是廠主剝削工人而來的。在一個小小的純以勞力爲主的工廠，這個理論還有點相似；但施之於大企業，則馬克思的理論，完全失去了根據。譬如煙酒專賣，剩餘價值很多；能說所有的盈餘，都是由工人日常工作而來的嗎？當然不是！諸如國家賦予的獨佔權、技術、增加生產、減低成本的企業管理方法、廣告等等，都是產生剩餘價值的因素。豈能一筆抹煞？

不過陳公博亦有困惑，這些道理是極淺近的：何以馬克思會看不透，發出如此論調？及至深入研究，方始恍然；馬克思流亡在英國寫《資本論》時，正當產業革命初期，確有這些剩餘價值的現象，以致他據爲定論。《資本論》就算有價值，也是一時的；純經濟的學識，不管是亞當斯密的《原富》，或者馬爾薩斯的《人口論》，不會四海皆準，古今不變。陳公博認爲適合中國國情的富強之道，只有民生主義。

「我與公博同感；不研究共產主義，不知民生主義之可愛。」周佛海說：「我在京都研究了河上肇博士的著作以後，對共產黨的一切，就漸漸疏遠了。在黃埔軍校成立後，我應戴季陶先生電邀，回到廣州，參加國民革命。當時第三國際的代表是鮑羅廷，我跟他大辯論過幾次；我告訴他——。」

周佛海告訴鮑羅廷說：共產黨的任務是社會革命；國民黨的任務是國民革命，中國所需要的是後者，不是前者。因爲中國現在要以整個民眾的力量，打倒封建軍閥；要以整個民族的力量抵抗帝國主義的侵略。中國在當前並不需要農民對地主，與無產階級對資本階級的鬥爭。那樣會將力量抵消，適足以予敵以可乘之機，使得外患內憂更加嚴重。共產黨如果眞想跟國民黨合作，應該放棄階級鬥爭的工作，全力來參加國民革命。

鮑羅廷自然不會同意這一看法。在經過幾次激辯後，周佛海發覺第三國際仍是以蘇俄爲本位；完全沒有顧到中國人的願望。因此，周佛海正式提出退出共產黨的通知。

周恩來得知這個消息，深夜去敲周家的大門，將周佛海從夢中喚醒，苦苦相勸。此人深諳妾妻之道，有一項取攜方便，用之不竭的秘密武器，就是眼淚；一個大男人如果因爲自己受了委屈，或喪失了甚麼利益而掉眼淚是沒出息；但如果爲了對方或者共同的利益而涕泗滂沱，就格外顯得眞情感人。可是，這項秘密武器，施之於勸周佛海不要退出共產黨，卻毫無用處；儘管他聲淚俱下地磨到天亮，依舊悵然而去。

「我自問對國民黨是有貢獻的，不過我也必須坦白地說，這一份貢獻並不能抵消我在組織中國共產黨上造的孽。」周佛海又說：「最教我耿耿不安的是，煽動了許多純潔青年，把他們送到西伯利亞去開會；其中有三十多人，後來到了莫斯科，進東方大學中國班，經過瞿秋白的翻譯，學習馬克思理論；雖然也有迷途知返的，但大多數在以後成了中共最堅強、最有力的幹部，像在『白區』工作的劉少奇就是。想不到那年我不過花了一個月不到的工夫，在長沙、武昌、安慶、蕪湖、南京跑了一圈；會留下這麼深的禍根。我很慚愧地公開這一段經過，是表示我的懺悔，我對不住國家，尤其對不住我的家鄉湖南。老實說，今天我追隨汪先生從事和平運動，主要的一個目的，是在反共。希望司徒博士到了重慶，爲我解釋我的心境。」

對於周佛海的悲苦激昂的神情，司徒雷登留下很深刻的印象。當即接受了他的要求；同時定下了下一次晤面的日期：二月二十四日。

汪精衛的話很漂亮，只要有利於全面和平，他怎麼樣都可以。周佛海向司徒雷登重申了十二天以前的承諾以後，也提出了他個人的意見和立場。

「請你在謁見蔣先生的時候說：南京的『中央政府』，勢必組織，但決不爲東京與重慶之間講和的障礙，同時請你勸蔣先生，不要因爲日本遭遇困難而輕敵；也不要根據個人恩怨來決定大計。」

「好！」司徒雷登也很鄭重地回答：「我一定把你的話帶到。」

「請問周先生，」傅徑波問道：「新的『中央政府』大概在甚麼時候成立？」

「下個月。」

「這麼快？」傅涇波訝異地問。

「是的。籌備工作進行得很順利。」

周佛海的兩句回答，語氣簡單有力，聽上去充滿了信心；事實上根本不是這麼回事。「組府」的工作，問題重重，其中日本怕刺激國民政府，關閉了和談之門，不願過於明顯地表示支持，是最基本的癥結。影佐禎昭在國內所受的壓力甚重；他倒是講「道義」的，始終支持汪精衛與周佛海，無奈以他的地位，發言的力量有限，因此，周佛海必須另外尋日本方面的關係，但效用有限。

另一方面，中日直接談判停戰的消息，在上海及香港方面甚囂塵上；以致有好些人原定參加「新中央」的，亦不免遲疑觀望。汪系人物中，比較冷靜的，看出形勢不妙，向周佛海作了警告。

「現在的情形是，前台已經在『打通』了，不知道多少人在等著看這台戲；可是後台的角色還沒有齊，有的來過又走了；有的雖然來了，在那裡抽煙、喝茶閒聊天，不肯扮戲，如果角兒再不出場，觀眾一走散，這台戲根本就唱不成；那時怎麼下台？」

周佛海也明白這個道理，聽了這番警告，越覺得事不可緩。決定走一步，算一步，盡快將開鑼戲先推了出去；在「幹部會議」中提出建議：二月二十日開「中央政治會議」；三月二十六日「還都」。

於是，在三月十八那天，周佛海繼汪精衛之後，坐了漆著「太陽」標幟的軍用機，飛到南京；在明故宮機場降落時，「還都籌備委員會」的「總幹事」羅君強，親自來接；上車進城，直趨首都飯店。那時的南京，正是滿目瘡痍；而周佛海還是劫後初見，因爲自從搞和平運動以來，他一直住在紙醉金迷的上海，從沒有機會來看一看日本軍隊幹的這些好事！

當然，他的心情是沉重的，所以在汽車中，一直沒有開口；到得一處叫西流灣的地方，他突然喊道：「停一停！」

羅君強懂得他的意思，隨即問道：「是要回老屋看一看？」

所謂「老屋」，其實還不到十年；是周佛海在「一二八」以後起造的。房子不大，卻有一個地下室；當時高級住宅有地下室的，眞是絕無僅有，因此當「八一三事變」一起，日本飛機轟炸南京，便有周佛海的許多朋友，到周家來避難，有的是搬了進來住；有的是晨至夕歸；至於臨時來逃警報的，更是不知其數。

其時每天必到的，文的有：梅思平、羅君強、高宗武；武的有：朱紹良、李名揚。武的不談政治、文的則對抗戰前途，多抱悲觀，主張到了相當時機，結束中日事變。當舉國都在要求「抗戰到底」，群情憤激之中，獨有這一批人在地下室裡，壓低聲音談如何「和平」，因此，胡適之戲稱周家是「低調俱樂部」。

如今劫後重歸，周佛海回想當年，主張和平亦不過等於處士橫議，在蔣委員長堅強的領導之下，這根本就是渺茫無據的事。而現在居然實現了；雖然只是「局部和平」，但世事的變幻莫測，也就足以令身歷其境的人，低徊感慨於無窮了。

「桃花如故，流水依然！」羅君強用安慰的語氣說道：「只不過一片竹林沒有了；我計畫替你補植。」

「就算景色仍如當年，但要跟那批老朋友重新在這裡飲酒劇談，就不知道哪年哪月了！」

*　　*　　*

三月十九日，周佛海陪著汪精衛去謁了中山陵；回到首都飯店，發現犬養健在等他，臉色凝重，一望而知有極要緊的話要談。

於是，周佛海另外要了一個房間，將犬養健邀來，閉門叩詢來意。

「今井、臼井兩君，到香港去過了；跟重慶方面的代表，有過好幾次接觸，據說談得很好，大約在二十三、或者二十四，一定有停戰的消息。因此，」犬養健很吃力地說：「派遣軍總司令部方面，希望組織政府的工作，能夠延期。」

一聽這話，周佛海如當頭被潑了一盆冷水，好半晌說不出話來。

「這樣一件大事，你們在進行之前，進行之中，居然一點風聲都不露！這眞不能不令人懷疑日本的誠意。」周佛海又問：「今井、臼井到香港這件事，你知道不知道？」

「知道的。」

周佛海越發不悅：「我們是朝夕見面的人，你居然從來沒有提過！」說罷，微微搖頭，顯示了他的強烈不滿。

「我以爲你早就知道了的。」犬養健這樣辯解，「你在日本跟臼井見過面；而且你不是也派了人在香港活動？應該有情報送回來給你。」

「我跟臼井見面談過對重慶的和平問題，但僅止於談而已；並不知道你們已經採取行動，至於我派人到香港，主要的是想託錢新之、杜月笙向重慶轉達我們只爲和平，不謀權勢的誠意。並不是去做情報，更不是去做日本人的情報。」

「這，」犬養健赧然說道：「倒是我們這方面誤會了。」

徒然指責，一無用處，周佛海自我抑制地將情緒平復下來，方又問道：「派遣軍總司令部方面，希望延期到甚麼時候？」

「延至四月十五。」

「今井他們在香港所接觸的重慶代表是誰？」

「一位舒先生。」犬養健說：「我帶得有他的照片。」

這張照片是日本駐香港總領事，應臼井之請，派人在門縫中所偷攝，人影模糊不清，只能辨出他的身材又矮又胖。

「那位舒先生是——。」

聽犬養健將「舒先生」的來龍去脈說清楚以後，周佛海明白了，「你所說的那位舒先生，我也認識，不過不熟；那人是富家子弟，風度翩翩，決不是照片中人。」他略停一下又說：「就算眞的是他，也算不了甚麼，那舒先生是極不重要的一個人。」

「可是，他能跟頂頂重要的一個人，直接講得上話呀！」

「哪有這回事！」周佛海不由得失笑，「講得上話，也不過談談家常。你們把中國的事情，也看得太簡單了。」

犬養健是爽然若失的神情，楞了好一會，方又問道：「周先生，關於四月十五日的限期，你看如何？」

「如果今井跟臼井，在香港所接頭的人，確實是經過蔣委員長同意而派出來，並且可以負責的，則和平有期，不要說四月十五，根本不組織都可以。但對方既是毫無分量的人，所作的承諾，大可懷疑，因此而延期組府，則和平既不可期，組府又歸於失敗，兩頭落空，大大失策。」

「是的！」犬養健深以爲然，立即作了個提議：「約影佐來談談？」

周佛海亦正想到此人，因爲日、汪之間正式的橋樑是影佐禎昭，談這件事當然要聽取他的意見，或者說要爭取他的支持。於是周佛海一通電話，影佐立即趕到。

影佐也是深知「雙井」的活動，所以長話短說，立即談到了延期的問題。

「明天開中央政治會議，二十六日成立『新政府』；延期到四月十五，只不過二十天的工夫。」犬養健說：「如果反對四月十五之說，似乎要有堅強的理由，才能獲得派遣軍方面的諒解。」

「政治是變幻無常的；最需要當機立斷，片刻都拖延不得，何況二十天？」周佛海說：「如果能拖延二十天，我爲甚麼不讓軍方滿意，而要故意反對？無奈實際的情勢是，大家都已經知道，三月份之內，必定『還都』；到時不能實現，必致崩潰，因爲現在由於直接談和的傳說很熱鬧，預備參加『新政府』的人，很多在觀望之中，經不起風吹草動的。」

「周先生的意思是最遲延到三月三十日？」

「可以這麼說。」

「大佐的意思呢？」犬養健轉臉問說。

「我同意這個限期。」

「如果，二十三、二十四有停戰的消息呢？」犬養健問：「是照常組府，還是再往後延？」

「決不可能有甚麼停戰的消息。」周佛海笑道：「今井和臼井，讓戴雨農在香港的特別代表玩弄於股掌之上，莫非至今不悟？」

「如果說，二十三、四有停戰消息，另當別論。」周佛海又說：「倘使沒有，頂多再等一兩天；在三月底以前，有足夠的時間，來證明今井、臼井的工作，已經失敗。根本就不需要延到四月十五。」

這番話相當透徹，犬養與影佐再無話說；但為了鄭重起見，三個人又一起去見汪精衛，徵得同意，方由犬養去答覆派遣軍總司令部。

第二天開「中央政治會議」，會期三天，第一天決定還都日期，公議定在三月三十日，是黃花崗七二烈士起義的第二天，表示「新政府」仍舊是由國民革命而產生；是一種很巧妙的「號召」手法。第二天通過政綱、及政府組織，交通分為交通、鐵道；實業分為工商、農礦，平空添出兩名「部長」，以便「擺平」各黨各派。

第三天通過各部會人選。散會後「新貴」彈冠相慶；熱中者奔走鑽營，夫子廟紙醉金迷、熱鬧非凡。但周佛海這一天通宵睡夢不寧；因爲下一天就是三月二十三，照犬養說，如果眞的有此震驚天下的大消息，在南京要唱的這齣戲，就不知如何收場了。

*　　*　　*

「怎麼樣，」周佛海在電話中問犬養健，「有消息沒有？」

「跟臼井還沒有聯絡上。」犬養答說：「跟東京方面約定了，晚上九點鐘再聯絡。」

九點未到，犬養有電話來了，說跟臼井已取得聯絡；消息雖還沒有，臼井並未絕望。因爲「舒先生」那方面的答覆，要經過一條迂迴的途徑；在傳遞上，很費時間。

「那麼，到底在甚麼時候灰塵可以落地呢？」

「總得到後天。」

「後天是二十五。好吧，」周佛海說：「我等到後天午夜十二點。」

在以後兩天中，犬養及影佐不斷與派遣軍總司令部及東京方面聯絡，找到臼井，說尚無消息；不過要跟今井見了面，方知究竟。於是他們移轉目標，去找今井；影佐的梅機關在東京有個代表，名叫塚本，奉命四處搜索，直到三月二十五的深夜，方在一家料亭中找到今井，酒已經喝得舌頭都大了。

「大佐，」塚本因爲影佐催問甚急，明知今井已經半醉，亦仍舊要問一問：「關於『桐工作』——。」

「馬鹿！」今井暴聲喝斷：「甚麼『桐工作！』你沒有看見我用酒在澆我胸中的塊壘嗎？」

「桐工作」本來是「和平」工作的試探；希望落一葉而知天下秋，但是，這一片桐葉終於未曾落下來。

3 亦敵亦友

民華公司內幕。

「徐先生！」川本將沉浸在回憶中的徐采丞拉回到現實，他說：「我當時亦是參與『桐工作』的一員；這個工作雖然失敗，目標並不錯誤；錯誤的是方法。和平需要有個廣大的群眾基礎；如果貴國大後方的民眾，都希望和平，我想英明的蔣委員長亦一定會順應民意。」

聽得這話，徐采丞暗暗驚心；原來川本願意作物物交換的買賣，還有軟化大後方抗戰意志的深意在內。轉念又想，如何鼓舞同仇敵愾的情緒，用不著自己來擔心，只將川本的話轉過去就行了；在眼前卻正好抓住他這句話，來說服他。

「大佐，你的見解高人一等。說老實話，中國的百姓，哪個不願意和平？不過他們有顧忌；怕日本軍人兇暴，不講道理。如果能有後方所需要的民生必需品，源源輸送；而且能強烈暗示，這是經過軍方同意的，那麼，我們後方的老百姓，對日本軍人的觀感，自然會改變，這就是你所說的，和平的群眾基礎。」

徐采丞的詮釋，恰好補足了川本話中不足之意；因而使得他大爲興奮，連乾兩杯，放下杯子說道：「徐先生，我們的看法相同，原則不必再談了，談談具體的計畫。你認爲你們後方最缺少的生活必需品是甚麼？」

「藥品、紗布、橡膠之類。」

「橡膠不成問題，馬來亞已經在皇軍控制之下，不過這是戰略物資；而且物資並不在我手中，需要徵得東京方面的同意。藥品、紗布都好想辦法。」川本沉吟了好一會問：「徐先生，這不是小買賣；只是你我兩個人怎麼做法？」

「當然要組織公司。」

「我也這麼想。不過，這個公司要由中國的名流出面，號召力比較強。」

「當然！」徐采丞說：「請你把你心目中的名流，開一張單子給我，我去邀請他們出面。」

「好！資本方面呢？」

「那更好辦。」徐采丞搶著說：「只要你支持，資本很容易籌到。」

「不！」川本笑道：「人是你們的人，資本是你們的資本；我支持了這家公司，於我們這方面，有甚麼好處？」

徐采丞心想，莫非他還要出資本？這件事看起來有利有弊，需要好好考慮。意會到此，聲色不動地答說：「請大佐說下去。」

「你們出人，我們出資本；利益均沾。」

「怎麼叫『利益均霑』呢？」劉小姐插進來說：「是不是賺了錢均分。」

「是啊！」

劉小姐也很精明，立即又問：「這筆盈餘如何計算？」

這一問將川本問住了，「那麼，」他說：「你說呢？」

「我也不知道；我只覺得盈餘很難計算，」她說：「現在物資缺乏，有公定價格，也有黑市。至於戰略物資，交換來以後，只能賣給日本政府，就算日本政府不會想占便宜，但也不會有很好的價錢。」

在劉小姐介入談話的這片刻，徐采丞心裡已轉過好些念頭，心想以民生必需品交換戰略物資，牽涉的因素很多，看起來只有一個做法，就是將這裡的東西運到大後方；而大後方有沒有東西來，要看情形。倘或缺如，只有用拖延之一法；能拖得不了了之，上上大吉。

不過，越是騙局，越要認眞，對方才不會起疑。如今在盈餘問題上斤斤計較，正就是認眞的表示，因此在劉小姐說完以後，他亦立即又作補充。

「還有一點，也不可不顧慮，」他說：「將來可能採取物物交換的辦法，根本就沒有盈餘可言。」

川本點點頭，喝口酒，抽支煙，靜靜地思考了一會說：「交易要公平，計價的標準應該是一樣的，講公價，大家是公價；講黑市，大家是黑市。」

「我看只有講黑市。」徐采丞說：「公價可高可低，與實際情況脫節，將來會起爭執，生意就做不長了。」

「而且，」劉小姐說：「如果不是講黑市，恐怕不會有甚麼盈餘。」

「講黑市，講黑市！」川本完全同意。

「物物交換又如何？」徐采丞問。

「用雙軌制度。」

「何謂雙軌制度？」

「各計各的價。我們運去的東西，照那裡的黑市賣出，我們所需要的東西，在那裡照黑市買進。這不等於物物交換？」

「這很公平。」徐采丞點點頭，表現出很滿意的神情。

「現在我們談資本。」川本問說：「你看要多少？」

「物價在波動了。資本應該照黃金計算；至於多少，要請大佐自己決定。」

「我想應該要一萬兩黃金。」

「那就是一千根條子。這個生意很大了。」

「可是我不能支付黃金，只能付相當於一萬兩黃金的中儲券。」

「這也可以，反正你一撥過來，公司裡立刻買進黃金，以便保值。」

說到這裡，徐采丞突然想起一件事，他這筆資金的來源如何？倘或是公款，必定有帳，川本將來調差，繼任的人，照帳接收；倘是另行籌措，與公家無關，那麼川本一走，便趁此機會可以解散公司，後方要運來的戰略物資，也就不必談了。

因此，他緊接著又問：「大佐，你這筆資金的性質如何？」

「這一點，」川本搖搖頭說：「歉難奉告。」

「是不是公款？」劉小姐問。

「半公半私。」

「怎麼叫半公半私？」劉小姐將一隻手按在川本手背上問。

掌心中傳過去的溫馨，使得川本無法再說「歉難奉告」那四個字。想了一下答道：「我們有一筆基金。這一筆基金，不是公家的，但也不是私人的；私人可以申請動用，但必須是爲了團體共同的目標。」

「你不說還好；越說我越糊塗。」劉小姐嫣然一笑，不再追問了。

徐采丞卻心中雪亮；所謂「團體」是他們少壯軍人的小組織，如發動「九一八事變」的「櫻社」等等。川本所投下的資金，既然是他們小組織的基金，來源是秘密的，屬於歐美黑社會中所說的「黑錢」之類，就算蝕本蝕得精光，也不須負任何責任。

於是他對劉小姐說：「我們不必再問資金的來源，反正只認川本大佐就是了。」

「是的。」劉小姐故意問一句：「公司中的董事，如果都是中國人，你放心把這麼大一筆資金交出來嗎？」

「我相信他。」川本指著徐采丞說。

「多承你信任。不過，大佐，我們商場中的慣例是，主要的出資人如果不能參加實際工作，通常都指派一個會計，控制銀錢出入。我希望你也能派一位你信任得過的會計來。」

川本點點頭，沉思了一會，突然說道：「這不是現成的人嗎？」說著，將一隻手攬在劉小姐肩上。

「我可不懂會計。」

「不懂不要緊。」川本答說：「你再去找你信任得過的專家，不就行了嗎？」

話雖如此，劉小姐卻仍不敢接受；因爲怕川本會提出她辦不到的交換條件。於是笑笑說道：「這樣好的事，我還是第一次遇到；我得要考慮一下。」

「妳以爲我是跟你開玩笑嗎？」川本誤會了，急於表明本心，「我今天就請妳執行你的職務。」劉小姐與徐采丞相顧愕然。由於川本的神態顯得有些嚴重，因而頗爲不安；同時也很困惑，不知道他如何請劉小姐執行職務？

「我現在要回司令部。」川本又說：「晚上七點鐘，我們仍舊在這裡見面。徐先生，請你一定來。」

「好！一定來。」

「你呢？劉小姐，我這個房間，保留在這裡，聽你的便。」

劉小姐點點頭說：「既然聽我的便，你就不必管了。七點鐘我會在這裡。」

於是川本拍了兩下手掌，將「女中」找了來，關照房間保留。徐采丞要想替他付帳，女中深深致謝，只說：「不必費心，不必費心。」

* * *

等川本一走，徐采丞與劉小姐怕隔牆有耳；另外找了一處咖啡館去深談。

「劉小姐，」徐采丞首先致意，「爲了工作，妳受了很大的委曲，也是很大的犧牲，我非常感激，佩服。」

劉小姐苦笑了一笑說：「事情逼到刀口上，只好咬緊牙關了。」

「我佩服妳的就是這一點。」徐采丞說：「不過，妳的犧牲，換來的代價也很大；應該算是安慰。」

「初步看來還不錯，以後不知道怎麼樣？」劉小姐緊接著說：「徐先生，有件事我想跟你商量，川本可能會提一個條件；那個條件，如果我猜得不錯，我是不能接受的。」

「呃，妳說，你猜那個條件是甚麼？」

「要替我弄個房子。」意思是川本要求她同居。徐采丞心想，川本果眞的提這樣一個條件，可以想見他是如何傾心。爲了開展工作，這是求之不得的一個機會，而劉小姐不肯作進一步的犧牲，如之奈何？

他覺得他此刻要考慮的是，尊重劉小姐的意願，還是說服她改變心意。細想了一會，採取了折衷之道，聽其自然。

「劉小姐，我很坦白地說，我不能給你任何意見。其中的利害得失，只有身歷其境的人，才能作最正確的判斷；最有利的抉擇。請你自己決定吧！」

意在言外，一聽便知；劉小姐想了一下說：「等我再考慮。」

「我想，也許是你過慮。」徐釆丞說：「如果他眞的提這個條件，不妨先找個比較好的理由，拖他一拖；到拖不過了，再作決定，也不嫌遲。」

「當然。就是拒絕，我也不會『直言談相』，一點都不講迂迴的技巧的。」

兩人研究了好一會，始終不能猜出，川本是如何讓劉小姐執行她的職務；那就只好耐心等待川本自己來揭破謎底了。到了約定的時間，川本是最後來；一進門在榻榻米上坐定，隨即就打開皮包，取出一疊票據，擺在劉小姐面前。

「這是資金的一部分。妳是會計，所以我交給你；請你算一算總數。」

原來是讓她如此執行職務！徐釆丞心想，川本確有誠意合作，眼前便有了堅強的證明。不過他不明白，交來的資金，有銀行本票，有商號及私人的支票，總計不下二十張之多；錢的來路，何以如此複雜？

看到劉小姐用紙筆在做加法，他又想到，川本爲甚麼不把這些票據送入銀行，自己再打一張支票出來，豈不省事？總不見得他沒有銀行戶頭吧？

轉念到此，有領悟，這些錢是「黑錢」，數目又大，如果存入日本銀行，可能會被他們的政府追究來源。這些黑錢上面，可能還會有淚痕血債。照此看來，「黑吃黑」吃了川本的這筆黑錢，在淪陷區收購了物資，運到大後方，是一點也不用對川本感到抱歉的事。

「算出來了！」劉小姐說：「一共二百四十四萬。」川本點點頭，轉臉問徐采丞：「可以買多少金子？」

「大概六百根條子。」

「這樣說，我已經交了資本總額的百分之六十。」

「是的。」徐采丞說：「目前最急要的是，要爲公司取個名字；好把這筆款子，用公司的名義存入銀行。」

「這一點我沒有意見。不過，最好避免有官方意味的名字。」

「官方的對面是民間。」劉小姐說：「一個『民』字已經有了，再想一個字。」

「這個字要有交流、溝通的含意——。」

「那就用『華』字。」劉小姐不等川本說完，便想到了，「後方是中華民國；這裡也是中華民國。」

「很好！民華公司現在就成立了。」

4 滿洲真相

溥儀朝拜東京記實。

聽得徐采丞細說了經過，金雄白亦深感欣慰。對於徐采丞請他代爲向周佛海要求，能給予充分的支持，自是一諾不辭。

「不過，這幾天因爲汪先生經滿洲到日本去了；周先生要在南京照料，我一時還沒有機會跟他說。」

「不要緊，不要緊！」徐采丞答說：「公司還剛開始籌備，實際業務開展，還早得很。」

機會很巧，就在第二天，金雄白接到周佛海的長途電話，希望他到南京去一趟；說有事需要當面談。

於是金雄白搭臥車到了南京，下車還是清晨，便一直到西流灣去看周佛海；見了面他第一句話是：「今年是『滿洲國建國十周年紀念』。」

金白雄以爲是要寫幾篇文章捧場；那也是免不了的事，只得漫然答一聲：「是的。」

「政府派出了好幾個代表團，去參加『慶典』，同時舉行各種會議。有一個叫做『東亞操觚者大會』，其實就是新聞記者大會；我認爲你應該參加。」周佛海從容不平地說：「手續我已經替你安排好了；請你準備動身。」

金雄白大出意外，也大感不快；認爲周佛海不應該預先不徵求他的同意，因而神色凜然地答說：「甚麼地方我都可以去，惟有在『滿洲國』的名義之下，我絕不願意去。儘管政府有不得已的苦衷，要跟僞滿交往；可是我不能做出違背我自己良心的事。請你改派別人吧！」

周佛海頹然倒在椅背上，好半天才說了句：「你不瞭解我的苦心！我是考慮了好幾天才決定的。」

這話更出金雄白意外，本以爲他是未經思考，隨便作的一個決定；此刻道是「考慮了好幾天」；又說有「苦心」，倒要仔細聽聽。

「那裡，汪先生去過了，我也去過了；不過我們去，在固定的日程下受招待，所看到的是關東軍可以讓你看的東西。現在你以一個新聞記者的身分去，行動比較自由；我希望你仔細觀察一下，東北同胞在異族壓迫之下的生活實況。我擔心日本將以統治東北的手段來統治我們，需要先到那裡看一看，好作準備。」說到這裡，周佛海有些激動了，「雄白，現在不是唱高調的時候，那裡即使是地獄，是火坑，你也要去一趟。」

「去了有甚麼用？看到，聽到的，回來又不能發表。」

「這你錯了！如其可以發表，或者等到可以發表的時候，『滿洲』就不是現在的狀態，很可能『國』已不『國』，那你就甚麼都看不到了。」

這段話駁他不倒；但如純粹作爲一個「觀察員」，並不一定要他去，能勝任的人很多。

當他把這番意思表達以後，周佛海嘆口氣說：「『士各有志，不能相強』。我拉你加入和平運動，可能已毀了你的前途；這次再去參加他們的『慶典』，也許更不爲人所諒。不過日本統治下的東北，究竟如何，是有必要去看一看的。我想不出有甚麼人可以代替你的觀察力，不知道你能不能勉爲其難？」

說到這樣的話，金雄白只好同意。辭出周家，到「宣傳部」聯絡好了，先回上海整理行裝。三天以後，這個「代表團」已經在津平路的藍鋼車上了。

這個「代表團」有個聯絡官，是「滿洲國駐華大使館」的高級職員，名叫敖占春，相貌冷酷，不大容易使人親近；金雄白怕他是特爲派來監視的，更存戒心，上車以後，跟他一句話也沒有說過。

車道尚未完全修復，勉強可以通行的黃河鐵橋，速度極低；金雄白爲了想仔細看一看莽莽中原，今昔異勢之處，特地走出車廂，站在入口處，兩手把著扶手，縱目四顧，正當感慨叢生時，聽得有人在他身後喊：「金先生！」

金雄白回頭一看，想不到竟是從未交談過的敖占春；他的面目本來可怕，此時更覺陰沉可怕，因此金雄白漫然答應一聲，連一句「有何貴幹」都懶得問。

那敖占春瞪了他一會，忽然用粗魯的聲音問道：「你爲甚麼要去慶祝『滿洲建國十年』？」

金雄白的天性寧吃暗虧，不吃明虧；有人用這種不禮貌的態度發問，他直覺的反應，便是以同樣的態度回敬。當下傲慢地答說：「因爲知道那裡是活地獄；所以趁現在要去看看人間地獄的眞相。」

一聽這話，敖占春臉上立刻有兩行熱淚掛了下來；金雄白還不清楚是怎麼回事，他的手已經伸了過來。金雄白也是直覺的反應伸出手去，發覺他的手心很燙，必是體內的熱血在沸騰了。

當時沒有交談，敖占春放下了手，走了開去。但再一次見面時，金雄白覺得他的面目亦並不如何可憎，至於語言，那是更有味了，他還說了一個燈謎叫金雄白打；謎面是「汪精衛訪溥儀」，打電影片名一。

金雄白怎麼猜也猜不中，最後是敖占春自己公開了謎底：「木偶奇遇記」。汪精衛和溥儀都是日本軍閥炮製的傀儡，自然是「木偶」；說到「奇遇」，卻有一段來歷。

原來汪精衛在宣統年間，曾行刺過攝政王載灃；而載灃正是溥儀的生父，雖刺而未中，畢竟也是殺父之仇。不想三十多年以後，溥儀會以「國賓」之禮，歡迎不共戴天的仇人，豈非不是「奇遇」？

這是最近流行在平津的一個笑話；敖占春又談了一段故事，卻不是笑話了。據說汪精衛到達「新京」——長春，日本軍閥爲他安排了一次對「滿洲全國」的廣播。汪精衛上了電臺，開口說道：「我們，過去是同胞，現在也是同胞；將來，更一定是同胞。」

意在言外，可以作多種多樣的解釋；因此，滿洲的熱血青年，受了這幾句話的激勵，重新激起了一股抗日的暗潮。金雄白這才明白，怪不得敖占春起初的誤會，會表現得那麼嚴重；相形之下，此刻如果眞的是去慶祝「滿洲國建國十年」，那就太對不起滿洲的熱血青年了。

到得「新京」，代表團住在位於鬧區的「第一旅館」，招待得極其週到；但監視得很嚴。金雄白的交遊甚廣，許多老朋友看到報上登得有他的名字，紛紛前來拜訪；但久別重逢並不能暢所欲言，尤其是兩個以上的客人時，彼此都只談些不著邊際的廢話；而到單獨相處時，有的道苦經；有的提出警告，行動要小心；有的要託帶不能形諸筆墨的口信。金雄白也才知道，淪陷區與「滿洲國」，雖同在木偶統治之下；但前者的同胞比後者的同胞，實在要幸運得多。

第一旅館有個侍者名叫張桂，總是等金雄白房間中沒有人的時候，找個藉口來搭訕，東問西問地希望瞭解關內的情形。金雄白起先以爲他是奉命監視的特務，不免存有戒心；後來轉念一想，自己不正是接受了周佛海的委託，來瞭解東北實況的嗎？現在有此機會，爲何交臂而失？同時又想到，自己的身分是新聞記者，向人發問是天職；有此職務上的便利，更不妨多問、細問。

於是，他一改態度，等張桂再來時，他很客氣地說：「你請坐！」

「不敢。金先生，我站著很好。」

「不！」金雄白說：「你坐了下來，才好細談；我要跟你談的話很多，站著不方便。」

聽這一說，張桂又考慮了一會，走過去將房門閂上；才走回來說：「恭敬不如從命。我斗膽了。金先生有甚麼話，儘管請說。」

「我想瞭解一下，日本人統治東北的情形。請你相信我，儘管跟我說。」

「東北老百姓的苦，一言難盡。總而言之一句話，過的是亡國奴的生活；金先生你看！那國旗。」

「國旗」是兩面，上面是太陽旗，下面是「滿洲國」的國旗；金雄白倒想起一個從一到新京便發生的疑團，正好向張桂求取解答。

「這兩面『國旗』爲甚麼縫在一起呢？」

「這正是東北老百姓受壓迫的象徵。凡是掛旗，如果有兩根旗桿，上首的一根掛日本旗，下首的一根，掛我們的旗；倘若只有一根旗桿呢，必是先掛日本旗，再掛我們的旗。大家爲了方便乾脆把兩面旗縫在一起。」

「日本人有雙重『國籍』，能佔點甚麼便宜呢？」

「太多、太多了。譬如說吃飯吧，大米只有日本人跟『滿洲國』的特任官本人能吃；我們百姓只能吃『文化米』。」

「甚麼叫『文化米』？」

「就是高粱米。」

「甚麼樣子，我沒見過。」

「金先生是貴賓，自然用大米招待。」張桂說：「高粱米的味道，金先生是嚐不得的，多少南方人說高粱米無法下嚥；可是不能吃，也得吃。我們土生土長，叫沒法子；南方好好的，幹麼到這裡來。」

「你說特任官本人才能吃大米，那麼他的部屬呢？」

「吃『文化米』。那怕像『國務總理』張景惠，跟他太太一起吃飯，也是不同的兩種米。」

「這倒也『公平』。貴爲『總理夫人』，一樣也吃『文化米』。」金雄白苦笑了一下，又問：「你們的『皇上』呢？總很優待吧？」

「提到我們『皇上』，話可多了——」

張桂口中的「皇上」，即是「滿洲國皇帝」溥儀。他的名義，最初叫做「執政」，直到一九三四年，才由於日本軍部爲了便於利用名義，才支持他成爲「皇帝」。

溥儀一做了皇帝，第一件想到的事，就是「謁陵」。清朝從順治入關以後，才有東、西陵；在此以前，清太祖努爾哈赤的祖、父葬在遼陽，以後遷到由瀋陽改名的盛京東南，稱爲「東京陵」；太祖本人葬在盛京東北，稱爲「福陵」；太宗皇太極葬在盛京西北，稱爲昭陵。除了四時大祭以外，每逢新君登極，必奉皇太后出關謁陵；尤其是謁太祖的福陵，更爲鄭重。

清朝的家法，只有四個字，叫做「敬天法祖」。溥儀從小便有極深的印象，所以初出關時，便想謁陵；但爲「大臣」所諫阻，理由是現在的名義，還只是「執政」，列祖列宗並無此名號，與「法祖」的深義不符。溥儀想想也不錯，只得暫且忍耐。

如今做了「皇帝」，宿願得償，溥儀自認平生第一快事。他的堂兄溥儒做過兩句詩：「百死唯餘忠孝在，夜深說與鬼神聽」，這是勝國王孫莫大之悲哀；而自己呢，謁陵時要命「南書房翰林」好好做一篇說文，當初皇位從自己手裡失去時，尚在沖齡；現在畢竟又「光復」了「神器」。列祖列宗在天有靈，誰不誇讚一聲：「好小子！」

那知正當興致勃勃之時，在安排「出警入蹕」的謁陵行程時，溥儀的剋星來求見了。

他的這個剋星當然是日本軍人，官拜大佐，名叫吉岡安直，本職是關東軍的高參，派在溥儀那裡做顧問，名義稱爲「御用掛」。吉岡安直是標準的「東洋小鬼」，一肚子的詭謀；本來派在天津時，不過是一個中尉，跟溥儀及他的胞弟溥傑相識。後來調回國內，在士官學校當教官；溥傑在日本貴族學校「學習院」畢業後，轉入士官學陸軍；吉岡與他有了師生之誼，便多方籠絡，大套交情。他這樣做是有目的；目的在於登龍。

原來，日本軍方在「傀儡」登場後，派過好幾個「牽線人」，卻都不安於位，主要的原因是，所派的人與關東軍並無淵源，凡事扞格，只有知難而退。吉岡很想當這個「牽線人」，但亦深知，非先拉上關東軍的關係，取得關東軍支持不可。因此，利用與溥傑的關係，向關東軍遊說；說他與溥儀兄弟如何熟識，如何言聽計從，如果能把他派到溥儀那裡做顧問，他必可照關東軍的意思，影響溥儀，俯首聽命。

關東軍被他說動，便派爲高參去做溥儀的「御用掛」；官階亦由尉官保升至構成爲日本陸軍骨幹的大佐。吉岡感恩圖報，十分賣力；不論大小事務，都要干涉；溥儀接見「臣下」時，他必陪侍在旁，儼然是唐朝「領侍衛內大臣」的身分，而權力超過不知多少倍。

吉岡與溥儀能夠直接交談，因爲吉岡會簡單的「皇軍式」華語，又略諳英文；溥儀跟他用「皇軍式」的華語如果講不通，可藉助於英語單字，溝通思想。

「聽說陛下要去祭祖拜陵；這個，」吉岡開門見山地說：「陛下，不行！」

溥儀大爲驚詫，還怕自己沒有聽清楚，又問一句：「甚麼的不行？」

「祭祖拜陵的不行！」

「爲甚麼不行？」溥儀臉都氣白了：「這是天經地義的事。」

「陛下不是清朝的皇帝，是『滿洲國』的皇帝。」

「這有甚麼分別？我大清朝本來就發祥在滿洲。」

「不是！不是！清朝由孫中山先生推翻了。陛下現在是住在滿洲的滿、蒙、漢、日、朝五民族的皇帝；祭清朝的祖陵，會引起誤會。大大的不可以！陛下明白？嗯！」

溥儀還眞不明白，自己還會做了日本跟朝鮮人的皇帝。不過吉岡似乎也言之有理，得要另外找個理由。

這個理由不難找，「我是愛新覺羅的子孫。」他說：「自然可以去祭愛新覺羅祖先的陵墓。」

「愛新覺羅的子孫，大大地多；派別的子孫就可以。」

溥儀語塞，結果只好打消了謁陵的計畫，關起門來祭愛新覺羅的列祖列宗。

以後，事情發展到不但不能公開祭自己的祖宗；日本軍閥還要替溥儀換一個祖宗；有一天吉岡突然對溥儀所供設的佛像發表了不滿的言論。

「佛，這是外國傳進來的。嗯，外國宗教！日滿精神如一體，信仰應該相同。嗯。」

「嗯」是吉岡跟溥儀交談時，特有的語氣；擺在最後，便是要求肯定的意思。

「不錯！」溥儀心想，日本也是佛教國家，可說信仰相同，所以作此肯定的答覆，作爲敷衍。

然而吉岡要肯定不是佛教；佛教早就在「外國宗教」這句話上，被他否定了。他說，日本天皇是天照大神的神裔，每代天皇都是「現人神」，即大神的化身。日本人民凡是爲天皇而死的，都能成神，在神社中受供奉。

溥儀不明白他說這些話的意思何在；吉岡亦未作進一步的說明。不久，關東軍司令官植田謙吉，由於張鼓峰事件失利，被調回國，向溥儀辭行時，提出了一個「希望」。

「日滿親善，精神如同一體；因此，『滿洲國』在宗教上，也該與日本一致。這件事希望陛下考慮一下。」

溥儀這才明白，日本的宗教是「神道教」祭奉天照大神，「滿洲國」的宗教與「日本一致」，亦就是以日本皇族的祖先天照大神，作他愛新覺羅子孫的祖先。這件事讓溥儀啼笑皆非，不知所措了。

不久，溥儀聽人說起，這件事在日本軍部已經醞釀了很久，但有些人表示反對，因而未作成決定。這些人都是久居中國的日本軍官，可以「九一八事變」時的關東軍司令本庄繁為代表；他們在中國住得久了，深知中國人慎終追遠的思想，決不可絲毫輕視；「滿洲國皇帝」雖是傀儡，到底是他們名義上的元首，如果硬派天照大神為溥儀的祖先，將會引起強烈的反應。

如今，植田謙吉為了要沖淡他在張鼓峰事件中處置失當的過失，毫不愧作地出賣溥儀的祖宗，來作為平衡他的過失的手段，而又恰逢日本神武天皇紀元二千六百年紀念，極右派的理論家大川周明，正在狂熱地鼓吹軍國主義，對於植田的舊事重提，全力贊成。於是軍部不顧本庄繁、土肥原等人的反對，決定給溥儀換祖宗。

這個任務交給植田的後任，也就是溥儀成爲木偶以後，第五任的關東軍司令官兼駐「滿洲國大使」，梅津美治郎中將。

梅津也知道滿清皇族，儘管父母在時不孝順的也有，但對於死去的祖宗，無不尊敬；怕一提此事，與溥儀會起爭執，就懶得跟他面談，只命吉岡傳話說：日本的宗教，就是滿洲的宗教，溥儀應當奉迎天照大神，立爲國教。又說，現在正値日本建國二千六百年大慶，正是迎奉天照大神極好的時機。溥儀很可以親自到日本去祝賀，順便辦了這件大事。

溥儀生氣所受的刺激，據他自己說，還不是被馮玉祥、鹿鍾麟「逼宮」；而是民國十七年土匪軍長孫殿英盜掘「東陵」，以致乾隆及慈禧的屍骨狼藉。當時他住在天津日租界張彪的花園中，得報痛哭流涕，在張園設了供奉乾隆及慈禧靈位的「几筵」；像「大喪」那樣，「朝夕哭臨」，而且發誓：「不報此仇，就不是愛新覺羅的子孫！」

現在卻眞的不能做愛新覺羅的子孫；而是要認「倭奴」爲祖先了！這個刺激比得知盜陵事件要深得多。而且當年還有「師傅」陳寶琛、朱益藩，以及其他遺老會出主意；此刻不但鄭孝胥已死，其他可供諮詢的人，亦都生離死別，風流雲散，一個可以商量大事的人都沒有。加以吉岡日夕絮聒，逼得他只有關起門來，向列祖列宗的靈牌泣告，只是爲了「屈蠖求伸之計」，不能不從權處置。

於是一九四〇年五月，溥儀第二次訪日；最主要的節目，自然是會見日本天皇裕仁，陳述希望。

這篇「臺詞」是吉岡找了一個日本漢學家佐藤知恭預先擬好的；佐藤知恭在「滿洲國」的官銜是「國務院總務廳囑託」；實際的職司，有如清朝的「南書房翰林」，專門撰擬「佈告天下，咸使聞知」的詔令。他替溥儀擬的「臺詞」，反覆強調「日滿一德一心，不可分割」的關係；但裕仁的回答，非常簡單，只有一句話：

「既然陛下願意如此，我只好從命。」

桌子上早已備好了代表天照大神的三件「神氣」：一把劍、一面銅鏡、一塊玉。奉迎了這三件「神氣」，即表示奉迎了天照大神；回到長春，在「帝宮」之東，照日本的營建制度，修了一座白木建造，不加髹漆的「建國神廟」，作為「滿洲國」的「太廟」。

從此以後，溥儀及「滿洲國」的百姓，在生活上多了一件大事。原來奉迎天照大神「回國」，不光是建一座神廟的事，首先是發佈由佐藤知恭執筆的「國本奠定詔書」，接著成立一個專門機構，名為「祭祀府」，設總裁、副總裁各一員，總裁是曾做過日本近衛師團長、憲兵司令官，以及關東軍參謀長的橋本虎之助。同時各地亦都依照規定建立神廟，派定「神宮」

管理；無論甚麼人經過神廟，都須作九十度的鞠躬禮，否則處罰。東北的百姓爲了不願行這個禮，出門寧願多走三五公里路，繞道避開神廟；因此；一經選定了建立神廟的地點，商店門可羅雀，非閉歇不可；住戶亦是遷地爲良，否則不但早晚進出，行禮麻煩，而且親朋好友絕跡，孤立寂寞，人所不堪。

不過，百姓可以避免給天照大神行禮，溥儀卻是避不了的，每逢朔、望，由他領頭，連同關東軍司令及「滿洲國」的文武大員，祭祀一次，祭祀要穿「禮服」，怪模怪樣，十分滑稽；溥儀是最講究服飾漂亮的，穿過一次，爲弟妹姬妾在暗中竊笑後，就怎樣也不肯再穿，找到一個藉口，說現值戰爭期間，理應戎服，以示支援日本盟邦的決心。關東軍聽他言之有理，也就同意了。

當然，這是溥儀精神上最痛苦的一件事，所以常常祭祀完了，遇有感觸，便會流淚；有一天有個人跟他說了句話，他算是想開了。

這個人是溥儀的侍婢，封號是「貴人」。由於「皇后」已死，別無妃姘，所以這個「貴人」，等於溥儀的妻子。她本來也是滿洲旗人，姓他他拉氏，與光緒的瑾妃、珍妃同姓卻非同族；所以入民國後，瑾妃的娘家人，改漢姓爲唐；她家改的漢姓爲譚。

這譚「貴人」芳名玉齡；被選入宮時，正是抗戰爆發那年，才十七歲，還是初中學生。

譚玉齡在北平上學時，正在「九一八」以後，聽見看見許多日本兵及浪人橫行霸道的事，心懷不平，常跟溥儀談起。

到了「滿洲國」，對關東軍及吉岡自更無好感，在溥儀面前，對他們有時冷嘲，有時熱諷，有時索性破口大罵，倒能稍解溥儀心頭的積鬱。所以他前後四個妻子，比較起來對譚「貴人」還有點感情；也常能接受她的勸告。

「我勸皇上，別想不開了！」她說：「反正就現在不把日本人當祖宗，將來溥傑的兒子繼了位，還不是照樣有那麼一天。」

這是句很透徹的話，原來溥儀的胞弟溥傑，從日本士官畢業，回到長春，當了「禁衛軍中尉」以後，關東軍就不斷有人向他談婚姻問題，鼓吹日本女人的溫柔能幹，是世界上最理想的妻子。以後，看溥傑並無表示，便由吉岡向溥儀透露了關東軍的意思，爲了促進「日滿親善」，希望溥傑能與日本女人結婚。

溥儀大爲緊張，將他最信任的二妹韞和找了來商量大計。兄妹倆的看法是一致的，由於溥儀沒有兒子，所以日本人籠絡溥傑；必要時可以仿照光緒入承大統的成例，取溥儀而代之；而溥傑的兒子既有日本的血統，那麼「滿洲國」跟日本根本就是一體了。

明白了關東軍的陰謀，唯一的對策，就是搶先給溥傑找一個妻子。溥儀把他找了來，起先是訓誡，說他如果娶了老婆，將來一切都會在日本人監視之下，後患無窮。

接著溥儀許下一個諾言，一定會替他找個好妻子；他應該聽「皇上」的話，不要想甚麼日本女人。溥傑自然恭恭敬敬地連聲稱是。

於是溥傑派韞和爲他的「欽差」，專程入關，到「北府」向他的父親載灃說明其事。不久由溥儀的岳父榮源做媒，找到一位很理想的小姐——這位小姐出身於滿洲「八大貴族」之一，才貌雙全；她家上代也出過好幾個王妃，所以算是親上加親，格外覺得圓滿。

等韞和回來一說，出示照片，溥傑非常滿意。那知好事多磨，吉岡直接找到溥傑去辦交涉了。

「聽說閣下要到北平去，是嗎？」

「是的。」

「去幹甚麼？」

聽他的語氣不禮貌，溥傑傲然答說：「辦私事。」

「是結婚嗎？」

聽他說破了，溥傑不便低頭，點點頭說：「對了。」

「這個不行！」吉岡很不客氣，連連搖頭：「大大地不行！」

「爲甚麼?」溥傑也沉下臉來,「你是不是要干預我的婚姻?」

「不是我,是關東軍。」吉岡答說:「關東軍希望閣下跟日本女子結婚。以便增進『日滿親善』。閣下的身分是『御弟』,自然應該做出『親善』的表率。這是軍方的意思;閣下明白?嗯!」

「我不明白。我也不需要明白。」

「不明白的不行!日本的皇室譬如御弟三松宮殿下、高笠宮殿下、閑院宮殿下,他們的婚姻,都要經過重臣同意。」吉岡又說:「本庄繁大將要親自爲閣下做媒;你不可以到北平,應該等東京的消息。」

溥傑無法再作爭辯;他也很瞭解,只要吉岡說了「你不可以到北平」,就會有人在車站偵察,不容他上火車入關;而且說不定從此刻起,他就在日本人監視之下了。

很快地,東京方面有了消息,本庄繁替溥傑找了個貴族的女兒做妻子。這個古老的貴族是侯爵,名叫嵯峨勝;他的女兒叫浩子。一九三七年四月初,溥傑與嵯峨浩子,在東京結了婚。

一個月以後,關東軍所選擇的「國務總理」張景惠,通過了一個名爲「帝位繼承法」的法案;規定「皇帝死後,由子繼之;如無子則由孫繼之;如無子無孫,則由弟繼之;如無弟則由弟之子繼之。」

溥儀的長輩，包括他的祖父醇親王奕譞，父親攝政王載灃，伯父德宗景皇帝載湉，由於慈禧太后的喜怒不測，都被折磨得有了神經衰弱的毛病；溥儀稟承遺傳，而且自幼至長，經過無數風波，從到「滿洲國」發現關東軍的淫威，比傳說中慈禧整人的手段更可怕，因此，他像他伯父那樣，也是無嗣，也是神經極度衰弱——這個毛病的特徵之一，是疑神疑鬼，終日不安；關東軍所授意的「帝位繼承法」一出現，在他的看法就像四十年前慈禧立「大阿哥」那樣，「廢立」的先聲，「皇位」要不保了！

不但「皇位」不保，還有性命之憂。誰都看得出來，「帝位繼承法」前面的幾條，只是「聾子的耳朵」徒有其形，真正的要點是在「弟之子繼之」這五個字上；說得明白些，日本要一個日本血統的「滿洲國皇帝」，也就是由嵯峨浩子的兒子來繼承大位。

然則，如何才可以達到這個目的呢？溥儀跟他的兩個妹妹，韞和與韞穎私下密議過；認爲當年立「大阿哥」時，德宗多少視皇位如雞肋，眞要棄去，亦無所留戀，而可用自己情願遜位的方式，達成慈禧的願望，不至於非駕崩不可。但是此刻的溥儀，卻不能用此方式，何況他本人並不像德宗那樣，有必要時不妨放棄皇位打算。

更有一點不同的是，當時既有保駕的大臣，也有「保皇黨」，內則肅王善耆和炙手可熱的大學士軍機大臣榮祿；外則劉坤一、李鴻章、張之洞這一班朝廷視之為柱石的封疆大臣，連「廢立」都表示反對，更何況要害德宗的性命？

這一有利的條件，在溥儀並不具備，他不但沒有保駕的「大臣」，連一個可共心腹的人都沒有，因為吉岡監視得很嚴。眼前唯一能替他分憂的，只是兩個妹妹，可是她們的力量有限，除了替他出主意以外，別無用處。

兩姊妹為他出的主意是，必須對溥傑夫婦，加意防範。她們的看法是，日本人可能會毒死溥儀，讓溥傑得以繼承皇位，如果溥傑生了兒子，日本人又會毒死溥傑，讓他的兒子來做皇帝。不過，那是以後的事；日本人眼前的目標是溥儀。

因此，等溥傑帶著新婚妻子回長春以後，兄弟間的一道鴻溝，立即很明白地顯現了。溥儀再也不敢跟溥傑說一句心裡的話；有時溥傑邀請溥儀「臨幸」，對於嵯峨浩子親手所做的菜，他必得等主人夫婦先動了筷子，方敢進食少許。這種戒慎恐懼的神情，溥傑夫婦都看了出來，為了免得自討沒趣，就再也不願請溥儀吃飯了。

約莫半年以後，傳出來一個「喜訊」，嵯峨浩子懷孕了。這一下，溥儀更覺緊張；不過他也不便過分關切弟婦懷孕這件事，只是在暗中不斷占卦，從「諸葛馬前課」，到牙牌神數都試過，但始終不能確定，嵯峨浩子生的是男是女？

幸好，嵯峨浩子生的是個女兒，溥儀得以暫時鬆一口氣，但隱憂始終存在。溥儀更寄望譚玉齡能爲他生一個兒子，即令生子在五歲便須送至日本教養，有他親筆所寫的承諾書；可是畢竟是自己的骨肉，而且是純粹的滿族血統。

這幾乎成了妄想，他自己知道，譚玉齡也知道，她是早就看透了，「滿洲國」的天下如能存在，遲早必歸於日本。未來尚不可保，何必又把過去看得這麼認眞！她的觀點影響了溥儀，終於將奉天照大神爲祖先這件事拋開了。及至譚玉齡一死、更使得溥儀只剩下唯一關心的一件事，就是如何保住自己的性命。

譚玉齡死得非常突然。她的病是傷寒，據中醫診斷，並不算嚴重。但治傷寒是西醫比較有把握，溥儀的「御醫」介紹了一個長春市立醫院的日本醫生來診治，此人表現得很熱心，守在病榻旁邊，打針、輸血，忙個不停，向溥儀保證，必能治癒。

那知吉岡得知消息，破例要搬到「宮內府」辦公所在地的「勤民樓」來住；說是便於照料。一到就派人去找了日本醫生來，閉門長談，談了有兩個鐘頭；那日本醫生從勤民樓回來以後，態度大變，不再忙著爲譚玉齡打針、輸血；他自己也不大說話，臉色陰沉沉地，像懷著莫大的心事。

在勤民樓的吉岡，卻命憲兵不斷地打電話給病室中的特別護士，詢問病況。實際上這是不斷給日本醫生加壓力，要他早早下手；這樣過了一夜工夫，譚玉齡一命嗚呼了。

溥儀剛剛接到消息，吉岡跟著就來了，說是代表關東軍司令來弔唁，而且還帶來了一個花圈。這使得溥儀大爲懷疑，何以能預備得這麼快？莫非事先已經知道，譚玉齡將死在何時？

於是私下打聽治療經過，斷定譚玉齡多言賈禍；由於常常批評日本人，以致爲吉岡下了毒手。

不久，吉岡笑嘻嘻地拿了十來張年輕女子的照片，給溥儀過目，照片上的女子，一望而知是日本人，有的還穿著藍色白邊的水手服——日本女學生的制服，都是這個樣子。

「譚貴人死了以後，陛下很寂寞。」吉岡說道：「陛下需要一個溫柔的女子來伺候；這些，都是很好的淑女，請陛下挑選。」

溥儀一聽這話，趕緊雙手亂搖地說：「譚貴人遺體未寒，我無心談這類事。」

「是的，我知道陛下很悲痛；我的目的，正是要解除陛下的悲痛，所以要早日爲陛下辦好這件大事。」

「這確是一件大事。不過，因爲是大事，更需要愼重考慮。」

＊　＊　＊

「這是不久以前的事。我們可憐的『皇上』，對不願娶日本『妃子』這一點，倒是意志很堅決，不管吉岡怎麼說，他總是敷衍著，不過，」張桂懷疑地說：「究竟能不能堅持到底，實在很難說。」

金雄白飽聞了溥儀的故事，內心浮起無限的感慨，「我們總以爲他不過喪心病狂，甘作傀儡；現在才知道這『甘』字用不上，竟是辛苦作傀儡，連石敬塘、張邦昌都不如。」他停了一下又說：「眞是此中歲月，日夕以淚洗面。」

「可不是！『皇上』苦，百姓也苦。」張桂放低了聲音說：「金先生，你看蔣委員長的軍隊到底打得過日本小鬼不能？」

問到這句話，金雄白不能不稍作考慮，他必須再一次確定張桂決非替日本人工作，才能說實話。

於是他定睛注視著張桂，從他眼裡那種充滿著祈求的光芒中，他直覺地感到說實話是不要緊的。

於是他說：「即使眼前打不過，將來一定能打得過。本來蔣委員長的辦法，一直是『苦撐待變』，現在太平洋戰爭一爆發，日本跟美國拼命，不就是大變局的開始嗎？」

「是，是！金先生，我還想請教你老一個問題，大家都說『汪主席』是跟蔣委員長唱雙簧，這話是眞的嗎？」

「唱雙簧是不見得。不過汪先生的本意是救國家，和平也好，抗戰也好，只要於國家有益，汪先生本人並無成見。」

「那麼，到底他是主張和平呢，還是主張抗戰？」

「以前他主張和平；現在不反對抗戰，而且暗中在幫助抗戰。」

「嗯，嗯！」張桂口頭唯唯，臉上卻有困惑的神色。

這也難怪，因爲話好像有矛盾；金雄白覺得必須作一個解釋，想了一下，決定先談事實，再說理由。

「我舉兩點證明，汪先生不反對抗戰，而且在暗中幫助抗戰。第一、『和平軍』從來不以國軍爲敵。組織和平軍，一方面是打算著能夠讓日本軍撤走以後，能接替防務、維持治安；一方面是監視共產黨的新西軍。第二、重慶派在淪陷區的地下工作者，汪先生大都知道，採取不聞不問的態度。汪先生決不願造成分裂。」

「是，是！」張桂臉上的疑雲，渙然冰釋，「怪不得『汪主席』說東北的百姓將來仍舊是同胞。」

「對了！這句話的意思是很明白的。」金雄白接著又說：「當初汪先生主張和平，本心無他，不過估計上錯了。錯在兩點：第一、他輕估了國軍的力量，以爲會支持不住；第二、他過於相信日本人，誰知道日本人會這麼壞！」

「是啊！不經過不知道日本人之壞。」張桂緊接著說：「我們這裡有兩個關乎蔣委員長跟『汪主席』的說法，不知道是眞是假？」

「請問，是怎麼個說法？」

據張桂所聽到的說法是如此：汪精衛從重慶出去以前，本想當面跟蔣委員長談和平問題；那時恰逢蔣委員長政躬違和，因爲重感冒臥床休息，汪精衛借探病爲名去探動靜，問疾以後，正要談入正題，不料蔣委員長拿起床頭上的一杯白開水，喝了口說：「如果我們是在日本人統治之下，連喝杯水都不自由的。」汪精衛默然。

「大家都說，這是蔣委員長洞燭機先，故意這麼說一句，讓『汪主席』開不得口。」

張桂又說：「不然，他們兩位意見不同，當時就會起爭執，傳出去不大好。」

「這話我亦聽說過。當時我覺得蔣委員長不能容他人陳述意見，令人失望，現在才覺得他是對的。」金雄白作了個結論：「總而言之，此一時、彼一時。局勢的變化，在主張和平的人，都沒有料到；否則就不致於有眼前暫時分裂的現象。」

5 正氣猶存

讀書人畢竟不會全是軟骨蟲。

金白雄只知道「東亞操觚者大會」的會期是三天，開會在何處，議程是甚麼？一無所知。好在他的目的，不是來開會，亦就不去探問了。

到了開會那天，一早便有汽車將他們送到會場；是新建的一座「民眾大會堂」，規模不小，門前一片廣場，左右兩枝大旗桿。金雄白在汽車中遙遙望去，只見旗桿上東面日本旗，西面「滿洲旗」，獨獨沒有青天白日旗，不由得詫異，便向同車的「代表團團長」郭秀峰說：「國際性的會議，應該有我們的國旗啊！」

郭秀峰不即回答；停了一下才說：「也許掛在別處。」

爲了他這句話，金雄白下車先不進會場；在外面繞行了一圈，始終未發現青天白日旗。

及至回到會場，郭秀峰已被邀入「主席室」，金雄白便在「中國代表團休息室」落座；正有大會的職員在分發油印文件，翻開來一看，第一案的案由叫做「皇軍感謝法案」；原文是日文，但後有中文譯文。

由於這個案由觸目驚心，金雄白看譯文時，一字不肯放過；只見上面寫的是「自從『滿洲事變』、『支那事變』，以迄『大東亞聖戰』以來，我帝國英勇皇軍，戰無不勝，攻無不克，造成赫赫戰果。對此為『建設大東亞新秩序』而犧牲之皇軍死難英靈，大會代表，允宜致其衷誠之崇敬。應以大會名義，電日本帝國政府，表示深切感謝之意。」下面具名是日本、「中國」、「滿洲」三國代表團。

金雄白心裡有說不出難過，轉眼看同行的「代表」，臉上卻都木然毫無表情。金雄白便走到代表華中的「副團長」趙慕儒身旁，指一指提案，問他有何意見？趙慕儒只是報以苦笑。

於是他又走到另一個代表華北的副團長管翼賢那裡，悄悄問道：「這個提案，事先有沒有徵求我們同意？我看，極不妥當。」

管翼賢在北平辦小報出身，早在北洋政府時代，就為日本人所收買，他的相貌長得有些像本庄繁；身體裡面流的血液，亦幾乎忘了是中國人的，此時將眼一瞪，雖未開口，已大有怪他多事之意。

金雄白再向其他團員去徵詢意見，竟沒有一個人願意開口。金雄白的性情是，越是孤立無援，越要露一手給大家看看；幾個同伴的血管中的熱度，似乎都集中到他身上了，當大會職員來招待代表入場時，他搶先一步，堵住了門口。

「各位代表：在兩個問題未獲得解決以前，請先慢一點進場。」

此言一出，相顧愕然；那職員猶未發覺事態的嚴重，躬身說道：「請問是哪兩個問題？事務方面，招待不周，請原諒。」

金雄白沒有理他，管自己說道：「第一，當我們離開國境以後，國旗是我們唯一的標識，諸位看到了沒有？會場前面，飄揚的是日本旗與『滿洲旗』，而沒有中國旗。所以，在青天白日旗未升起以前，我們不應當貿然出席。」

那職員一楞，隨即陪笑說道：「一時疏忽，一時疏忽。」

「如果是一時疏忽，應該立刻糾正。」金雄白接著又說：「第二，議程中的第一個提案，是甚麼『皇軍感謝法案』，我們與日本是友邦，因此，我們只稱爲日軍，而不知道叫做甚麼『皇軍』。我們已經退讓到承認『九一八』稱爲『東北事變』或『北大營事變』，但決不能稱爲『滿洲事變』；『七七』或可以說是『中日事變』，但是含有極端侮辱性，如其所稱的『支那事變』，我們斷然不能容忍。再次，假如我們要向戰死的日軍表示感謝，那豈不是說，我們爲國殉難的千萬軍民，都是該死的？我們將何以對此千萬軍民於九泉之下？在上述兩項問題未能獲得滿意解決之前，我們就不應該出席。如其有人因畏懼而屈服，我雖然無拳無勇，但假如能再給我回去的話，我要昭告國人，讓國人來起而制裁。」

此時的「中國代表團團員」，一個個面色恐懼而沉重，沒有人反對，沒有人附和，但也沒有一個人移動腳步，眞如泥塑木雕一般。

這時來了個一個和氣的職員，陪笑說道：「開會的時間已到，貴代表有甚麼意見，儘可在開會時提出來；現在，日本關東軍總司令，『滿洲國』總理，以及其他高級官員，都在主席台上等著。請先開會，有甚麼話，留著慢慢再商量；如其有甚麼不到之處，決不是大會的過失，是我們辦事人員的疏忽。」

說著，便動手來拉。金雄白從容而堅定地掙脫了；同時搖搖頭作了無言的拒絕。

在一分鐘如一世紀般長的僵持中，大約五分鐘以後，另外來了個一臉精悍傲慢之氣的瘦長中年人。推一推金絲邊眼鏡，向金雄白說：「貴代表所認爲不滿意的問題有兩個：沒有懸掛中華民國國旗，確是我們的疏忽。籌備工作非常繁重，忙中有錯，在所不免；事已如此，目前無法補救，只有請你原諒。」

「沒有參加國的國旗，決不是原諒不原諒的事——。」

那人不管金雄白的辯駁，管自己又搶著說：「至於提案的贊成或反對，應該到會場上去發言，並且最後取決於大多數的同意。這裡，只是代表休息室，不是討論議案的地方；貴代表有意見，應該留到會場中去發表。」

「我不是在討論議案的實質內容。」金雄白抗聲說道：「我代表中國的代表團否認曾經提出這樣一個議案。不是我們提出的議案，硬指爲共同提出，我們不能隨便受別人的支配。」

「哼！」那人輕蔑地冷笑著，「那你們的團長爲甚麼不說呢？」

「我有權利表示我們的意見，我也有資格與我們的人交換一下我們的意見，不怕別人干涉；也不容許別人干涉。」

「那，」來的這個傢伙，有些惱羞成怒了，厲聲問道：「那你預備怎麼樣呢？」

「事情很簡單。」金雄白仍用堅定沉著的語氣答說：「升起我們的國旗、撤消不是我們所提的提案，我們去開會。否則，不論後果怎樣，我個人願意負起一切責任。」

這就像戰國時代藺相如與趙、秦大國辦交涉那樣，拼著豁出去一條性命，不惜決裂了。而況對手方面，又非當年趙、秦大國之比，自然啞口無言。

這時主席台上的日、「滿」要員，已等得不耐煩，臉色都很難看。於是來了一批日、「滿」軍警，將中國「代表團」團團圍住。其中有個日本憲兵說得極流利的中國話，指著金雄白的鼻子說：「你要明白，這裡是『滿洲國』的『首都』，不容任何人在此胡鬧！」

這一說，又激發了金雄白的憤怒，而且也覺得整個交涉的強硬態度，表現在這個對手方面，才是最恰當的。因此，胸一挺，大聲提出質問。

「你竟用這樣的態度，來對付你們所請來的賓客！」他大聲吼道：「滿洲本來是中國的領土，今天，我們已反主為賓，而且做了賀客；我歡迎你做出你想做的事，讓全世界的人知道，『滿洲國』在怎樣處理一個國際性的會議；怎樣蠻橫地對付來參加會議的代表；以及『滿洲國』境內是怎樣不講道理的地方！老實告訴你，我是不怕才來的；如僅憑你的恐嚇，你不會得到任何結果！」

顯然的，那會說中國話的日本憲兵，也為他的氣吞山河的聲勢所懾住了。門口已圍著好些本地人，大部分都流露出由於關切而為他擔心的眼光。金雄白的心情，卻由激動而轉變為奇怪的平靜，他發現自己得到了一個非常好的機會，若能轟轟烈烈地就此殞身，豈不是可以洗刷了長久以來，清夜捫心，不能無慚於衾影的惡名？

而就在此時，情勢急轉直下了！門口出現了一個類似大會秘書長這樣的人物，他很有禮貌地說：「我們能不能商量一下補救的辦法？請問貴代表的條件是——？」

「升起我們的國旗，撤消事實未經我們同意的提案。」金雄白矜持地答說。

「立刻要製一面旗，事實上已無法辦到；把日本旗與『滿洲國』旗也卸下來，你以爲怎麼樣呢？」

金雄白沒有想到會獲得這樣的讓步；當然應該覺得滿意，但也覺得措詞應該表現風度，最要緊的是自己既不願他人干預，那麼話中就必須盡量避免干預他人的意味。

於是他說：「我不作此要求，但也不反對你們自己的決定。」

「對於感謝法案，改爲日本代表單獨提出，而由日本代表單獨電日本政府表示，你以爲怎麼樣呢？」

「我不想干涉別人的單獨行動。」

「這樣說，你是同意了，我們就這樣做。」那人說完，投過來一個感謝的眼色。

這個眼色所予金雄白的印象非常強烈。他最初的反應是疑惑，何以有此表示？但細想一想，不難明白；此人正與敖占春一樣，良心未死，他本不願列名感謝法案，但卻無力反對；現在由於金雄白提出強烈糾正，恰好也撤消了他們的列名。

日本國旗與「滿洲國」旗終於都降落了，這是「滿洲國」開國以來從未有過的事。

金雄白頓時成了特殊人物，知道這件事的人，無不投以異樣的眼光。到得這天夜裡，在他剛要上床時，突然有人來訪；不肯提名道姓，只說他是「本地的同業。」

既是同業，不妨延見；那人一開口就說：「今天你做得太痛快了，但是，你會連累到東北同胞！」

金雄白大爲詫異，「一身做事一身當！」他問：「爲甚麼會連累別人，我倒很想請教請教其中的道理。」

「從前也有過像你這樣的人，在『滿洲國的首都』『胡鬧』，但第二天在路上，不明不白地被暗殺了。」

這話自是入耳驚心，因爲是非常可能的事。但金雄白對來人有些反感，以爲他是大言恫嚇，所以回答的態度，相當傲慢。

「我已經說過，一身做事一身當。性命是我自己的，就算送在東北，又何致於連累了東北同胞？」

「你聽我說下去就知道了。你想不想知道那件案子的結果？」

那人的神態很奇怪，一時竟看不出他的心是冷是熱；不過金雄白到底經得事多，聽他的口氣，這件案子的發展，大有文章，便即改容相謝。

「是，是！請坐。請坐了細細談。」說著，他遞了支煙過去。

「謝謝，我不抽。」那人仍舊站著說：「那件案子，治安當局辦得異常認眞，當時封鎖現場，大加搜索；因案及案，緹騎四出，抓了幾十個嫌疑犯，而且很快地就地槍決了。」

金雄白大驚，急急問道：「是幾十個嫌疑犯，一體槍決嗎？」

「是的，一個都不漏。」

「又何致於如此！幾十個人替一個人償命，這樣的法律也太嚴厲了。而且，總也有主從之分吧？」

「你知道主犯是誰？從犯又是誰？」

「不知道。」

「主犯從犯，哼，根本不在那幾十個人之內——。」

「這，」金雄白失聲說道：「是枉殺無辜！」

「也不能說『無辜』，反日就是他們的罪名。他們是一石兩鳥之計，一方面派人暗殺了『胡鬧』的人；另一方面藉此在捉反日份子，一體槍決，表面上好像堵塞了他人懷疑的口實，暗中正好屠殺反滿反日的熱血青年。」

「好毒的手法！」金雄白開始感到事態嚴重了。

「你也知道了！」那人低聲說道：「我就是特爲來向你提出警告的；這幾天，你的行動最好當心一點兒。」

走。

「是，是！」金雄白緊握著他的手：「非常感謝你的忠告，請問貴姓？」

那人搖搖頭答說：「同是天涯淪落人，也不必問姓名了。」說完，掙脫了手，掉頭就走。

金雄白想送出門外，那人做個手勢攔住了他；然後將門啓開一條縫，向左右看清了沒有人、才一閃身而去。

由於來客這緊張的動作，越發增添了金雄白的神秘恐怖感；一個人坐了下來，靜靜地考慮了一會，覺得這件事只有一個人可以商量，就是敖占春。

敖占春也住在第一旅館，一個電話就將他找來了；關上門低聲密談，說知原委，請教如何應付？

「這件事，就那位神秘客不說，我也想提醒你注意。不過，『新京』到底是『首善之地』，他們不會傻到在這裡動手，留一個話柄。」

「你的意思是，只要在長春就不要緊？」金雄白這樣問說。

「也不是說在這裡就不要緊；只是比在其他地方安全得多。」敖占春又說：「會議以後要分批參觀佳木斯、撫順、大連；你當然應該辭謝。」

「當然。」金雄白又問：「你呢？是不是也要隨團出發。」

「不！我的任務是陪你們出關，再陪你們進關。」

「對了！」金雄白被提醒了，「你是監視我們來的；但也應該是來保護我們的。既然有此警告，我只有寸步不離地跟著你了。」

「我當然要保護你。不過，在方法上要研究一下。」敖占春想了一下說：「你當然不能一個人先回去，那樣太危險了；可是你待在長春無所事事，他們天天派了人來，名爲奉陪，實則監視，不也是很乏味的一件事。」

「是啊，那一來正是困處愁城了！要想辦法，打發這幾天的日子。」

敖占春沉吟了好久說道：「這樣，首先我採取一個行動，跟他們交涉，說你這樣子『胡鬧』，難免有人看你不順眼，要不利於你。倘或有甚麼不幸事件發生，會影響『中滿邦交』。所以要請求特別保護。」

「這個辦法不錯。不過，那一來，置於保護之下，也就是置於監視之下了。」

「所以囉！」敖占春接著又說：「我有第二步行動，我陪你到哈爾濱去玩一趟。哈爾濱的警方，我熟人很多，不會出亂子。」

「那太好了！」金雄白很興奮地說：「我久已嚮往哈爾濱的異地風光了。」

剛說到這裡，有人來敲門，金雄白親自去接應，開門一看，是「代表」之一的國民新聞社長黃敬齋。

「敖先生也在這裡，好極了！我正有事要拜託敖先生。」黃敬齋問道：「能不能請敖先生代爲聯絡一下，撫順、大連那些地方公式化的參觀，我實在沒有興趣；能不能不去？」

「你不去怎麼辦？」金雄白問：「一個人待在長春？」

「有何不可？一個人在長春，找個本地朋友做嚮導，吃吃館子，逛逛窯子，也很逍遙自在啊。」

「我看這樣，」敖占春說：「你跟我們一起行動吧。」

「你們到哪裡？」

「暫時不宣佈，反正不是撫順、大連。」

「好，有你們作伴更好了。」

於是等「大會」終了，其他「代表」搭車南下；只有金雄白與黃敬齋，由敖占春陪著，沿南滿路北上，到了一百五十英里以外的哈爾濱。

哈爾濱原是松花江西岸的一個村落，自從爲俄國所租借後，方成都市。整個哈爾濱分爲四個部分：舊市區、新市區、埠頭區、傅家甸——這一部分純粹是中國式的市塵，在俄國人的勢力範圍之外。哈爾濱的旅館，大部分在傅家甸；金雄白一行，就住在傅家甸的天有客棧，是一家老式但很寬敞乾淨的旅館。

略略安頓好了，敖占春撥了個電話給他朋友，是埠頭區的警察首長，名叫劉子川。不一會，一輛汽車開到，劉子川來拜訪了。

劉子川是很豪爽好客的人，與兩個陌生朋友，一見如故；很親切地談了一會，便向敖占春率直問道：「怎麼玩法？」

「這要問他們兩位。」敖占春向金、黃二人說道：「沒有關係，子川是自己人。」

雖說自己人，到底還是初交：片刻邂逅，相偕冶遊，即令脫略形跡，心理上總不免拘謹，亦就不足以言放浪形骸之樂。因此金雄白答說：「改一天吧！」

「改甚麼？」劉子川說：「兩位從南邊不遠萬裡而來，況且也待不了幾天，光陰不可虛耗。」

「清談也很好。」

「這樣吧，」敖占春說：「咱們先吃飯，飯後看興致如何再說。兩位看，這樣好不好？」

「很好，很好。」黃敬齋說：「我倒很想見識見識帝俄的貴族。」

「你在上海見識得還不夠？」金雄白笑道：「當年的公主，如今都是鳩盤荼了！想來哈爾濱也一樣。」

「不然，」劉子川接口說道：「當年的公主雖成了夜叉；公主的女兒、孫女兒，也是金枝玉葉，其中有很不錯的。敬齋兄有興，我們就研究一下，是直接去吃羅宋大菜呢；還是先在別處吃了飯，再去找妞？」

「在上海住過的人，提起羅宋大菜都很倒胃口。另外找地方吧。」

「有眞正的好俄國菜，不光是一道湯、麵包管飽的羅宋大菜——。」

「我知道，我知道！」黃敬齋搶著劉子川的話說：「眞正宮廷式的羅宋大菜，可又太豐富了；我們的胃口都有限，糟蹋了。」

敖占春明白，那種宮廷式的大菜，花費甚大；黃敬齋不願主人太破費；且先徵詢金雄白的意見，再作道理。

金雄白也懂黃敬齋的本意，覺得這也是作客之道；便即答說：「我很想嚐嚐松花江的白魚。」

「那就只有上福致樓了。」敖占春說：「他家的白魚做得最好。」

「好，就是福致樓。」劉子川舉手肅客，「請！」

「慢一點。」敖占春忽然想起，「我先跟子川說句話。」

於是相偕到了走廊上，敖占春將金雄白在長春「闖禍」的情形，約略說知；劉子川肅然起敬，拍胸脯擔保，絕無問題。

「我先打個電話，」他說：「再關照這裡的掌櫃，格外小心。這樣就萬無一失了。」

＊　　＊　　＊

不但吃了松花江的白魚；一魚兩吃，頭尾紅燒、中段清蒸，還吃了兩樣異味，一樣叫做烏雞，形似烏鴉而稍大，產自興安嶺的原始森林，用筍片炒菜下酒，鮮美無比。

再有一樣叫飛龍，也是興安嶺的特產；看樣子是山雞的變種，但比山雞可口，又嫩又香，而且大補。金雄白與黃敬齋都是初嘗異味，吃得痛快淋漓，通身舒泰。

「從前吳鐵老說過，不到東北，不知東北之大。我要說不到東北，不知東北之美，東北之奇。」金雄白說：「光是口腹之嗜，就讓人懷念不止了。」

「東北多的是珍禽異獸，烏雞、飛龍是珍禽。」黃敬齋問說：「不知道有甚麼異獸？倒很想看看。」

「有種憨大憨——。」

「甚麼？」黃敬齋側耳問道：「叫甚麼？」

敖占春便用自來水筆，就在桌布上寫了「憨大憨」三字說道：「顧名思義，可以想見那種傻呼呼的樣子。又有人把憨字寫成『罕』字，這也通，是很希罕的東西；只怕不容易看到。」

「怎麼不容易？」劉子川接口，「動物園就有。不過今晚是看不到了。」

「喔，」黃敬齋大爲興奮，「明天一起床，就先要去看一看這憨大憨。」

「其實不看也罷，醜得很，牛首，駝背，驢尾、馬蹄；其笨無比——別的鳥獸，一聞異聲，趕緊就逃；只有這憨大憨會楞在那兒好半天，才會想到情形不妙，掉頭溜走。」

「照此說來，不就是姜子牙的坐騎『四不像』嗎？」金雄白恍然有悟。

「對了！就是『四不像』。」

「眞有『四不像』？」黃敬齋覺得不可思議，「是怎麼來的呢？」

「大概是野獸雜交出來的怪物。」

「如說是雜交的怪物，當然是牛、馬、驢子、駱駝四種動物雜交的結果。」金雄白笑道：「可名之爲『四轉子』。」

「妙！」黃敬齋說：「『二轉子』聰明漂亮的居多；『四轉子』何以既醜且笨？這道理就不懂了。」

「黃兄，」劉子川笑著說：「我看你把『四轉子』丟開；今兒晚上，我帶你去找『二轉子』好不好？」

「好啊，太好了！」

哈爾濱的「二轉子」很多，但可共春宵的，卻只有兩處地方才有，一處是酒吧；一處是日本開設的洋式茶店。主隨客便，劉子川請金、黃二人選擇；黃敬齋願意到洋式茶店。這是敖占春的建議，他說酒吧的情調，不如洋式茶店。

出了飯館，安步當車，走不多遠，看到一塊燈牌，映出「哈風」二字；門口有一具方形日式紙燈籠，白底黑字：「純吃茶」。劉子川便站住了腳。

「就這裡吧！怎麼樣？」

客人都沒有意見，劉子川便帶頭進門；揭開厚厚的門簾，只見輕音樂聲中，人影幢幢；金雄白不由得停住腳，想要等眼睛能適應幽黯的光線，再往前走，免得碰撞。

「請，請！」是很恭敬的日本話；接著有一隻溫柔的手來牽引他。

這時金雄白的雙眼已能清晰地辨物了。這家洋式茶店，門面甚狹卻很深，穿過一連串卡式火車座，到得最後，經過帳台，豁然開朗，座位也比較舒服，是半圓形的長沙發，可以坐六個人；擠攏了，上十個也容納得下。

「劉大爺，好久沒有來了。」來招呼的是個中年婦人；只聽她一口純粹的東北口音，不看她的面貌，不會想到是白俄。

「瑪利，今天陪關內的朋友來玩，妳可別讓我丟面子。」

「怎麼會？」瑪利答說：「我們從來不敢怠慢客人；又是劉大爺的貴賓，更不敢了。」

接著，瑪利一一請教「貴姓」；劉子川介紹完了問：「妳找哪幾個人來坐？」

原來這洋式茶店有女侍伴坐，論時計酬；瑪利便是這些女侍的頭腦，都叫她「媽媽」；說穿了便是鴇兒。

當下瑪利說了幾個「花名」，劉子川關照「都叫來看」。於是一下子來了六個，其中倒有五個「二轉子」，不過不全是中俄混血兒。當然，即令是「日俄衝突」的「戰果」，也會說中國話；金雄白挑的那個榮子就是。她生得小巧玲瓏，皮膚白；眼睛極大，頭發極黑，鼻子既不高、也不大，只覺得在那雙大眼與菱形的嘴之間，聯繫得恰到好處。是個不可方物的混血美人。

「金先生，」榮子照例寒暄：「貴處是？」

金雄白心想，說江蘇青浦，她未必知道；而且在「滿洲國」問籍貫，在他看來有特殊意義，所以特意答說：「我是中國人。」

「喔，」榮子接口說道：「我也是中國人；四分之一的中國人。」

「怎麼叫四分之一？」金雄白想一想說：「想來是你的祖父、祖母；或者外祖父、祖母有一位是中國人。是嗎？」

「是的，我奶奶是中國人；現在說，是『滿洲國』人。」

金雄白本想說：「滿洲國」人也是中國人。但這裡不是官式場合，辯之無益；而可能多言賈禍，爲劉子川、敖占春增加麻煩。所以改口問說：「還有四分之三呢？」

原來榮子的家庭，有複雜的國際背景，除了祖母是中國人，父親是日本人以外，還有一個俄國籍的外祖父與一個朝鮮籍的外祖母。

聽她說明身世，金雄白說道：「這不就是『四轉子』嗎？」

劉子川、敖占春、黃敬齋無不大笑；笑停了，黃敬齋說道：「這也可以說是『大東亞共榮圈』的結晶。」

這個譬喻，謔而近虐，劉子川、敖占春爲了客人的安全，不敢再笑；榮子與她的女伴們莫名其妙，爭著詢問發笑的原因。劉子川便說了「四轉子」這個名詞的來歷；接著又說「動物越轉越醜，人越轉越俊。」

虧得有這句話，才不致於唐突美人；至於「大東亞共榮圈的結晶」那句話，不必解釋，也都能默喻其意。金雄白怕榮子讓人這麼肆意調笑，心裡會不高興，便緊握著她的手，作爲撫慰；榮子會心不遠，報以一笑。笑時露出兩排整潔瑩白的牙，十分嫵媚，金雄白不免心中一動。

這時瑪利親自送了茶來，一把大銀壺中，倒出來的是濃得發黑的紅茶；以俄國茶磚用文火熬煮，既苦且澀，無法下嚥，所以要加上大量的糖，再澆上極濃的羊奶，猶如蒙疆的奶茶，只是不加鹽而已。

籍隸江南的金雄白和黃敬齋，喝慣了龍井、碧螺春等等清茶，如何消受得了這樣的異味？因此一個個蹙眉搖頭，淺嘗即止。

「吃不慣是不？」劉子川雖是山東人，到東北卻是「九一八」以後的事；所以他也有過同樣的經驗，「一到喝慣了，自秋至春，簡直不可一日無此君。」

「我相信也是如此。苦寒之地，非這樣的飲料，不足以袪除陰濕。不過，」金雄白無可奈何狀，「今天可是敬謝不敏了。」

「那麼喝酒吧！」

「這裡，」敖占春問：「也行嗎？」

本來是不行的，茶店是茶店，酒吧是酒吧；行規彼此尊重，不容侵犯。但偶而破例，說起來只是主人敬客，亦無不可。

於是瑪利去拿了酒來，很純的伏特加；還有一大盤魚子醬。金雄白識得行情，這一下要花劉子川好些錢，心裡覺得很過意不去。

「喝得來嗎？」榮子一面倒酒；一面很體貼地向金雄白說：「如果覺得酒太兇，我替你去拿啤酒。」

「對了，我也只能喝啤酒。」黃敬齋接口，「這伏特加太兇了，而且有股怪味。」最後那句話，大可不說；金雄白心想，劉子川很難得地在這裡要了伏特加，客人不但不欣賞，而且還有不中聽的話，做主人的豈不窩囊。

這樣一想，便改了主意，「我喝伏加特。」他說：「在上海要喝這麼地道的伏特加，吃這麼新鮮的魚子醬，根本就不可能。」

他的話彌補了黃敬齋的失言；劉子川很高興地舉杯說道：「請、請！」說罷「咕嘟」一聲，一小杯酒已經下嚥。

主人乾了，客人不能不乾；但這杯酒下去，心裡在說：五臟廟要造反了。

那杯酒入喉，火辣辣的一條線，直下丹田；金雄白也嚐過不少烈酒，不管貴州茅台、瀘州大麯、洋河高粱，以及北方燒鍋頭，都不及伏特加來得兇。

「好傢伙，」他說：「眞是領教了。」

話猶未完，一個名叫伊娃的中俄混血兒，卻又來敬他的酒了。金雄白不甘示弱，又「領教」了一次「好傢伙」。

「吃點東西，壓一壓酒。」榮子將一小塊上面佈滿了黑魚子醬的麵包，送到金雄白的口中；隨又問說：「金先生，你以前到哈爾濱來過沒有？」

「不但哈爾濱沒有來過；到東北也是第一次。」金雄白問：「妳呢？到南邊去過沒有？」

「沒有。往南，最遠只到過奉天。」

「你想不想到上海去玩玩？」

一聽這話，榮子的雙眼頓時發亮，眸子像兩枚黑寶石似地，閃出動人的光芒；但當她的感受還沒有完全吸收時，她那雙眼睛突然轉為抑鬱，搖搖頭說：「不！」

金雄白大惑不解，不知她何以有此變化莫測的表情；好奇心起，頗有探索原因的興趣。轉念又想，萍水相逢，又在客邊，而且多少帶著避難的性質，亦就多少是在亡命途中，何必多事？於是，那份好奇心很快地消失了。

但是酒精卻在他的血液中開始了作用；因此，對榮子這個「人」的興趣，卻更增加了。他心裡在想：如果我是劉子川，察顏觀色，一定會作安排，讓遠客盡歡。轉念到此，不由得抬眼去看東道主人。

巧得很，劉子川也正在注意他；視線相接時，他微笑問道：「怎麼樣？」

這一問，可作兩種解釋，一種是問他對榮子是否滿意；一種問他有沒有進一步的打算？金雄白認爲前一種解釋比較妥當；便攬著榮子答說：「很好！」

事實上，這也就等於兼作了後一種解釋；劉子川點點頭，站起身來，在另一張空沙發上坐下，接著，招招手找了瑪利去談話。

顯然的，金雄白的估量，完全正確。等劉子川回到原處，瑪利隨即向榮子作個手勢；她告個罪，離座而去，更可以證明是在作「安排」。

「敬齋兄，」劉子川問道：「你怎麼樣？」

「我喝啤酒。」黃敬齋舉著大酒杯說：「我倒覺得還是我們自己的怡和啤酒好。雜七雜八的日本啤酒、俄國啤酒都沒有意思。」

何謂「雜七雜八」？而且喝的是日本太陽牌啤酒；並無俄國啤酒，又怎麼知道「沒有意思」？

劉子川也是搞情報的，當然懂得隱語；想了一下問道：「怡和啤酒出在那裡？」

「上海。」

「喔，」劉子川緊接著問：「你對青島啤酒有沒有興趣？」

「青島啤酒，號稱用嶗山泉水做的，風味不同；倒很想試試。」

「行！我請你喝青島啤酒。」

金雄白與敖占春聽他們借酒論色，不由得相視而笑：「敬齋，」金雄白開玩笑地說：「青島啤酒是德國技師的配方，不也是雜七雜八的嗎？」

「那不同、那不同！不管怎麼樣，總是國貨。」

「眞是，喝酒不忘愛國。不過，吃飯的時候，你好像對非國貨比較有興致。」

「彼一時也，此一時也。聞名不如見面。」

「別往下說了！」敖占春插進來說：「你這樣批評國貨，影響了雄白兄的興致。」

「不會，不會！」金雄白笑道：「我是向來不爲浮議所動的。」

「對了！我是浮議。」黃敬齋乾了啤酒；伊娃還要替他添一瓶時，他搖搖手說：「不要了，回頭我還要喝青島啤酒。」

「青島啤酒也有；我給你換。」

經她這一說，賓主四人都笑了；伊娃自是莫名片妙，睜大雙眼，看看這個，看看那個，始終不明究竟。

「酒不要了！」劉子川撫慰似地，拍拍伊娃的肩說：「他們兩位今天剛到，要早點休息；我們要走了。請你告訴瑪利，拿帳單來。」

瑪利送來帳單，劉子川簽了字；另外拿出一捲鈔票，略略檢點了一下，全數塞到了瑪利手裡。

「沒有多少時間，不用這麼多。」

「多下的送妳。」劉子川站起身來，又問一句：「你記得地方吧？」

「記得。」

於是一群女侍簇擁著送客出門；獨獨不見榮子，金雄白不免納悶。在行人道上走了一段路，有人一伸手將他拉住；是敖占春。

「雄白兄，」敖占春說：「旅館要換了，換到埠頭區來，這裡是老劉的勢力範圍，安全絕對可以負責。」

金雄白自然同意，而且道了謝意，他說：「子川兄很好客，我的脾氣，亦是如此。今天叨擾他很多，亟思有以報答，你問他，有沒有意思南遊，一切都是我招待。」

「我看他除非有機會；專程去作你的客人，恐怕不可能。不過，我將來或許有別的事請你幫忙。」

金雄白心裡在想，這幾年由於他跟周佛海的關係，來向他求援的人極多，來意不外乎通財、求職、謀官與乞命，當然是因爲做地下工作爲日本憲兵或者「七十六號」所捕，來請他幫忙；遇到這種情形，他是無有不盡力的。

劉子川請他幫忙，當然不會是通財或求職，也不見得是謀官；至於拼命，此刻還談不上，是不是他想到上海去搞甚麼情報，要他代爲掩護？果然如此，倒要設法探一探口氣，是替誰作情報？如果是日本人或者俄國人，成了爲虎作倀，這個忙就無從幫起了。

剛要開口探問，突然想到敖占春的朋友，何能爲虎作倀？這樣一想，話就不一樣了。「占春兄，」他說：「我跟子川兄雖然一見如故，究竟還不能深知；只要你占春兄說一句：這個忙一定要幫我就一定幫。」

敖占春沒有作聲，只緊握住他的手，重重搖撼了兩下，表示充分領會了他的意思。

這時已到了埠頭區最熱鬧的「克塔伊司塔耶街」；在郵政總局附近有一家黑海飯店，門口已有劉子川屬下的人在等，坐電梯上七樓，開了兩間窗口朝北，可以眺望松花江的套房。等坐定下來，劉子川開始打電話。

他說的是俄語，金雄白與黃敬齋都不知所云；敖占春卻聽得懂，笑著對黃敬齋說：「他替你在找青島啤酒。」

果然，劉子川放下電話說：「找是找到了。不過，啤酒宜於痛飲，不知道敬齋兄吃得消，吃不消？」

「此話怎講？」

「高頭大馬，久戰不起。」

「那是特大號的瓶裝。」金雄白笑道：「你們只看敬齋兄的肚子好了，喝啤酒他有兼人之量，沒有問題。」

「那好。」

話剛完，門上剝啄聲響，敖占春搖搖手，同時起身去開門。這自然是格外謹愼門戶之意；因此，金雄白便也轉眼去望。

非常意外的，門外竟是榮子。這一下金雄白才明白，原來在茶店中就已說妥；如今是直接來報到了。

「歡迎、歡迎。」金雄白起身相迎。

榮子換了一身正在南方流行的時裝，中式夾襖西裝袴；這天風大，所以用一塊大彩巾，包頭連披肩，手也掖在彩巾中，只露出一張臉。

等她解開彩巾，金雄白方知榮子眞是美人。茶店中燈光黯淡，有些「二轉子」一身黃毛，可以遮掩得過去，但像榮子那樣卻是委屈了；只有在這璀璨明燈之下，看她膚白如雪，頭髮既黑又亮，像一漆黑緞子；嫋娜腰肢以及臉上小巧纖細的輪廓與線條，亦只有在亮處才看得分明。

「雄白就有這個本事。」黃敬齋不勝羨慕地說：「隨便甚麼地方，他總是第一眼就能把最好的挑出來。」

金雄白非常得意，滿面含笑地向榮子說：「你聽黃先生的話沒有？」

榮子點點頭，轉眼向黃敬齋拋過去一個表示感謝的微笑，然後隨著金雄白一起坐下。

門上又剝啄作響了；黃敬齋精神一振，金雄白笑道：「青島啤酒來了。」

仍舊是敖占春去開的門，門外卻是侍者，「哪一位是黃先生？」他說：「請到間壁七二三號。」

「怎麼？」劉子川問道：「是王小姐來了？」

「是的。」

「爲甚麼不領到這裡來？」

「王小姐聽說人多，不肯來。」

「這可新鮮——。」

一句話未完，金雄白搶著說：「大概是不慣的緣故，不必勉強；敬齋移樽就教吧。」

接下來又笑道：「看來『在山泉水清』，只怕還是人家人？」

「人家人倒是人家人；不過也『清』不到哪裡去。不管啦，敬齋兄你喝『酒』去吧。」

黃敬齋笑容滿面，過意不去地問道：「你們兩位呢？」

「你不必管我們。」敖占春說：「你儘管去享受你的。明天也不必起得太早；十點鐘我來看你。」

「怎麼？你不住在這裡？」

「對了！我到子川兄那裡去，聯床夜話。」

「好，好！明兒見，明兒見。」

等黃敬齋一走，劉子川與敖占春也相偕告辭；金雄白卻興猶未央，「伏特加，剛才喝下去難受，這會兒酒倒醒了。」他說：「有沒有興致再喝兩杯？」

「興致是有；不過會擾了你的興致。」劉子川說：「明天再陪你吧。」

「如此良宵，應該是你跟榮子淺斟低酌的時候，何必讓我們在這裡討厭。」敖占春拿起電話，「我替你要酒。你愛喝甚麼？這家飯店很大，一般叫得出名字的酒都有。」

「要瓶白蘭地吧！」

於是敖占春替他要了一瓶拿玻崙白蘭地，一個隨廚房去配的什錦冷盤。接著便與劉子川一起走了。

「你姓甚麼?」

「我——。」榮子說了一個日本姓;是日本話,金雄白聽不懂。

這無關緊要,金雄白也不再問;只說:「看你才十八歲,是不是?」

「不!我二十歲。」

「家裡有甚麼人?」

「媽媽。」榮子答說:「還有弟弟妹妹。」

「你父親呢?」

榮子搖搖頭,神色黯然地說:「不知道哪裡去了?」

這時金雄白才發覺,自己找了個很不適宜的話題,她的父親是日本人,而她又墮落風塵,可以想像得到,家庭境況一定不佳;說不定還有很悲慘的身世。萍水姻緣,不該觸及這容易令人不歡的話題。

「金先生,」榮子反過來問:「你是上海人?」

「上海附近。」

「有多遠?」

「很近。」

「就像這裡到長春那麼近？」

「沒有，沒有。」金雄白答說：「江蘇的整個面積很小；火車只要十幾分鐘，就通過了一個縣分。不比關外，地大物博人稀。」

「喔，」榮子點點頭問：「金先生結婚了吧？」緊接著又不好意思地說，「你看我多笨，會問出這句話來，當然已經結婚。」

「是的。我孩子都很高了。」

「幾位？」

「三個。」

說到這裡，只聽有人敲門；侍者送來了白蘭地和下酒的冷盤，結束了他們之間的了無意義的談話。榮子替他倒了酒；自己也斟了少許，舉杯說道：「金先生，我有個要求。」

「好！你說吧！如果可能，我一定答應。」

「我希望你跟我說的話，每一句都是眞實的。」

「這不只是要求了，是懷疑我沒有跟你說眞話。是嗎？」

「不、不！金先生，我的話說得不適當，以致讓你誤會。我很抱歉。」榮子又說：「我只是想知道，你跟我說的話，哪些是隨口敷衍的話，哪些是實在的。」

「這就很難說了。隨口敷衍是免不了的，譬如說，你問我這酒好不好？照我在上海喝的酒來說，不好；可是在這裡，我就得說：好，好！」

「我很佩服金先生，肯說老實話。」榮子停了一下說：「我想請問金先生一句話，希望你不是敷衍我。」

「當然！你說，我一定很誠懇地回答你。」

「你問我要不要進關玩一趟，有這話嗎？」

正談到這裡，電話鈴響了；金雄白拿起話筒接應，傳來的卻是黃敬齋的聲音：「上床了沒有？」

「沒有。」

「在樓下咖啡座上見個面，如何？」

金雄白心想，何事要避人而談？但此時需要避人而談，自非小事；當即答說：「好吧！我馬上來。」

於是向榮子說了緣故，隨即下樓；黃敬齋已在咖啡座上冷僻的一角坐等。

「你知道不知道那王小姐，長得甚麼樣子？」

金雄白一楞；但對這種話題，自感興趣，便即答說：「不說是高頭大馬？」

「非也。生得修短合度，而且也很穩重。」

「恭喜，恭喜！」金雄白笑道：「那不是更理想嗎？」

黃敬齋不理他這句話；管自己又問：「你知道不知道，那王小姐爲甚麼不肯到你房間裡來？」

「我不知道。」

「其實你是知道的。你剛才說，大概是不慣的緣故；又說『在山泉水清』，只怕還是人家人，這話一點都不錯。」

「那麼錯在哪裡呢？你說的情形，跟劉子川所安排，完全不同。」

「問題就在這裡。當時我一看情形不同，而且神情也不像風塵中人，就問她說：『劉大爺說你身材長得高大，我一點都不覺得，那是怎麼回事。』她說：『那是我的小姑。』我更覺得奇怪，於是問了好半天，才弄清楚是怎麼回事；據說——」

據說她的小姑，眞正的「王小姐」，本來是個吧娘，現在已經不幹這營生了。劉子川不知道怎麼想到她，派人去找，爲王小姐一口拒絕，而劉子川手下的人說：「劉大爺的面子，你們非給他圓上不可。」但王小姐執意不從；無可奈何之下，只好由她的嫂子代爲應此徵召。

「這就奇怪了！」金雄白問說：「這也是能強人所難的嗎？而且，爲甚麼對劉子川這樣服從？莫非有別的緣故在內？」

「對了！」黃敬齋低聲說道：「我跟你要研究的，正是這一點。看樣子，劉子川有個情報組織，找人來陪我，是一種『工作』；她之來，是因爲出於組織上的命令，既然小姑堅持不允，就只好她做嫂子的犧牲了。」

「那，該怎麼辦？」

「你自己想呢？」

「如果是我個人的事，我自有我的應付之道；不過，像這樣的情況，我們休戚相關，不能不先跟你商量。」

金雄白想了一下說：「如果我是你，一定會尊重對方的意見。她願去則去，願留則留；不過她雖留了下來，要你自己守得住。」

「我當然不必勉強她，天下女人多得很，何必非佔有她不可？不過，同床異夢，味道缺缺；我想打發她走，你看怎麼樣？」

「這最好也要看她的意思，如果她很樂意，當然無可話說，倘或面有難色，你的好意就變成害她了。」金雄白又加了一句：「我認爲你的懷疑很有道理，這事的處理總以愼重爲宜。」

黃敬齋對他的話，是充分理解的；如果半夜遣走王小姐，劉子川一定會追問原故，可能會疑心她慢客，或者洩露了行藏。前者是掃了劉子川的面子；後者問題更加嚴重。這樣想著，便決定了態度。

「好吧！」他一面起身，一面說道：「今天我就好比『借乾鋪。』」

「只要人家願意，濕鋪也不妨。」

黃敬齋苦笑著轉身而去；金雄白正在帳單上簽字，不道黃敬齋去而復回，神神秘秘地問道：「不要『卯金刀』在我們兩個人身上做工作吧？」

「不會的。」金雄白很有信心地說：「我們是敖占春的朋友，絕不會。」

「總是小心點的好。」

這句話，倒讓金雄白聽進去了；所以回到自己房間，絕口不提此事，不過心裡當然丟不開，尤其是劉子川的身分煞費猜疑。因爲如此，雙手捧著只倒了少許白蘭地的卵形大玻璃杯，不斷晃蕩，很容易地讓人看出來，他心中有事。

一瞥之間，看到榮子在擦拭他面前的酒漬，方始警覺，自己冷落了榮子，便即歉然笑道：「對不起！我想一件事想出神了，以致忘記有你在這裡，眞是荒唐。」

「金先生，太客氣了。」榮子微笑著問：「你的心事想好了沒有？」

「不是甚麼丟不開的心事。想明白了就行了。」

「那好！我怕我說話會擾亂你的心思。」

「不會，不會。」金雄白喝一口酒，取了一小塊燒鹿脯，放入口中，津津有味地咀嚼，雙眼自然盯在榮子臉上。

「金先生這趟出關是來觀光？」

「名義上是開會，實際上是觀光。」

「你覺得關外怎麼樣？」

金雄白心想，這句話如果是無甚意義的閒談，大致是這樣問：你覺得關外好不好？或者問他觀光了哪些地方？如今籠通問到「怎麼樣」，涵蓋面很廣；而且看她眼中是一種討論問題的神色，就更不願率爾作答了。

當然，要閃避或者探索這句話的眞意是不難的，「妳說哪方面怎麼樣？」他反問一句。

「我是說我們這裡老百姓的情形。」榮子問道：「金先生，不知道你是不是明瞭？」

金雄白突然衝動，幾乎脫口要說：「我到這裡來，就是要看看老百姓的情形。」但伴隨這個衝動同時浮起的，卻是高度警覺。因而很沉著地先喝一口酒；酒杯的口徑很大，罩住了半個臉，也就遮掩了他的表情；方便的還不止於此，更可以從酒杯邊緣射出探測的視線，看她是何表情？

她的表情也顯得很深沉；而過於沉靜的眼神，看上去總像帶著些憂鬱，這也就更突出了她的嫻雅的氣質。金雄白在風塵中閱人甚多；竟也不免怦怦心動；很自然地聯想到了黃敬齋的戲謔之詞：「動物越轉越醜；人越轉越漂亮。」

一念未畢，驀地裡想到，她所說的：「我們這裡的老百姓」這句話，正確的解釋是甚麼？如果是指中國人，她不應用「我們」二字；因爲她應該算作日本人。

於是，他毫不遲疑地要求澄清這個疑問，而且措詞相當坦率，「你有雙重國籍，是日本人，也是『滿洲國』人；如果你所說的『我們這裡的老百姓』，是指你們的雙重國籍的同胞，那麼，」他說：「依我看，境況還不錯。」

「不！金先生，」榮子遲疑了一下，終於說出口來，「我不是日本人。或者說，本來可以算日本人，現在早就不是了。」

「這話似乎很費解。」

「我說明白了，金先生就知道了。我的父親是中日混血兒，是日本人；可是，在生下我不久，就遺棄了我的母親；同時因爲並非合法的婚姻，所以我不能取得日本的國籍。」她突然昂起臉來，「就能取得，我也不要！」

這是感情自然的流露，金雄白瞭解她因爲她父親的薄倖而恨日本人的道理；便用撫慰的語氣說道：「很抱歉！我不該問到你的身世，觸動了你心裡的隱痛。」

「不！我反倒覺得心裡好過些。」榮子又說：「在我母親最困難的時候，有一位好心的中國人，無條件地幫助我母親；後來我母親就嫁給了他，跟著我繼父，做了中國人。」

「啊，」金雄白說：「我很高興你能成爲中國人。」

榮子深深看了他一眼，「可是，成了『滿洲國』的中國人很苦。」她說：「金先生也許還不知道。」

「不能說不知道。不過並不深知。」他怕榮子沒有聽懂，特地又加了一句：「就是知道得不多。」

由此開始，話題逐漸趨向輕鬆，在榮子是覺得有義務製造比較「羅曼蒂克」的氣氛；而金雄白卻是逃避現實，因爲他知道如果再談東北的「民生痛苦」，可能會牽引出讓他難於應付的局面。

於是在收音機所播「朔拿大」的輕快旋律中，依依低語，直到彼此都覺得情緒成熟了，才去相擁入夢。夢迴時，曙色已從窗簾的縫隙中悄悄溜進來了。

6 客中驚艷

旖旎惆悵的一夜。

懶散而又恬適的金雄白，從一醒來腦中便浮起無數新鮮而甜美的記憶；及至鼻中聞到散發自榮子秀髮間的香味，就像聞了嗅鹽一般，懶散的感覺，頓時一掃而空，從枕上轉臉去看榮子。

他看到只是榮子的披散著的一頭黑髮，與色如象牙的渾圓的肩頭；他忍不住想享受美妙的觸覺，卻又不忍擾她的清夢，躊躇好一會，才輕輕地伸出手去，很小心地搭在她的胸前，隔著輕柔的絲質睡衣，觸摸到的是富彈性而又溫暖的一團肉。

榮子似乎不曾被驚醒，而其實她根本是醒著，她慢慢地伸手覆在他的手背上，然後緊緊地握住了他的食中兩指，就像小女孩牽著大人的手走路那樣。

「榮子！」金雄白輕輕地喊。

「嗯。」她答應著，卻未回面。

「你做了夢沒有？」

「做了。」榮子反問：「你呢？」

「當然做了，否則爲甚麼問你。」金雄白一面輕柔地撫摸著，一面靠緊身體，從她的髮絲中將聲音透過去：「我做的夢先很有趣，夢見我在跑馬廳，春季大香檳中我買的馬，一路領先——。」他故意不說下去。

「後來呢？」榮子如他所期望的，翻過身來，面對面地問說：「到終點仍舊是第一。」

「不知道。」

「怎麼會呢？」

「怎麼不會？有個冒失鬼從背後撞了我一下；一驚而醒，自然就不知道那匹馬贏了沒有？」

「眞可惜！」

「是啊，我不知道妳有沒有這種感受，好夢不終，突然驚醒，心裡有種說不出的空虛，不過，今天我的感覺不同。」

「怎麼不同呢？」

「因爲醒來比夢中更好。」他摸著她的臉說：「有你塡補我失落好夢的空虛。人間到底勝於天上。」

「你是說眞實勝於夢境？」

「正是這話。」

「可是，你怎麼能證明，現在不是夢境，那匹一路領先的馬，不是眞實？也許你的馬早就贏了，正等著你拿馬票去領獎金呢！等我看看，你的馬票擱在哪個口袋裡了。」說著，她伸手到金雄白身上去亂捏亂摸；金雄白怕癢，又笑又躲，最後兩人扭成一團。

二人又經歷了一次由興奮到懶散的過程，金雄白問道：「榮子，妳讀過莊子沒有？」

「只聽見這部書名。」

「你看過京戲的蝴蝶夢、大劈棺沒有？」

榮子想了一下說：「看過，那年童芷苓到哈爾濱來，常唱這齣戲。原來你說的莊子，就是莊周？」

「對了。」

「到底有這個人沒有？」

「當然有。不然怎麼會有這部書。」金雄白又說：「你剛才的話，就跟莊子的說法一樣；不知蝴蝶之夢莊周，還是莊周之夢蝴蝶。所以我以爲你看過莊子。」

「沒有。」

「沒有就更了不起。證明你也有像莊子那樣豐富的想像。」

「謝謝你，太誇獎我了。不過，我覺得一個人的想像還是不要豐富的好。」

「你倒說個道理我聽聽。」

「想得越多越痛苦。」

金雄白完全同意她的看法，卻不願表示任何意見；不過眼色中示意，樂於聽她的見解。

「尤其是自以爲一定能如想像的事，結果並未出現，想像落空；更是最痛苦的事。」

「這只可說是希望落空。凡是希望都帶一點主觀的成分；所以，」金雄白特別強調，「這種痛苦，應該說是感情上的痛苦。」

「感情亦由想像而來。」榮子針鋒相對地回答：「沒有想像，就沒有感情；尤其是對於一個遙遠而陌生的對象。」

他不明白她的話，意何所指；只覺得她的語言有味，便即笑道：「你這個遙遠而陌生的對象，不會是我吧？」

「怎麼會是你？我們現在不但不陌生，而且距離最近了；近得只能容得下一個人。」

「容得下一個人？」金雄白反駁著說：「男女之間的距離，能容得下一個人，就不能算最近。」

「那是沒有辦法的事，也許必須容納兩個、三個；甚至五個。」

「你的話說得很玄、有點、有點——。」

「有點甚麼？」

「沒有甚麼。」

「你不對！」榮子率直指責，「既然我們的距離，近得不能再近了，有甚麼話不能說？」

「有句話，我是開玩笑的；你如果不會生氣，我就說。」

「開玩笑的話，我怎麼會認眞？」

「我是說，你剛才的話很玄，有點上海人所說的『十三點』的味道。」

榮子笑了，「這話也不是你第一個人說。有一次我跟一個也是上海來的客人，談不到三五句。他就不屑地罵一聲：『十三點』。我想想也是，人家是來尋歡作樂的，你跟人家談嚴肅的人生問題，不是十三點是甚麼？」她略停一下又說：「哪知道我今天又做了十三點。」

能有這樣的自知之明，金雄白才確知她有深度；亦就更爲欣賞了。「我們再談剛才的問題，」他說：「請妳解釋必須容納兩個、三個，甚至還是五個的理由。」

「我先問你，男女之間，甚麼時候，距離最近？」

「那還用說嗎？是兩人聯接為一個人的時候。所以最親密莫如夫婦。」

「那麼，當夫婦由兩個人聯接為一個人的時候，你能排除腹中的嬰兒嗎？」

金雄白恍然大悟，但也大驚，「怎麼？」他急急問說：「妳懷著孕？」

「沒有。」榮子看他緊張的樣子，覺得好笑，便故意嚇他一嚇，「昨天沒有；可是今天也許有了。醫生替我檢查過。說我很容易懷孕的。」

這使得金雄白想起到處留情的周佛海，不知有多少骨血流落在外；反躬自問，或亦不免。但事後不知便罷；事先知道有些可能，卻不能不預籌一個比較妥當的辦法。

這樣想著，口中反先問一句：「如果兩三個月以後，你發現懷著我的孩子，妳作何打算？」

「那是你的事。」榮子答說：「我先要看你的態度才能作決定。」

金雄白心中一動；但旋即警省，輕諾則寡信，此時不宜作任何言之過早的具體承諾。於是正色答說：「我會拜託劉先生，到時候一定有妥善的安排。」

榮子不作聲，仰臉向上；側面看去，只見極長的睫毛不住在閃動，不知道她在思索些甚麼？

「金先生，」她突然轉臉問道：「你問我要不要進關去觀觀光，是隨便說說的；還是確有這樣的意思？」

金雄白心中微微一跳；他想：到了這樣的交情，即使昨夜是隨口的一句話，此時亦不便否認，「確有這樣的意思。」他說：「我不知道這裡旅行的規定，如果能夠隨便進關，去玩一趟也是很平常，很容易的事。」

「只要劉先生肯幫忙，我想進關就不難。」榮子又說：「不過，金先生，我很坦白地說，我進了關、就不出關了。你能不能替我在上海，或者那裡找個工作。」

「那太簡單了！甚至我幫妳忙，創一番自己的事業也不難。不過，」金雄白很誠懇地說：「我必須先瞭解你為甚麼不願在關外？妳的生母怎麼辦？」

「好！我告訴你，我有義務告訴你。起來談，好不好？」

「好。」

兩人同時起床，榮子像個賢慧能幹的妻子那樣，照料金雄白盥洗、更衣；用電話叫來了一份歐洲式的早餐，一面為他在麵包上抹黃油，一面說道：「我早晨向來不吃東西的。你管你吃，聽我告訴你，我為甚麼想離開這裡？」

原來榮子是日本一個特務組織的外圍份子；由於她的身世的複雜背景，以及多種語文的能力，所以她受命工作的對象極其廣泛；她要應付各式各樣的人，每一句話，每一個動作，都須非常小心；稍露馬腳，就會招致極大的麻煩，甚至不測之禍，以致心力交瘁，痛苦非凡，無時無刻不想擺脫束縛。

「我也很明白，情報工作無論如何是一種偉大的工作；但任何偉大的工作，一定出於一個偉大的目標。我自己認爲我是一個中國人，爲了中國的前途，我做情報工作，雖苦猶樂；而且，雖危亦安。」榮子停下來，拿起金雄白早餐中的果汁喝了一口，喘口氣接著又說：「雖苦猶樂容易懂；雖危亦安怎麼說？金先生，不知道你有沒有這樣的經驗？」

金雄白楞住了，放下手裡的一小塊麵包，食中姆三指下意識地搓弄著，倒像有甚麼骯髒的沾染，極難祛除似地。

「金先生，」榮子問道：「你沒有這方面的經驗？」

金雄白驀地裡察覺，自己是處在一個分岐極大的關鍵上。他警覺到，從昨夜裡與榮子邂逅以來，無論就感情或理智來說，他始終掌握著主動，可以控制彼此的關係；但是，此一刻似乎將在不知不覺中失去主動，爲榮子所控制。她的那一套話，動聽極了；太動聽了，簡直像英茵在舞臺上所念的臺詞。警覺應該在此！

即令他此刻判斷，榮子的話百分之七十出於肺腑；但那未可知的百分之三十，應該更值得重視。同時他也想到，榮子把他的能力估計得很高；因此，對於她那百分之七十的出於肺腑的認識，採取保留的態度，應該是她所能理解的；甚至於過分熱烈的反應，反而會使她失望，覺得他不夠深沉，不是一個可充分信任的人。

於是，他定定神，重新撿起揮落在盤中的那塊麵包，送入口中，一面咀嚼，一面從容不迫地答說：「我雖沒有這方面的經驗，可是這方面的朋友很多。妳總應該知道丁默邨跟李士群吧？」

「當然。我相信你一定認識這兩個人，否則我不會公開我的秘密。」

「最秘密的秘密！」金雄白為她作了補充。

「一點不錯，是連我母親都不知道的秘密——。」

「慢一點！」金雄白打斷她的話問：「劉子川知道不知道？」

「我不知道。不過，我想他應該知道的。」

金雄白沉著點點頭；舉起咖啡杯，將餘酒一飲而盡，拿起餐巾擦一擦嘴，摺好放在一邊；榮子以為他有話要說，很禮貌地在等待。

「請往下說！」金雄白抬眼看著她，「我在等妳解釋，何以雖危亦安？」

「因爲有一個偉大的目標在鼓舞你！」榮子答說：「一個人，如果在遭遇危險時，有最親愛的人在身邊，勇氣自然會增加。小孩在鬼哭狼號的荒野中，只要是在媽媽懷裡，一樣能夠睡得很熟，就是這個道理。」

「是的。這個道理，如何引伸到偉大的目標上？請你說具體一點。」

「我舉這個譬例，已經很具體了；如果你是爲國家工作，你會感覺到國家跟你在一起，那還有甚麼可怕的？不怕，當然就無所謂危險了。」

她的話實在不能不令人感動；金雄白心想，軍統眞應該吸收這樣的女同志才是。如果能夠將她帶到上海，用迂迴的途徑，介紹給軍統，並非難事。不過眼前卻須愼重；否則，不但自己找上了麻煩，也很可能累及榮子。

「我對妳瞭解到很充分了。榮子，妳沒有看錯人；我是可以跟妳共秘密的。當然，我也很願意幫助妳；不過，妳對我所知太少，我需要考慮。」

這話很費解，何以對他所知太少，他就需要考慮？所謂對他所知太少，是不是意味著她所望太奢？就像誤認僞闊佬爲大富翁，開口要借一大筆錢；僞闊佬不便自己揭自己的底牌，只能這樣含蓄地回答。

她的猜測，多少接近事實；金雄白考慮下來，決定揭底牌，「妳知道不知道，我在長春幹了件相當魯莽的事？」他問。

「我不知道。」

「我可以告訴你——。」金雄白將「爭旗」一事的前因後果，細述了一遍，接著又說：「別的代表南下到撫順各地參觀去了，我爲了躲避麻煩，特爲北上。榮子，如果妳不是具有秘密身分，我帶妳走不要緊；妳有了這種身分，一舉一動都有人注意，結果妳走不脫，我也可能回不去。妳說呢？」

「原來是這樣！我的要求變得過分了。金先生，我收回我的要求。不過，」她緊握著他的手說：「你別忘了，你是我可以共秘密的人。」

「榮子，妳暫且不必收回妳的要求，我剛才的意思是，這一次我不能帶妳走；並不是不替妳想辦法。等我先回上海，自己安全了，一定會在三個月到半年的時間中，接妳到上海。如果妳自己有辦法脫離虎口，譬如到了北平，妳只要打一個電報給我，我馬上會有安排。」

榮子報以異常感激的眼色，然後低頭沉思了好一會方始問道：「如果要打電報給你，地址應該怎麼寫？」

「很簡單，只寫『上海、平報』，一定可以收到。」接著，金雄白寫了他的名字，「記得吧？」

「沒齒不忘！」

這是雙關語。金雄白在欣賞之餘，又不免感慨天公不公，這樣一個秀外慧中，偏教她淪落風塵；轉念又想，若非出淤泥而不染，又怎能顯出白蓮的高潔。造化小兒冥冥中的信手安排，實在奇妙；眞是天道難測，亦只能隨緣稍盡人事而已。

這樣想著，更覺得無心邂逅榮子，不能不說是緣分；同時也就有了眼前還能幫她一些甚麼忙的意願，略爲考慮了一下，決定將隨身帶來預備買人參及皮貨，孝敬雙親的一筆「老頭票」送給榮子。但如率直相贈，榮子一定不會要；再則形式上類似夜渡資，亦嫌褻瀆。因此，金雄白還須先想好一段話，方能讓榮子接受他的好意。

「我希望我去了以後，妳能很快地找到脫離虎口的機會。」他說：「哈爾濱是國際都市，這種遠走高飛的機會，不會沒有吧？」

「機會是有。」榮子遲疑著說：「可是，我也不能說走就走啊！」

「妳非說走就走不可！因爲機會稍縱即逝，而且可能永不再來。」

榮子不作聲，只點點頭表示領會。

「有甚麼難處嗎？」金雄白很快地作出突然想到的神情，「啊！我明白了。你不能不安家；而且有了甚麼偷渡的機會，花費一定也不輕，不過，這在我是小問題，我有一家銀行。」

一面說，一面開皮包，將簇新的一札「老頭票」擺在榮子面前，附帶加上一張「南京商業銀行董事長兼總經理」的名片。他故意不去看她的臉：但仍聽到她鼻中微微有「息率、息率」的聲音。

「金先生！我——。」

「榮子！妳不要再說了。」金雄白打斷了她的話，抬眼看著淚流滿面的榮子說：「妳也不必覺得受之有愧。我老實跟妳說，我不知道幫過多少朋友的忙；事實上由於我有一家銀行，也不容我不幫忙。不過銀行到底是銀行，跟當票一樣，空口說白話想借錢，免談！我是銀行的負責人，如果開個例子，可以隨便借錢給人，下面的副理、襄理、行員，個個大做人情，我這家銀行非倒閉不可。所以，想借錢給人，也還要想個辦法。上海人所謂『打過門』這句話，妳懂不懂？」

「懂！」

「那麼，何謂『白相人』，你一定也懂。上海的白相人有句話：『光棍好做，過門難逃。』妳知道不知道，我怎麼替借錢的朋友打過門？」

「我怎麼會知道？」拭去眼淚的榮子，微笑著說：「金先生，你做的事，常常是人家所想像不到的。」

這算是一頂高帽子；而恰爲金雄白喜戴的帽子，所以談得越發起勁了：「我跟我的朋友說，銀行只做抵押貸款、棧單、股票、房契都可以抵押；現在請你拿一個信封，隨便裝一張紙在裡面，那怕是洗手間的衛生紙都行。封好以後封口要蓋章，信封上寫明甚麼字號的房契或者地契一份；我在上面標明：『某某先生抵押貸款多少擔保票』。你拿了這個信封到放款部辦手續領錢。哪一天本利完清，我們把你的『擔保票』原封不動還給你。這樣不就對我手下的人，打了過門了嗎？」

「妙不可言！」榮子笑著問道：「有沒有人來還這筆借款呢？」

「問得好！」金雄白反問一句：「你倒猜猜看。」

榮子想了一會答說：「我想大部分的人會來還。」

「爲甚麼？」

「有借有還，再借不難。如果借了不還，第二次也就不好意思開口了；就算老著臉開口，你也可以拿前帳未清來拒絕。像你這樣的財神爺，沒有人願意只跟你打一次交道。」

「妳的分析完全正確。不過，有一點，可能是妳想像不到的，這種借款，只有一個人沒有來還。因爲這是太划算的一件事；通貨膨脹，買十兩金子的錢，現在只要一半就可以還清；還清再借，數目當然比他所還的錢多得多。我至少有兩個朋友，是用這種辦法起家的。」

「嗯，嗯！」榮子問道：「既然如此，那沒有來還錢的傢伙，豈非傻瓜？」

「對了！他是傻瓜，傻到沒有辦法來撿這個便宜！」

「哪是怎麼回事？」

「他拿了我的錢去抽鴉片，煙癮越來越大，開銷也越來越大，抽鴉片是一種很奢侈的享受；你知道的，要舒服的地方，精緻的煙具，當然也要好煙土。最主要的是，要在生活上有多方面的趣味；聲色犬馬，都是很花錢的玩。」

說到這裡，金雄白停下來喝一口水，榮子恰好抓住這個空隙；趕緊問說：「抽鴉片的人我見得很多。可是，金先生，我不明白你剛才說的話，爲甚麼還要有生活上多方面的趣味？」

「道理很簡單，分散他對鴉片的興趣，減少他跟煙盤作伴的時間，煙癮才能有節制。如果有聲色狗馬之好，而心餘力絀；一天到晚，一燈相對，那樣子下去，妳想，會怎麼樣？」

「金先生，你的說法我還是第一次聽到，不過道理是通的。一天到晚盤踞在煙榻上，只會多抽，不會少抽，煙癮自然越來越大，開銷也就越來越大，那就非傾家蕩產不可，到得那時候，一個人亦就非墮落不可了。」

「一點不錯，抽鴉片的人墮落，從嗜好降等開始，先是抽『大土』，然後抽『雲土』，『川土』，抽印度的『紅土』。到得連紅土都抽不起了，便抽『白麵』也就是嗎啡；再下來是抽

『紅丸』。落到那個地步，已去討飯不遠。我那個朋友就是由這個惡性連鎖反應，一直到寒流來襲的冬夜，凍死在馬路上爲止。」金雄白不勝感慨地說，「自作孽，不可活！」

「雖然是自作孽，可是——」榮子突然頓住，搖搖頭不想說下去。

「怎麼？」金雄白不解地問：「妳另外有看法？」

「我是說，有人幫這些人自作孽。如果不是日本浪人販白麵、販紅丸，要想作孽，也不容易。」金雄白剛要答話，電話鈴響，是劉子川的聲音；他已經到了旅館，怕金雄白尚未起來，特地從櫃臺上打個電話上來，探問動靜。

「早起來了，正在吃早餐。」金雄白說：「你請上來吧！」

榮子是在他接電話時，便已了然，起身進入套房，很快地換好衣服，等她出來時，劉子川與敖占春也剛剛進屋。

「怎麼樣？」劉子川笑著問說：「昨天晚上很痛快嗎？」

榮子微有窘色地知而不答；金雄白笑容滿面地說：「今天我要好好請一請老兄：聊表謝忱。」

「怎麼？薦賢有功？」敖占春問說。

「正是。」金雄白看了榮子一眼，又說：「我另外還有事跟老兄商量。」

劉子川與敖占春相視目語，取得了默契，隨即問說：「你打算不打算請黃先生作陪。」

見此光景，金雄白便知弦外有音；細辨了一下，瞭解了他的本意，不是願黃敬齋參加。於是考慮了一下說：「他可能另有約會；回頭我來跟他說。」

不過「我來跟他說」自是暗示，可以撇開黃敬齋作單獨的聚會。劉子川深深點頭，顯得很滿意的神氣。

「金先生，」榮子站起來說：「我要先走一步，下午我再來。」

「好的。如果我不在，我會告訴櫃上，我在哪裡。請妳先用電話聯絡。」

榮子馴順地答應著，又向劉子川與敖占春道了別，翩然而去。金雄白的視線，直到她的影子消失才移向劉子川；只見他跟敖占春正在相顧而笑。

「昨夜可說奇遇。」金雄白不等他們開玩笑；說在前面，「回頭我想跟兩位商量的，也正就是她的事。」

「喔，」劉子川問：「榮子怎麼樣？」

「說來話長，回頭再細談。」金雄白拿起話筒說：「我看敬齋起來沒有？」

「他出去了。」劉子川說：「一大早一個人去逛街，交代過櫃上，大概也快回來了。」

「喔！」金雄白放下話筒，心裡在考慮，要不要將黃敬齋的遭遇告訴劉子川？

「雄白兄，」敖占春說：「今天上午我跟長春聯絡，初步決定下星期一動身回去，今天是星期三，一共還有四天的時間，可以供你支配，你還想到甚麼地方看看？」

「我沒有意見；只有一個原則，最好一直跟兩位在一起。」

「好！那就在這裡多玩兩天。反正，看樣子你一時也捨不得榮子。」敖占春說：「不過敬齋兄，可能還要替他另找一位膩友。今天一大早就出遊，顯然對於昨天的伴侶不滿意。」

金雄白知道黃敬齋宵來「失意」的緣故，但亦不便多說。陪著閒談了一會，黃敬齋回了旅館；他倒也很沉得住氣，問起昨夜光景，只說：「很好，很好！」再無別話。

看看時候差不多了，金雄白將他拉到一邊，悄悄問說：「敬齋兄，你中午有沒有計畫？」

「沒有。」

「讓老劉替你安排一下，如何？」金雄白緊接著說：「他們兩位找我有點事談；不能奉陪，我先告個罪。」

「你去，你去！也不必找劉子川了。我自己會找地方玩。」黃敬齋說，「他們兩位找你有事談，不能陪我，心裡自不免有歉意；其實也無所謂，你只說我中午有約會好了。」

看到黃敬齋能如此體貼人情，金雄白欣慰之情，溢於詞色；握一握他的手說：「多關照。」

回到原處，金雄白便照他的意思，作了宣佈；敖占春比較謹愼，問黃敬齋是何約會，在甚麼地方？旨在掌握行蹤，以便由劉子川暗中保護。黃敬齋明瞭他的用意，便這樣答說：「約會就在這裡，有個朋友來看我；在樓下餐廳吃了飯，我打算去睡個午覺，等你們回來再說。」

這樣就很妥當了；於是劉子川道聲：「暫且失陪。」與敖占春陪著金雄白離開旅館。

「雄白兄，你對於朝鮮的烤肉，興趣怎麼樣？」劉子川問說。

「興趣不大。」金雄白老實答說：「在上海吃過一回，第二次沒有再嘗試。你知道的，我們那面的人，對於韭蒜辛辣不大習慣。」

「那麼，日本飯呢？」

「這倒可以。」

「好！」劉子川不再多說；坐上汽車，向司機說了聲：「祇園。」

祇園是家日本料亭；藝妓老多於少，有一個已近五十，名叫駒井，據說當年曾接待過伊藤博文；到得第二天，伊藤博文便爲韓國志士安重根所刺而殞命。

「那是哪一年的事啊？」金雄白訝然相詢，「還是淸朝吧？」

「對了！」劉子川說：「那時候現在的『康德皇帝』是宣統皇帝。宣統元年九月裡的事，到現在三十三年了。」

駒井完全聽得懂他的話，點點頭說：「是的，那年我十五歲。」

這樣說，駒井已經四十八歲，看上去卻不過四十二。金雄白忽然發生了職業上的興趣，「由宣統皇帝到『康德皇帝』；由伊藤博文被刺到日本人在這裡掌權，這『三十三年落花夢』，滄桑變幻；如果能作一個專題報導，」他說：「一定很受讀者歡迎。」

「她的故事，講一個月都講不完。如果你的記者要訪問她，讓她移樽就教到上海，亦不是不可能的事。」聽得這話，金雄白立刻想到了榮子；脫口說道：「又是一個要到上海的。」

話一出口，方知失言；等劉子川追問時，他因爲有駒井在，不便明說，支吾了兩句，隨即問起祇園有甚麼特殊的名菜？

「日本菜還不都是那一套。不過，有樣東西，我相信一定比上海地道。」接著問駒井：「有沒有新鮮的黑魚子醬？」

「自然有。」

「哪裡來的？」

「Persia」

「好！」劉子川欣慰地對金雄白說：「黑魚子醬出在波斯裡海的，比俄國的更好。很難得！」

於是各人都點了菜；駒井領著一批藝妓來侑酒，彈著「三味線」唱「能劇」，金雄白既不感興趣，劉子川又有不能爲外人道的話要說，便使個眼色，駒井已經會意，鞠躬如也將一班藝妓都打發走了。

「我就在門外。」她說：「上菜我會先招呼。」

「對了！請你稍爲留意一下。」

這一下氣氛便有些緊張了；金雄白止杯不飲，看著劉子川，靜等他開口。

「吳鐵老你熟不熟？」劉子川問。

「你是說吳鐵城？怎麼不熟！」金雄白答說：「他當上海市長的時候，一星期起碼跟他見兩次面。」

「那麼，吳鐵老跟韓國的關係，你總知道？」

「知道。韓國在上海有個流亡政府，主席是金九。一二八以後，白川大將被刺；重光葵掉了一條腿，就是金九手下志士安重根的偉舉。那一次鐵老多方掩護斡旋，幫了他們很大的忙。」

「是的。」劉子川又問：「目前的情況呢？你清楚不清楚？」

「你是指鐵老的近況？」

「是的。」

「我只聽說他除了擔任中央黨部秘書長以外，還兼任了『中國國民外交協會』理事長的名義，專門替政府做濟危扶傾的工作。除了韓國以外，緬甸、泰國、印度、越南；甚至於法國的戴高樂，都有代表在重慶，歸鐵老聯絡。」

「我是說吳鐵老對韓國志士方面的支援，不知道以哪些人為對象？」

「除了金九以外，在美國的李承晚，據說亦很得鐵老的支持。此外，就不得其詳了。」

劉子川聽得這話，與敖占春對看了一眼；神色顯得相當輕鬆。這一態度在金雄白覺得可異，不免微生戒心。

密談到此算是初步的段落；劉子川輕拍兩下手掌，等駒井帶著侍女來添酒上菜，收拾去殘羹剩骨，接著把杯傾談。

「雄白兄，」劉子川指著駒井說：「你看她是那一國人？」

這個疑問，對金雄白發生了提醒的作用；看這裡的藝妓女侍的身裁、臉蛋，再想到剛才所談的一切事情就很明白了。

「上上下下都是韓國人。」

「目光如炬！」劉子川翹著姆指說：「實不相瞞，連這裡的東主都是韓國人。」

「你想不想見一見？」敖占春插嘴問了一句。

金雄白看情況如春雲乍展，還不知演變如何？所以採取保留的態度，「暫且不必吧！」他說。

「對了，暫且不必。這裡的東主姓文，行四。」劉子川急轉直下地說：「文四也是三韓志切復國的戰士之一；有事奉求。不知道你肯不肯援手？」

「韓國義士，志在復國，當然以日本爲唯一的敵人；我們立場相同，沒有不盡力幫忙的道理。不過，」金雄白突然想到劉子川、敖占春那種相視目笑的詭異神態，戒心又起，遲疑了一下，提出一個先決條件：「我們本乎『聯合世界上以平等待我之民族，共同奮鬥』的總理遺囑，濟危扶傾，支持受日本及軸心國家侵略者；延安的共產黨目前亦如此。如果，恕我直言；如果文四跟延安有關係，請原諒，我無以報命。」

「不會、不會！」劉子川說：「我們也是反共的。」

「那麼請問，要我如何效勞？」

「文四想在上海建立一個據點，人地生疏，一切仰仗老兄的鼎力。」

金雄白心想，幫這個忙很要花點氣力；要錢要房子是小事，要人也可以想辦法，但幫他們建立了這個據點，就要保障這個據點的安全。這方面是不是有把握，卻須考慮。

考慮下來，首先覺得有一層疑義要澄清，「子川兄，」他問：「你們跟金九的臨時政府，有沒有聯絡？我想金九一定有人在上海，你們如果通過這個關係去建立據點；經費不成問題。」

聽得這話，劉子川一愣；然後答說：「金九在重慶，聯絡很不方便。如今有你現成的『當方土地』，自然就不必捨近求遠了。」

「子川，」敖占春用有決斷卻出以徵詢的語氣說：「跟雄白兄說明白吧！」

劉子川略略想了一下，深深點頭：「對！我錯了，雄白兄肝膽照人，咱們不應該有甚麼保留。請你跟雄白兄談吧！」

7 扶傾濟危

由韓國的派系，談到溥儀的親屬。

原來韓國志士，目標雖都在復國；但一涉政治，必有派系，金九是一派，李承晚又是一派，這兩派是比較大的，此外還有許多小派系。文四就是其中之一；與李承晚這一派雖不甚有直接關係，而與金九這一派，難免格格不入，所以想在上海建立據點，不能期望金九這一派有所協力。

「雄白兄，」敖占春說明了事實；接著又表示他跟劉子川的見解：「文四這一派雖小，但論到反日的作用，卻處在很有利，也很尖銳的位置；因爲第一、這裡他們的人很多；第二、離韓國近，過一條鴨綠紅就到了；第三、在韓國，山東的移民很多，有好些是由這裡『下關東』的老鄉轉過去的，這一層淵源很可以利用。」

「哦、哦！」金雄白深以為然，連連點頭。

「當然，任何對外的奮鬥，首先要求內部的團結；當年吳鐵老調和韓國臨時政府內部的派系，煞費苦心，所以文四這一派，能在上海建立據點，一定不會跟金九這一派系對立。可是，聯絡團結的先決條件是，讓對方重視你的力量；否則，沒有工夫來理你。這就是要在上海建立據點的第一個理由。」

於是他說：「兩位如此厚愛，託以腹心；我不敢不吐肺腑之言。我極願意一盡棉薄，剛才說過，財力上的支援，我可以無條件做一筆信用貸款，數目大致是二百兩到三百兩黃金左右；照上海人計算黃金的方式，就是二十根到三十根條子。至於心照不宣的掩護，只要力所能及，也決不成問題；除此以外，各種小小困難，都可以商量。但是，建立一個據點，要設電臺，這件事我現在不敢答應；因為責任太重，到我擔不起，出了毛病，誤己誤人，錯盡錯絕。」

劉子川與敖占春相顧動容；臉上的表情很複雜，失望與感激同時呈現；其中也還夾雜著力圖挽回的神氣，使金雄白覺得還有作進一步說明的必要。

「大家都知道，淪陷區最有辦法的人是周佛海；可是他在日本人那裡，也有很多辦不通的地方。來自重慶的地下工作者，被掩護以及被捕而經周佛海營救出險的人很多。可是，兩位要知道，在基本上，日本軍閥急於拔出陷入中國戰場的那支泥腳，為了求和，在某些方面示好，是一種手段；否則，他們亦不會賣周佛海的帳。」

敖占春大為驚異，對他所說的事實與見解，有聞所未聞之感；劉子川的表情卻很深沉，顯然的，他正在內心中評估金雄白這番話的言外之意。

在金雄白，卻並沒有自己想說的話，有所保留，「即令沒有關係，作為一個中國人來說，反日是可以為日本軍閥所理解的；甚至於所尊敬的。但為了韓國，情形就不一樣了，事不干己，如非為反日而反日，不會來管這種閒事。因此，周佛海亦沒有辦法，來保障文四先生的『據點』的安全。就因為周佛海如果為反日而反日，失去了立場，變成日本眞正的敵人，說話哪裡會有力量？」

「那末，」敖占春問道：「周佛海眞正的立場是甚麼？」

「中日和平；全面和平。」金雄白答說：「既然如此，不視重慶地下工作者為『自己人』，是很合邏輯的事。」

敖占春與劉子川終於都明白了，周佛海之掩護重慶地下工作者，並不表示他反日；相反地，就某種意義而言，可以視之為協助日本求取停戰及談和的一種手段，因而可為日本軍閥所容忍。

「再有一層道理，亦不妨說一說。關於被捕的重慶地下工作者如何處置，日本派遣軍司令部在職權範圍內，可以自行決定；如果是『滿洲國』反日分子，會移送關東軍司令部；韓國反日分子，會移送日本的朝鮮總督。日本駐華派遣軍司令部根本無權釋放，就算想幫周佛海的忙，事實上亦有困難。」

一聽「朝鮮總督」四字，劉子川不由得就想起外號「朝鮮之虎」的朝鮮總督小磯國昭的猙獰面目；隨即轉臉看著敖占春，示以徵詢的眼色。

「我看，」敖占春說：「先讓文四派一個人去考察考察情況再說。」

「也只好如此。」

兩人取得了協議，敖占春便問金雄白：「如果派一個人去，不作甚麼活動，只是看看情形，不知道你能不能給予各種方便。」

「沒有問題。」金雄白為了強調誠意，用堅定的語氣答說：「我負完全責任。」

「謝謝、謝謝！」劉子川舉杯相敬。

金雄白乾了酒，又斟酒回敬；然後問道：「不知道派的是怎麼樣一個人？」

「現在還無法奉告。」

「我想，」敖占春說：「原則上總要讓雄白兄便於照料才好。」

「這話，」劉子川問道：「怎麼說？」

「我舉個例，譬如讓駒井去，雄白兄就很難照料。這樣一個人，雄白兄怎麼安排她？她去看雄白兄，一定也會引人注目。」

「嗯、嗯！」劉子川充分領會了，「既然如此，不妨請教請教雄白兄的意見，看是派怎樣一個人比較方便。」

「我沒有意見。不過，」金雄白笑道：「如果是女人，不管老少，總比較麻煩。」

劉子川笑了，「麻煩的一部分，來自嫂夫人？是不是？」他問。

「不！」金雄白很輕鬆地回答，「內人對我很瞭解了。」

「那麼，」劉子川的神態一變，正色說道：「做這些工作，年輕貌美的女人，總比較占便宜。雄白兄的意思如何？」

「我沒有意見。你們，尤其是敖占春，對上海的情況並不陌生，一定知道怎麼樣的人，在我最便於照料。」

「派一位新聞、文化方面的人，雄白兄看呢？」

「那當然最方便。」金雄白不願在此刻就作具體決定；因而把話宕了開去，「你們慢慢考慮好了再告訴我；我毫無意見。」

這是暗示應該結束此一話題，劉子川與敖占春相顧會意；便又談到風月上去了。

「昨晚上很得意吧？」劉子川問。

「是的。」金雄白有了兩三分酒意，回想宵來光景；酒意便變得有五六分了，興奮地說：「可以說是奇遇！風塵女子我也結識得不少，像她這種氣質的，縱非僅有，也是罕見。」

「不錯！逢場作戲，能遇到榮子這樣的，應該可以滿意了。不過——。」

劉子川沒有再說下去，看一看敖占春，向金雄白微笑著；神情詭秘，莫測高深。

「就怕玫瑰多刺。」敖占春半眞半假地說：「雄白兄，你可稍爲留點心。」

他們的話跟態度，都使得金雄白心裡不大舒服；也不大安心，率直問道：「玫瑰多刺，是在梗子上看得到的；我不知道她的刺是甚麼？兩位老兄應該告訴我，讓我好作防備。」

「她的家庭背景很複雜，難免爲人利用。」劉子川說：「你只純粹當她風塵女子，開開玩笑；別談甚麼有關係的話。」

「你是說，她受日本特務利用？」

「不光是日本特務。」劉子川答說：「我剛才不是說，她的家庭背景很複雜。」

「我知道，不是說了嗎，她是『四轉子』。」

「這就可想而知了！除了日本特務，還有別國的人利用她。」

「那麼，恕我直言，子川兄，你利用過她沒有呢？」

「沒有。」

「爲甚麼？」

「我不能不存戒心。」

「戒心當然是需要的；但似乎還應該虛心。」金雄白自覺這話帶些教訓的意味，不太禮貌，便舉杯笑道：「我是瞎說的。來、來，乾一杯！」

劉子川乾了，替金雄白斟滿，自己也倒上了酒，舉杯回敬。

「雄白兄，」劉子川的神情很嚴肅，也很誠懇，「你說我們應該虛心，必有所見。請不吝賜教，如何？」

「言重，言重！」金雄白想了一下說：「你別忘了，她的國際背景，四分之一是中國。」

一聽這話，敖占春將身子靠攏來細聽；劉子川便問：「你的意思，她能爲中國所用？」

「我的看法是如此。」

於是，金雄白將榮子所說的話，所表現的神態，爲劉、敖兩人細說一遍；雖然他並未誇張，但他對榮子的感情，是無法掩飾的，因而使得他的敘述的眞實性，不免令人懷疑。

等他講完，敖占春說：「雄白兄，我很佩服你，居然具有此慧眼，能識英雄於風塵之中。」

「我是慚愧。」劉子川接口，「我在這裡多少年，不及雄白兄一夜的成就。」

這些話聽來似乎有刺；金雄白起初有些氣惱，但隨即心平氣和了，因爲他理解到，像這樣的情形，懷疑是合理的態度。

「子川兄，」他說：「如果榮子的態度無他，我們是不是應該援以一臂？」

「當然。」

「那麼，怎麼能證明她不是在耍手段，而是出於眞心呢？」

聽他這樣發問，劉子川和敖占春不自覺地都表現了嘉許的神色；但對他的問題，卻一時無法作答。

「你是不是覺得應該試驗她一下。」敖占春問說。

「對！」金雄白答道：「最好能在本人不知道的情況之下，試驗試驗她。」

「子川兄，你看呢？」

「只有一個辦法。不過，我需佈置一下。」劉子川說：「不知道今天有沒有機會試？」

「你請說。」

劉子川點點頭，拍了兩下手，等駒井入內；他用韓語跟她交談，兩人商量了好一會工夫，駒井方始退出。

「今天可以試她一試。回頭她到了旅館，你跟她說，有一個機會，可以讓她立刻坐外國的貨船，先到歐洲，再轉上海。馬上就得走，看她的反應如何？」

金雄白想了一下問說：「是不是連回家……。」

「當然不能回家。」劉子川截斷他的話說。

「如果她提出這樣的要求呢？」

「你說，不必回家了。她有甚麼話，可以留下來，我會替她轉；至於她的家族，當然也由我來照應。」

「嗯、嗯！」金雄白領悟了，「這是試她的決心。」

「不止如此！試驗她是不是跟哪方面有無法割斷的關係。」

「我懂了。」金雄白又問：「如果她說要打電話呢？」

「那還用說，自然要想法子阻攔。」

談到只待金雄白一言而決時，他卻煞費躊躇了！說得正確些，還不是左右爲難，委決不下，而是根本不想這樣去試榮子。

「實在是件煞風景的事！」他苦笑著說。

看他有打退堂鼓的模樣了。劉子川一笑說道：「算了，算了。原是說說笑話的。」

怎麼會說笑話？明明他跟駒井大費斟酌，都安排好了。如果自己眞是就此作罷，他跟敖占春對他的看法一定會生覺輕視，如此大事，出以輕率不負責的態度，還能交得到一個有用的朋友嗎？

意會到此，他覺得應該把話說明白，「何以謂之煞風景呢？」他自問自答：「試驗出來不是這麼回事，把她在我心目中的美好印象粉碎無餘，情所難堪。不過，這究竟還是一時感情上的事，倘或試驗出來，果然如此，這個風景就煞得太大了。」

「喔，」劉子川問說：「雄白兄，請你說明一點兒；說實話，我覺得你的話很費解。」

「你想，倘或是眞的，她就此上了船，遠去歐洲，再轉上海，這一去跟她的母親是生離，也跟死別相去無幾，因爲不知道甚麼時候才能見面。」金雄白息了口氣又說：「在她，既已以身許國，移孝作忠，自應硬得下這個心來；但誰無父母，我們替她們母女設想，今天下午榮子高高興興出門，那知一去就不回頭了！一個人得病而死，病中還可以交代交代後事，如今一句話沒有，說不見人，就不見人，簡直跟橫死一樣。不說局中人情何以堪；就是我們局外人，亦會惻然黯然，耿耿於懷。」

說到一半，劉子川已經動容；敖占春更是不斷深深點頭，等說完，接口答道：「雄白兄眞是性情中人。不過，這也注定了你決不能幹這一行。這樣吧，我相信雄白兄的眼光是不會錯的；關於榮子的事，於公於私，都要爭取她，不妨從長計議。」

「從長計議、從長計議。」

劉子川連聲附和，「好在只要試試她的本心，我想總有辦法好想。」

「我認爲，子川兄，你不妨跟她作一次深談。」

「是的。我看情形。」

他不肯作願意「深談」的承諾，證明他跟敖占春的看法是有距離的；仍舊不太相信榮子。這使得金雄白的心又熱了，急於想找一個能夠證明榮子愛國的方法出來。

「我倒有個辦法，」敖占春說：「你不妨跟她說，願意把她送到上海；她的家屬，由子川兄替她照料；不過日本人方面所發的通行證，要她自己想辦法。看她怎麼說？」

金雄白同意這個辦法，算是獲得了結論。飯罷仍回旅館，首先去看黃敬齋向他表示歉意；然後就在陽台上喝咖啡閒談，等榮子來了，再作出遊之計。

「令友來過了？」金雄白問。

「來過了。」黃敬齋說：「他是我們『廉大使』的秘書；在這裡才一年，聽了『康德皇帝』的許多笑話。」

所謂「廉大使」，是汪政府派在「滿洲國」的『大使』，名叫廉隅。溥儀視之爲「自己人」，常常召見；但每次都有「御用掛」吉岡安直陪著，所以不能說甚麼私話；有一天召見時，吉岡安直有事離開了片刻，溥儀總算找到機會說了一句私話。

「你們知道那句私話是甚麼？誰要猜到了，我請客。」

「既然如此，就不必猜了。」劉子川說：「請你自己說吧！」

「他跟廉隅說：『日本的紙煙壞透了，簡直不能抽。廉大使，你能不能替我弄一箱大炮台來？』」

「果然是怎麼樣都猜不到的一句私話！」劉子川問：「後來呢？」

「自然照辦不誤。南京用『外交郵袋』送來一箱大炮台；作爲『政府』的禮物，日本人也不好說甚麼。」

「這，我可就不大明白了。」金雄白問敖占春，「何以不請你們駐南京的『大使』代辦？」

「不行！」敖占春答說：「從南京寄來的東西，一樣也要檢查；違禁品不管寄給誰，都得沒收。宮裡要的外國貨，只有一樣例外，那就是藥。」

「日本藥不是也很好嗎？」金雄白問。

「他不大相信日本藥。」敖占春答說：「由於莊士頓的關係，溥儀是很西洋化的；對英國貨更有好感。」

「日本人倒不提抗議，爲甚麼相信西洋藥，不相信日本藥？」

「這有個道理，成藥不能亂服，不然無病反而致病；日本人故意這樣縱容他，自是居心叵測。」

「你的意思是，巴不得他自己亂服成藥，弄出致命的病來？」

「對了，讓他慢性自殺。」劉子川證實了敖占春的話，「他最怕死；疑心病最重，所以左右有醫藥常識的人，明知不妥當，也不敢勸他；也不能說哪一種藥不好。有一次，他嫡親的一個小侄子，無意中說錯了一句話，挨了他一頓好打——。」

原來溥儀有痔瘡，須用坐藥；他的一個小侄子從未見過，覺得很稀奇；無意中說了一句：「倒很像一顆子彈。」這下觸犯了溥儀的忌諱；他的忌諱是由疑心病而來的，認爲這種說法就是在咒他「吃子彈」。於是授意其他晚輩，給了這個小侄子一頓板子。

溥儀的侄子很多，除了他的胞弟溥傑、溥任的兒子，以及他的胞叔載洵、載濤的孫子，以及道光一系長房曾孫貝子溥倫的兒子毓崇；小恭王溥偉的兒子毓嵣，亦都在長春。

「他那些侄子，實在都不願意跟他；身爲『王子』沒有榮華富貴可享，受罪倒有份。」

劉子川說：「他那些侄子，大概都在二十歲左右，可是一個個都在『修道』，每天要『入定』；結了婚不准回家；還有的在床頭掛一張『白骨圖』，一天到晚，捏訣念咒，活見鬼！」

「這眞是聞所未聞了！」金雄白詫異，「又何致於如此？」

「那都是因爲『康德皇帝』內心空虛，又怕死，每天問卜算卦，看那些怪力亂神的書入了迷，所以教他的侄子也跟著他修道。他自己每天都要『打坐』，那時不准有一點聲音。可是人聽話，禽獸可不懂人言；有一支大白鶴，高起興來就要叫一下子。

鶴唳空庭，那聲音之高而且銳，可想而知；每每把這位『皇上』嚇得跳了起來；於是他『傳旨』：如果鶴叫一聲，管鶴的聽差就得罰一毛錢。果然，鶴就不叫了。」

「怎麼呢？」黃敬齋興味盎然地問：「莫非這支鶴倒像年羹堯的部下，可以不奉聖旨，就只聽管它的人的話？」

「非也！」劉子川說：「那個聽差錢罰得多了，仔細研究，悟出來一個道理。鶴唳之前，先要伸脖子；等它一伸脖子，搶先給它一巴掌，鶴護疼一縮脖子，自然就不叫了。」

「妙！不過那時候要一眼不眨地盯著鶴看，也是件苦事。」

「在他身邊侍候的人，無一不苦。最可憐是一些類似小太監的童僕。」說到這裡，劉子川面色顯得很凝重，「你們知道那些童僕是甚麼人？」

是反日志士的遺孤。日本人知道中國的倫理觀念，父仇不共戴天；所以用個慈善團體的名，將那些孤兒集中起來，改了姓名，施以奴化教育。溥儀知道了這件事，便要了十幾個到宮裡，當小太監使喚。

聽說是去「伺候皇上」，那些孤兒都抱著很大的希望，以爲生活一定會比慈善會中來得好；沒有被選中的，無不艷羨不止。哪知全不是這麼一回事！

到了宮裡，吃的是最壞的高粱米，穿的是破爛衣服，每天十幾小時的勤務以外，晚上還要坐更守夜；動輒得咎，挨打挨罵是常事。即令沒有過錯，溥儀和他的親族，如果心裡不高興，隨時可以拿這些童僕出氣；有一間專爲這些苦命孩子所設的「禁閉室」，是間黑屋子。在這樣重重折磨之下，十七八歲的青年，看上去猶如十二三歲的孩子。

有個童僕叫孫博元，受不住這種苦楚，幾次想找機會逃走。第一次被抓了回來，毒打了一頓；可是他還是想逃。宮裡是裝了暖氣的，他以爲通暖氣管的地道，可以通到外面廣大的天地，那知道鑽了進去，就像進了迷魂陣，轉來轉去，轉了兩天兩夜，也沒有找到缺口。

可想而知的，孫博元在裡面又饑又渴；饑猶可忍，渴則難當，悄悄兒鑽出來想找水喝，那知地道口狹，一出頭就被管理員發現了。

溥儀接到報告，隨即「傳旨」：「讓他先吃點東西，再管教他。」事實上是早就被「管教」過了，遍體鱗傷，奄奄一息。溥儀這時已很相信輪迴嫁禍之說；深怕孫博元一死，化成厲鬼來向他討命，急忙派「御醫」急救，到底沒有將一條小命保住。

這一來，溥儀大起恐慌；親自在宮內所設的佛室中，磕頭念經，超度孫博元往生極樂。同時又下了一道命令，凡是平時打過孫博元的僕徒，在半年以內，每天要打自己的手心，作爲懺悔的表示。

8 春夢無痕

在楊麗的皮包中摸到一支手槍。

就這樣談溥儀談到落日昏黃，榮子翩然而至，穿的是一件鵝黃色薄呢旗袍，外罩咖啡色的短外套，臉上薄施脂粉，而且新燙了髮，越顯得艷麗，所以一出現更令人矚目。

四雙眼盯住了看，自不免令人發窘，「怎麼啦？」她強笑著問：「是哪兒不對勁嗎？」

「太對勁了！」黃敬齋對金雄白說：「女爲悅己者容。看榮子這身打扮，就知道她心情很好。」

「這話倒是說對了。」榮子接口便說；向金雄白瞟了一眼。

「艷福可羨。」劉子川說：「不過敬齋兄似乎失意，這是我效勞不周。」

「呃，」榮子搶著說道：「我替黃先生介紹一個朋友，好不好？」

「當然好！」劉子川問：「是怎麼樣一個人？」

「長得很健美，也很健談。我看跟黃先生的性情很對路。」

「對，對！」劉子川問：「人在哪裡，我派汽車去接。」

「等我先打個電話，不知道是不是在拍影片。」

「怎麼？是電影明星？」黃敬齋大感興趣。

「是『滿映』的電影明星嗎？」劉子川問道：「妳倒說是誰？看我認識不認識？」

「是楊麗。」

「喔！」劉子川點點頭：「我知道這個人。長得眞不壞，不知道爲甚麼不走運？」

榮子沒有答他的話，接通了電話，正是楊麗本人；只聽榮子說道：「我請妳吃晚飯；順便替妳介紹一位上海來的朋友……自然是男的，姓黃……規規矩矩，很有地位的人物……妳打聽得這麼詳細幹甚麼？莫非是找女婿！黃先生可不是光棍……地方還沒有定，妳來了就知道了。我請劉先生派車來接妳……劉子川劉先生……啊、啊……好！」

「你聽見沒有？」敖占春笑著對黃敬齋說：「楊麗對你似乎很有興趣。」

「她住在哪裡？」劉子川問。

「他們是來拍外景，都住在聚德福飯店。楊麗說，她跟劉大爺在長春見過；這一次來拍外景，正要來看你。」

於是劉子川取了張名片，派司機到聚德福飯店去接楊麗；接著便談起由「滿映」移植到上海的幾枝名葩，其中自一闋「夜來香」的山口淑子居首；但眾口一詞的意見是碩人頎頎的黃明，那種懶散帶磁性的低音，迴腸蕩氣，眞能摧鋼銷金，並稱尤物。

「這楊麗不知道怎麼樣？」黃敬齋突然說道：「如果才堪造就，我把她也弄到上海去。憑我們的《國民新聞》與雄白的《平報》、《海報》捧她一捧，不出半年，不怕她不大紅大紫。」

「這倒是件好事。」劉子川接口道：「楊麗的條件很夠；在『滿映』她是硬裡子，可見演技不壞，是捧得起來的人。」

聽他這一說，黃敬齋更覺興致勃勃。人猶未見，已在談論如何捧法，應該將楊麗介紹給哪家電影公司。大家亦都替她大出主意；眞像有那麼一回事似地。

不久，楊麗來了，生得豐腴白皙、艷光照人；笑起來很甜，黃敬齋深爲欣賞。

劉子川便說：「楊小姐，我們剛剛在談妳；黃先生說，如果妳願意到上海，他可以把妳捧成山口淑子第二。」

「眞的？」楊麗驚喜地，但也有些不甚相信的模樣。

「自然是眞的。黃先生、金先生都是上海的報業鉅子；金先生還辦得有一張小報，是全上海小報的翹楚。他們兩位要捧妳，眞是妳的運氣到了。」

「多謝、多謝！」楊麗先向金雄白笑一笑，然後轉臉對黃敬齋說：「黃先生能給我這麼一個機會，是太好了。我本來就想『開碼頭』。」

「開碼頭」這句話，不聞諸於上流社會，金雄白不覺皺眉；榮子對他的一切是最敏感的，當即拉一拉楊麗的衣服說：「換個環境，甚麼開碼頭？」

「呃，對不起！」楊麗向黃敬齋說：「我們平常這麼說慣了的。」

「沒有關係，沒有關係，本來是開碼頭嘛！」

黃敬齋問：「楊小姐是哪裡人。」

「原籍山東，生長在北平。」

「山東是不是青島？」

金雄白這一問，大家無不作了會心的微笑；反而是金雄白自己有些不安，怕有人嘴快，道破「青島」二字的特殊涵義，變成唐突美人。

「怎麼？」楊麗困惑地問榮子：「青島怎麼樣？」

「妳是不是青島人？」

「不是。」

「不是就不必問了。」

「吃飯去吧！」金雄白怕楊麗再問下去，會起誤會，所以顧而言他地打岔，「我請客。」

「應該我請。」黃敬齋接口。

「我是地主。」劉子川說：「而且我也應該替楊小姐接風。」

於是誰做主人，起了爭議；榮子笑道：「電話中我跟楊麗說，我請妳吃飯；如果我再爭著做主人，可就熱鬧了。」

「我看，」敖占春說：「這個主人讓敬齋兄做吧！」這是替黃敬齋拉攏楊麗。金、劉二人體會到其中的微意，都同意了。接下來便是請客人挑地方。

「隨便、隨便！我對這上面向來不大講究；最好簡單一點，讓黃先生多破費，我心裡過意不去。」

「不是心裡過意不去，」榮子笑道：「是心疼吧？」

楊麗報以甜甜的一笑，嫵媚無比；黃敬齋大爲得意，決定大大地破費一番，向敖占春招招手，到另一面私下有話說。

「在哈爾濱請客，最豪華的是甚麼地方？」他又加了一句：「你不必替我省錢，只要面子足。」

「黃金可買人心，不過也不必在這上頭做寃大頭。否則，何不拿鈔票點火吸煙？」

「毀壞鈔票是犯法的。」黃敬齋緊接著說：「你不必管；只請你給我一個圓滿的答案。」

「我聽說有個地方，不過其詳不得而知。」接著，敖占春將劉子川招了來，悄悄說道：「敬齋兄想大大做個面子，一下子壓倒芳心；你看法國人的那個俱樂部怎麼樣？」

「那個俱樂部自然可以去——。」劉子川在沉吟。

原來哈爾濱有個私人俱樂部，是一個法籍西班牙商人唐璜所創辦的。唐璜專營進出口，代理著好幾種法國名牌香水；出口以高貴皮貨及香料為大宗，法國維琪政府成立，他跟貝當的一名親信，搭上了關係；同時在日本皇室方面亦能找到奧援，因而在哈爾濱仍能立足。他的那個俱樂部供應世界第一流的食物；入會資格極嚴，基本會員一共只有十一個人，要在那裡享受一番非會員介紹不可。

在唐璜俱樂部，日本關東軍司令部的要員，始終信任由松岡洋右與史達林直接談判成功的《日蘇中立條約》，對俄國的政策是力謀安定，所以在哈爾濱的俄國重要人員，包括外交代表及運輸貿易方面的官員，亦都能出入唐璜俱樂部；至於國際間諜，當然亦以此為目標，千方百計，用高貴的身分為掩護，活躍期間。劉子川是怕惹禍；而且這裡面惹出禍來，非他所能料理，因而煞費躊躇。

見此光景，黃敬齋心裡雪亮，必有爲難之處，所以自己撤回要求：「子川兄，換個地方好了！吃喝玩樂，要輕鬆愉快，犯不著傷腦筋。」

劉子川是外場人物，雖然獲得黃敬齋的諒解，心裡有歉疚與委屈。歉疚不用說，委屈卻是因爲黃敬齋極可能誤解，以爲他連這點小事都辦不通。其實他主要的還是爲黃敬齋的安全著想；如果黃敬齋不在乎，就帶他去也不要緊。

爲此，他不即答話，考慮了一會，認爲還是把話說明瞭的好；「敬齋兄，你也許奇怪，找地方吃頓飯，只要不怕花錢，哪裡都可以去；有甚麼爲難之處？等我把話說清楚了，你就知道了。」接著，他說明了唐璜俱樂部的背景，以及他的顧慮，最後又說：「兩位在這裡，安全方面我可以負全責，但這處地方，倘或出了岔子，老實說，我也有點呼應不靈。」

當他在介紹唐璜的經歷，以及進出俱樂部是那些人時，黃敬齋顯得極感興趣；及至等劉子川講完，他躊躇了一下問道：「我想請問子川兄，你是不是會員？」

「我不是，不過我可以託人介紹。」

「介紹的人是誰？」

劉子川不知他要問這些話幹甚麼？不過，既然坦誠相交，也就實說了：「我有兩個朋友是會員，一個是關東軍的高參；一個是中東路的俄國人。如果我一個人去，不必介紹；因爲裡面的管理員認識我。」

「喔，」黃敬齋想了一下問：「會員介紹是必須憑會員卡進門呢？還是打個電話就行了？」

「要憑會員卡。」

黃敬齋躊躇了，好一會，以很神秘的神氣問說：「混進去容易不容易？」

這下，劉子川可忍不住了，「敬齋兄，」他問：「你何以對這個俱樂部興趣如此之大？」

「實不相瞞，我想見識見識里斯本來的那些傢伙。」

葡萄牙是歐洲少數未捲入大戰的國家之一，由於標榜中立，而且里斯本一向龜蛇混雜，所以成爲國際間諜活躍之地。黃敬齋說這話，表示他相信出入唐璜俱樂部的國際情報人員，大部分來自里斯本。當然，這是不足爲奇的，他既然是李士群手下的大將，對這方面的情況，當然深爲瞭解；不過，他的題目卻相當難，必須想停當了才能落筆。

「敬齋兄，我也想請問你，你如何見識法？莫非一眼就能看出誰是誰？」

「自然是冷眼旁觀，也許有收獲；也許一無所得。」

原來只是基於他的職業上的興趣，並沒有甚麼特定的目的。劉子川比較放心了，考慮了一會，想到一個比較妥當的辦法。

「如果只是想看看，那倒沒有甚麼。明天晚上，我陪你去，只我兩個人；你可以靜靜地『冷眼旁觀』，一大群人擁了去，目標太大，未免招搖。」

「好！好！」黃敬齋欣然同意，「準定這麼辦。」

「至於今天請客，你要豪華，我倒有個地方；那是眞正帝俄時代莫斯科都城飯店的格調。」

「帝俄的京城不是在聖彼得堡嗎？」

「是的。」劉子川答說：「不過莫斯科的繁華過於聖彼得堡。走吧！」

於是到了一處名叫羅斯托夫飯店的俄國館子，侍者都穿紅呢綴金線的制服；水晶大吊燈下一張極長的餐桌，用大銀盤盛著烤乳豬、烤鹿脯、魚子醬、鱘魚羹，用各種顏色的蔬菜作配，五彩繽紛，令人眩目，另外又有一張桌子，陳列著各國的名酒；當然，伏特加是一定少不了的。

這裡一面進餐，一面可以跳舞，但男眾女寡，如果由榮子與楊麗輪流伴舞，未免太累，因此，金雄白提議，只看不跳。但楊麗與黃敬齋終於下場了。

「黃先生！你眞的要幫我到上海去發展？」

「當然眞的。」

「想來黃先生跟上海電影界很熟？」

「太熟了！」黃敬齋報了一連串上海電影界「大亨」的名字，接著又說：「我很奇怪；楊小姐，以你的條件，應該早就紅了，何以到現在還是給人『跨刀』？」

「因爲我有一項條件不夠。」

「哪一個條件？」

楊麗抬眼看了他一下，然後將頭伏在他肩上，輕輕說了句：「鬆袴帶。」

這三個字聽得黃敬齋心裡霍霍亂跳；故意開玩笑地說：「怎麼，我沒有聽清楚；你是說你袴帶太鬆？不會吧？」

「當然不會。不然我早就紅了。」楊麗又說：「我倒也不是想造貞節牌坊，不過，袴帶要自己願意鬆，才有意思。有人想拉斷我的袴帶，那是自己找倒楣！」

黃敬齋心想，楊麗倒是有個性的；而且她的個性，應該是可愛的。不過最後一句話，卻有些費解。

「怎麼會自找倒楣？你倒說說給聽聽。」

「好！我告訴你，有一天一個導演想拉我的袴帶，我一嘴巴打掉他兩個牙齒；臉上腫得不能見人。從此，他就知道我的厲害了。」

「好傢伙！這麼兇。」黃敬齋又說：「那導演也窩囊，就這麼乖乖兒受你的？」

「自然不會那麼乖。不過，我是預備跟他拼命的。」楊麗略停一下說：「你信不信？」

「我沒有理由不信；不過，我不知道妳的命怎麼拼法？」

「回頭你就知道了。」楊麗接著原來的話題說：「當時我警告那個導演，如果識相，我替他證明，他的牙齒是喝醉酒摔了一跤摔掉的；如果不識相，我要招待新聞記者把眞相都抖出來。黃先生，如果是你，你服不服？」

「如果是我，根本就不會拉妳的袴帶。」黃敬齋緊接著說：「這並不是我不想，不過我跟妳的想法一樣，袴帶要自己鬆才有意思。」

楊麗笑一笑不作聲；黃敬齋還想說甚麼，音樂已經停了，只得相偕歸座。

「黃先生。」楊麗將她的皮包打開，牽著他的手說，「你伸進去摸一摸。」

「摸甚麼？」劉子川有了三分酒意，開著玩笑說：「那裡面不能亂摸；尤其不能在大庭廣眾之間亂摸。」

「既然亂摸了，」金雄白也附和著說：「摸到些甚麼，滋味如何，應該公開。」

及至探手一摸，黃敬齋臉上的表情，一層層變化，先是收斂笑容，然後困惑，繼而困惑，最後神情變得很嚴肅了。

「怎麼回事？」金雄白問。

劉子川還當黃敬齋也在開玩笑，故意做作成這副模樣，便又笑道：「莫非摸到了白虎？」

「白倒是白；不過是白朗寧。」

此言一出，輪到劉子川發楞了，「我不信。」他說：「亮出來看看。」

「亮出來可不大方便。」黃敬齋恢復常態了，轉臉向楊麗說道：「讓劉先生也摸一摸妳的；好不好？」

「去你的！」楊麗笑著打了他一下。

這也就是表示反對劉子川去摸索皮包的內容，於是他也伸了手；入手一驚，眞的是一把小小的手槍。

「楊小姐，妳帶著這玩意幹甚麼？」

「還不是對付色狼的。」

由這兩句交換的話中，其餘的人亦都知道了，楊麗的包中，眞的帶著防身的武器。其中最覺得不可思議的是金雄白。他的朋友大都有自衛手槍，他本人就有大小不同的三枝，但是女人帶自衛手槍極其罕見，因此他不免對楊麗眞正的懷疑。

「小姐太太們皮包裡帶槍的，我只見過兩個人。」他說：「一個是英茵——。」

「是不是我們的同行英茵？」楊麗問說。

「就是她。」

「喔！」楊麗又問：「還有一個呢？」

「金璧輝。」

「金璧輝是誰？」

「川島芳子。」

「喔！」楊麗知道是誰了，「我在北平見過她，人家都叫她『金司令』。」

金雄白是故意提到金璧輝，藉以試探楊麗是否也是那一路人物；如今看到她懵然不覺，而且連金璧輝這個名字都不知道，心中釋然了。

「她怎麼會是司令呢？」楊麗又問：「到底是甚麼司令？」

在這個場合，當然不宜拿一個國際聞名的女間諜作話題；金雄白看她口沒遮攔，皮包中又帶著手槍；而且劉子川已頗有酒意，不如早離是非之地爲宜。

於是他說：「這個人是個傳奇人物，說起來三天三夜都講不完。我看，回旅館去喝咖啡聊天，倒比在這裡還舒服。子川兄以爲如何？」

「我沒有意見，看兩位小姐怎麼說？」

「我也沒有意見。」榮子接口；但又加了一句：「回去也好。」

「那就回去。」

於是六個人分坐三輛車，楊麗與榮子；劉子川與敖占春；金雄白與黃敬齋，在車中少不得談到楊麗。

「此人很不錯，對你也很有意思。」金雄白說：「何不把她帶到上海？」

這一說勾起了黃敬齋的心事。原來他也像周佛海一樣，懼內有癖；楊麗跟他到上海，倘或處理不善，會引起極大的醋海波瀾。細想了一會，用微帶懇情的語氣說：「我倒有這個意思，不過，全要仰仗老兄大力庇護。」

「嫂夫人可不大好惹。」金雄白笑道：「這個差使，敬謝不敏。」

「內人不好惹，總不致於過於周太太吧？連周太太你都把她擺平了，何況內人！」

金雄白皺一皺眉說：「這『擺平』二字，大有語病。」

「說是制伏如何？」

「也不是制伏。朋友之妻子，何用我來制伏。嫂夫人我不熟，說情還不夠資格。這件事，你要好好斟酌。只要我能幫得上忙，沒有問題；但恐無能爲力。」

黃敬齋不作聲。車快到旅館時，他忽然說道：「有件事，在你輕而易舉；在我就可以解除不少困擾。不知道你的意思如何？」

「請你先告訴我，是怎麼回事？」

「楊麗作爲你帶到上海的。要請客，要奔走，是我的事；不過請你出個面。我知道嫂夫人最賢慧不過，對你來說，家庭之中，絕不致發生誤會。不知道你肯幫我這個忙。」

金雄白還在考慮，汽車已戛然而止，便只好答一句：「回頭再細談吧！」

到金雄白的房間，楊麗與榮子已經先到了。劉子川與敖占春是商量好了的，坐下來叫了咖啡，略坐一坐。隨即起身作別；金雄白還想留他們；劉子川說：「不必了？春宵苦短，各圓好夢吧！明天中午再見。」

「明天是最後一天。」敖占春提醒金、黃二人說：「後天就要回長春了。」

「我知道，我知道。」金雄白答說：「如果有甚麼未了之事；明天一定都會料理清楚。」

這是很明確的回答，同時也是強烈暗示黃敬齋與楊麗，他們之間的事，應該從速定規。榮子當然也聽懂了這層意思；所以送客出門以後，隨即問楊麗與黃敬齋：「你們的事，是在這裡談，還是回自己房間去商量？」

原來楊麗剛才要跟榮子同車，是要私下向她打聽黃敬齋的爲人，以便決定。榮子對黃敬齋所知不多，但對金雄白極有信心，既然黃敬齋是金雄白可以一起出遊的朋友，自然不會差到哪裡去，所以極力慫恿楊麗「開碼頭」，現在要談的正是這件事。

「就在這裡談也好。」

楊麗的話說完，金雄白隨即接口：「不！你們兩個私下談的好，等有了結論，我們明天上午再談。」

於是各自回房，互道晚安。金雄白有點耽心，怕楊麗脾氣剛強，談到半夜裡，說要回去了；害黃敬齋空眠獨宿，又是一夜孤棲。

「不會！」榮子聽他說完，很有把握地說：「楊麗對到上海去這件事很認眞，不會惹得黃先生不痛快。不過他獨宿是不致於，好夢仍舊難圓。」

「爲甚麼呢？」金雄白問：「楊麗說過，她又不想造貞節牌坊。」

「不是她不願意，是特殊的原因。」

「甚麼特殊原因？」

「這妳還想不到？自然是『女人病。』」

「啊！」金雄白笑道：「眞是好事多磨。」他又問：「楊麗跟你一車，一定是有話談？」

「不錯！她問我，黃先生爲人如何，是否可靠？我說：他是金先生的朋友，既然可以一起來遊哈爾濱，當然是有交情的朋友；我相信，金先生的朋友，一定靠得住的。」

金雄白聽得這話，頓覺肩頭有了重擔；他在想，楊麗是聽了榮子的話，信任他才信任黃敬齋；如果將來他們相處不合，自己豈非要負完全責任？既然如此，他認爲此時應該把話說清楚，他跟黃敬齋雖然感情不錯，但黃敬齋有些作風，他並不贊成；尤其是可能涉及男女之間的感情，對於黃敬齋的家庭情況，他不能不事先提出說明。

於是他說：「現在的情形是，楊麗相信你，你相信我，亦就等於楊麗相信我，所以我有幾句話要跟你說。至於你需要不需要告訴楊麗？請你自己斟酌。」

接著，金雄白將黃敬齋家有悍妻；以及希望他出面來捧楊麗的話，都細細地告訴了榮子。

「那麼，」榮子問道：「你答應了黃先生沒有？」

「還沒有決定。不過，看樣子是無法不答應的；朋友連這點忙都不肯幫，說不過去。」

「這個忙可也幫得不小了。」榮子點點頭說：「我完全懂你的意思；等他們談完了，看結果如何，我再來考慮要不要告訴楊麗。」

「好，現在談談妳的事吧！」

「我的事，現在也無從談起，反正你的話我一天也不會忘記的；只要有機會能夠脫離虎口，我就甚麼都不怕了。因爲——，」她停了一下，有些不好意思地說：「有你——」

神態言語，都是嬌柔羞怯不勝的模樣，但這「有你」二字，在金雄白卻如猛扣心絃，鏜然大響；終於而有金石之音了。

等心動略歸平靜，金雄白儘可能作了肺腑之言，「不錯！如果你覺得有我在，你甚麼都可以不怕；我想你多少是說對了。現在，要看妳自己了。」他緊接著作了解釋與補充，但也有試探的意味：他說：「倘成妳現在所需要的，光是我的助力；只要我能發生作用，妳就可以脫離虎口，那麼，我在這裡！」

他說「我在這裡」，即表示他隨時可以聽候她的決定而發生作用。但話中本意迂迴曲折，一時聽不明白，所以榮子微皺著眉，盡力思索，一時竟不知所答。

「你好好想一想。」金雄白一面解領帶，一面起身說道：「我先到浴缸裡用熱水泡一泡。」

「我替你去放水。」

「不必——。」剛說得這兩個字，榮子已經翩然起身，往洗手間走了去；金雄白也就不去管她了。卸除衣服圍著一條大毛巾；點了枝煙，還隨手取了本楊麗帶來的「滿映寫眞」，預備到浴缸中去好好輕鬆一會，同時也是養精蓄銳。

「來吧！」榮子說：「水比較燙；你自己調節吧！」

「多謝！我要好好息一息，妳儘可以通前徹後，作一個全盤的考慮。」金雄白又說：「你的事，我跟劉先生談過了。他也很願意幫忙，但是只能在他力之所及範圍內。他有多少力量。想來你總比我瞭解。你自己仔細去想吧！」

榮子抿著嘴唇，深深點頭；然後默無一言地出了洗手間，順手將門帶上。

金雄白叼著煙踏入浴缸，泡得皮膚發紅；方始從水中伸出雙手，擦一擦水漬，取起書報來看；隨手一翻便吸住了他的視線。

很巧的是，隨手翻到的那篇文章，正是關於楊麗的報導，字裡行間，別具陽秋，在讚美她爽直的同時，隱隱指責她的強橫；稱許她不肯隨波逐流，其實是說她不得人緣。金雄白寫報導文章是行家，尤其瞭解記者的心理，一面對照著對楊麗的印象，印證這篇稿子有多少眞實的成分；一面研究寫這篇稿子的人，對楊麗是何態度？看得興味盎然，不知身在何處了。

正當出神之際，聽得門響，抬頭一看，榮子披著一襲淺藍紗質的睡衣，走了進來；透過浴室中氛氳的熱氣望去，越顯得霧鬢雲鬟，綽約如仙。

「你把身子移到前面。」榮子是命令式的語氣，「不許轉身偷看！」

金雄白不知道她要幹甚麼？只照她的話做；等將身體移向前方，隨即發覺她已跨入浴缸，在他身後坐了下來。

「原來是要替我擦背。勞駕，勞駕！」

榮子果然爲他服務，一面替他抹肥皂；一面問道：「你看甚麼文章，看得有趣？我在外面聽見你在笑。」

「是一篇關於楊麗的報導；大出她的『洋相』。」

「楊麗是好人。」

「我相信。」金雄白答說：「不是好人，妳不會跟她做朋友。」

榮子笑了，「你是有意這麼說的？」她問。

「是實話。雖然這句話有抄襲的嫌疑。」金雄白問道：「妳考慮的結果怎麼樣？」

「恐怕很難。」

金雄白的心一沉！看起來倒像是爲劉子川料中了；榮子是有問題的。

「我怕我的要求太高，變成不近人情了。」

原來話中有話；金雄白低落的心情立刻又昇揚了，「我必須跟妳面對面談。」他說：

「你讓我轉過身子來，行不行？」

榮子停了一下才回答：「好吧！」

一轉過身體來，金雄白心裡在想，「新文藝腔」愛用「一尊大理石像」來形容裸女；倒不如用宋人話本的題目「碾玉觀音」，更覺貼切。一時看直了眼，竟忘了說話了。

「我知道你不懷好意。」雙手環抱在胸前的榮子笑道：「你不過找個藉口而已。」

「喔，」金雄白這才想起自己說過的話，但卻記不起談到甚麼地方。「妳剛才提出一個甚麼問題？我認爲需要面對面談。」

「我說，我的要求恐怕太高、太多；變成不近人情。」

「沒有關係！我知道妳的問題不簡單。妳先說了，我們再商量。」

「我唯一的顧慮是我的母親。我走了以後，相信劉先生會照顧她的生活；可是，我們不能替劉先生惹來很多麻煩。」

「妳是說，妳走了以後，妳母親的安全會有問題？」

「一定的。」

「這一定會有的威脅，來自哪一方面？」

這一問，榮子需要稍爲考慮一下；但很快地就想通了，談問題已談到了這樣的程度，還有甚麼需要保留的？

於是她說：「自然是日本人方面。」

「還有呢?」

「沒有了。」

金雄白怕她具有雙重間諜的身分,事情比較難辦,所以聽她這樣回答,不由得鬆了一口氣,「你的問題比較單純。」他說:「你說你的要求太高太多,當然是自己有了答案了。請你說吧!」

「我想,最好把我母親先送走;或者,等我一走,我母親立刻也能離開這裡。」

但當問到她母親的情況時,榮子卻不肯多談;她的說法是,談起來傷腦筋,她不願犧牲她的美好時光。

金雄白認爲她是出於體貼的情意,而且覺得沒有劉子川在場,也談不出一個結果,所以不再多問。一番戲水之餘,羅帷同夢,不知東方之既白。

到得近午時分,金雄白方醒;伸手往裡床一摸,知道榮子已先他起身。但等他起床一看,卻不見榮子的影子,桌上卻有一張字條,用書眉的炭筆寫的是:「不忍打破你的好夢,我先回家;下午四時再來。」下面印著鮮紅的一個唇印,極其清晰;連細緻的紋路都很清楚。金雄白不由得親了那個唇印;還隱隱聞到口紅的香味。

就在這時電話鈴響了,是黃敬齋的聲音,「還在床上吧?」他問。

「不，起來了。」金雄白笑著問道：「怎麼樣？宵來『被翻紅浪』，總有一番旖旎風光吧？」

「唉！」電話中傳來重重的恨聲，「這趟交了『和尚運！』」

「從未聽說過甚麼和尚運！」金雄白越發好笑，故意問說：「此話怎講？」

「那還不容易明白；合該孤獨宿。」

「怎麼？」金雄白一驚，「又是半夜裡走人？」

「人倒沒有走，不過沒有甚麼『被翻紅浪』；至多『上下起手』而已。」黃敬齋又說：「我也不知道是眞是假，她說身上來了；身上是有『蔻丹』。」

「蔻丹」是一種名牌口紅；金雄白不免奇怪，轉念才懂，他是指KOTEX；便即答說：「是眞的。你不要懷疑她在你面前『擺噱頭』。」

於是電話中傳來詫異的聲音：「這件事，你怎麼能肯定？」

「她在路上就告訴榮子了。」

「啊！」變成寬慰的聲音，「那還差不多。如果當我『阿木林』，那就沒有意思了！回頭我到你那裡來。」

放下電話，金雄白心裡在想，虧得榮子事先說過；也虧得自己有那開玩笑的一問，才有機會說明眞相。聽語氣黃敬齋對楊麗原是有誤會的；這個誤會如果不獲澄清，會使黃敬齋對楊麗重作評價，很可能對「移植」她以上海一事打了退堂鼓。楊麗的錦繡前程，也許就此斷送。

金雄白心想，若非自己知道內幕，如說楊麗和黃敬齋同床各夢，這話不管是出之於誰的口，都是不能令人置信的，是事實確而如此。這就像參加了汪政府，已落了個漢奸的名聲，若說本心仍舊向著遷至重慶的國民政府，一樣令人不能置信，道理是差不多的。

不過，自己這回在長春，激於一時義憤的舉動，多少可以表明心跡。轉念及此，不免自我欣慰；但是，回到上海，可能會有麻煩，是不是還有足夠的工夫去爲榮子作任何安排，實在是個疑問。

正在一個人亦喜亦憂，心事栗碌之際，劉子川來了；進門便問：「榮子呢？」

「她早就走了。下午還會來。」金雄白問道：「你找她有事？」

「我想問她一句話。」劉子川略停一下說：「我今天上午得到一個相當可靠的消息，榮子跟日本的外務省與情報局都有關係。」

金雄白大爲訝異，「眞的嗎？」他問：「甚麼關係？」

「當然不是甚麼重要的關係，無非替日本外務省、情報局做一點搜集情報的工作而已。

不過——。」劉子川嚥了一口唾沫，很吃力地說：「就這樣，問題也就不簡單了。」

「你是說她的問題。」

「同時也是你的問題。」

聽這一說，金雄白心中不免一跳；力持鎮靜地說：「子川兄，如果我有了問題，難免會讓你受累，請你老實告訴我，讓我自己來考慮。」

「你誤會了！」劉子川接口說道：「我並非希望不致於受累；你亦不必爲我考慮。重要的是，需要瞭解事實眞相。這一次你們來開會，幕後策動的，就是日本內閣的情報局。而榮子恰巧跟那方面有關係，可能是巧合，也可能不是。」

金雄白想了一會說：「我認爲榮子跟那方面有無關係，是一回事；情報局是不是賦予她在我們身上做工作，又是一回事。子川兄，你說是嗎？」

「是的。」

「如果說，我們正好要到哈爾濱，又正好遇見受日本情報局之命，要做我們工作的榮子，這個巧合是太巧了。」金雄白又說：「而且我跟敬齋決定到這裡來玩兩天，是倉卒之間決定的事；即令我們是日本情報局的目標，這時也不過剛剛將我們的行跡弄清楚，不會說是我們一到已經有他們部署的人在等著了。所以，我覺得沒有甚麼問題。」

「你的分析很正確。不過榮子也可能在開會之前，就已接到命令；目標不是專對你，是對所有從關內來開會的人。」

由於金雄白對榮子的信心十足，劉子川亦不好再說甚麼。當然，在這樣的情況之下，金雄白要談榮子的要求，亦覺不合時宜，所以等黃敬齋一來，不過閒談閒談而已。

雖說閒談，卻非與在座的人毫不相關，提到楊麗，便有好些趣事可作談助；同時也很可供黃敬齋作參考。劉子川與金雄白的情緒都在低潮，話中不知不覺地流露出麻煩少惹、閒事少管的意味；因而影響了黃敬齋的本意。至少，原來只要楊麗能到上海，一切都不成問題的想法，是動搖了。

於是，黃敬齋覺得有些事先要弄明白；其中最重要的，就是昨天他在下車時向金雄白提出的要求。

「我昨天跟你談的那件事，你覺得怎麼樣？」

金雄白一楞，「甚麼事？」他說：「我一時想不起來了。」

「那麼我再說一遍，捧楊麗我出力，你出面。」

「喔！」金雄白信口答說：「那不是買了炮仗請別人放嗎？」

這個說法是容易引起誤解的，意思好像他要在楊麗身上撿個現成的便宜。黃敬齋當然也知道，金雄白不是「半吊子」；不過對他回答這樣輕率，卻有不滿之意。

「我不是請你放炮仗；而是想問問你，願意提供一個可以讓炮仗爆起來的地方。」

「當然。」金雄白答說：「平報、海報都可以提供地點。」

「我不是這個意思。」黃敬齋搖搖頭說：「我的譬喻不大適切——。」

「那末，」劉子川對於在搔首似乎故作神秘的黃敬齋，微覺不滿，因而率直答道：「我看你乾脆打開天窗說亮話吧！」

「對！對！我說亮話。雄白，我的意思是，要讓大家知道，是你在捧楊麗，與我毫不相干。」

「這又是爲甚麼？」劉子川詫異地問。

「爲了黃大嫂。」金雄白說：「黃大嫂如果知道敬齋在力捧楊麗，一定不會善罷幹休的。」

「喔！」劉子川點點頭，「原來是要雄白兄來頂個名。其實，這件事說簡單也很簡單。」

「是！是！」黃敬齋很高興地說：「倒要請教。」

「你們不要一起走。你到了上海，暗地裡佈置好了再來接楊麗。嫂夫人從哪裡去知道，你們有那麼一段情？」

「這倒是個辦法。等我好好想一想。」黃敬齋突然說道：「其實，像榮子那樣才是眞正夠資格力捧的。雄白，你的意思怎麼樣？」

「我毫無意見，只要對朋友有益就是。」

「這話怎麼說？」

「我把榮子看成一個朋友；只要對她有益，我一定盡力而赴。」

「偉大！」黃敬齋翹一翹姆指，「像你這樣古道照人的性情，現在不容易見到了。你對榮子，動的是眞情。」

金雄白不答；想了一會才說：「榮子的事，還要拜託子川兄。」

「雄白，」劉子川未及答言，黃敬齋又搶著開口，「你說要拜託子川兄，是爲了榮子？」

「是的。」

「有甚麼事你需要子川兄助你來幫助榮子？」

一聽這話，金雄白才知道自己的話中，無意間露了漏洞。心裡在想，對於榮子，不能再瞞黃敬齋了。於是考慮了一下答說：「老實跟你說，我也想把榮子移植到上海去。不過她不比楊麗；榮子世居哈爾濱，要想離此他去，通行證不容易辦得出來；所以要託子川兄。」

「原來榮子也要去上海，那可是太好的一個機會。我想，她們可以作伴一起走。」

「當然一起走最好，不過，不會那麼快。」劉子川說：「榮子的事比較麻煩，至少要三四個月以後才能成行。當然是楊麗先走。」

「你呢？」黃敬齋問金雄白：「是不是還要待幾天，等榮子的事有了著落再走？」

「不！當然跟你一起走，回去才有交代。」金雄白苦笑著說：「我回去也還有麻煩。敬齋，你託我的事，實在有點力不從心。」

談到這裡，敖占春也來了。他提醒金、黃二人，明天就得回長春，後天隨團回北平；如果要帶哈爾濱的土產回去，應該趁早物色。

黃敬齋很感興趣，立即答說：「那就請兩位作嚮導，上街去看看。」接下來向金雄白說了兩個字：「如何？」

「你請吧！我要等人。」

「無非等榮子，交代茶房，她來了請她等一等好了。」

「是啊！」劉子川說：「買完東西吃飯；我們到了館子裡再拿車來接她。」

金雄白說等人是託詞；他預備買皮統子孝敬雙親的「老頭票」，已送了給榮子，根本就不再打算購土產。當然，黃敬齋帶的錢也不少，儘可通融；但那一來就得說明自己的錢的去路，而他不願。如果不說，他人就會懷疑；作為銀行家的金雄白，出關來不可能不備足川資，他的錢到哪裡去了呢？

如今看三個人都在等他同行，不便拂情；心想，反正看看不買就是。於是答一聲：「也好！」亦站起身來。

安步當車，到了很大的一家皮貨店，掌櫃姓那，銀鬚齊指，跟劉子川很熟；所以親自殷勤招待，延入店堂後進的客廳，請教姓氏，奉茶敬煙，又問：「要不要玩兩口？」這表示設有鴉片煙榻；來客四人都敬謝不敏。

「上海來的兩位好朋友，想帶兩件皮統子回去。」劉子川說：「請你讓夥計拿幾件來看看。」

「有、有！」

那掌櫃一關照下去，立刻就送來十幾件，貴賤不一，但在關內無一不是上品的皮統子。黃敬齋挑了一件紫貂、一件灰鼠、四件名爲「蘿葡絲」的羊皮統子；另外買了一條水獺領。

「你呢？」他問金雄白，「怎麼不挑？」

「是啊！」劉子川也說：「貂皮、人參、烏拉草，吉林三寶，不帶兩件貂皮回去，豈非如入寶山，空手而回。」

在這樣的情況下，甚麼託詞都不適宜。金雄白靈機一動，錢不夠也不要緊，不過要大數目；兩三件皮統子的錢拿不出來，就顯得寒蠢了。

於是，他大選特選，一共買了十五件皮貨；由於劉子川的交情，價款八折實收；但也是很可觀的一筆款子。

「請給我一張紙，我要寫個電報稿子。」

忽然而有此舉，連黃敬齋在內，都莫測高深；金雄白卻從容不迫提筆寫了電文，是命令他的南京興業銀行匯款，並且指定由正金銀行電匯。

這下那掌櫃才明白；很客氣地表示，不必亟亟，不妨等金雄白回到上海，再匯來貨款。但金雄白還是請那裡的夥計，即刻發了急電。

這筆買賣不少，那掌櫃堅持要款待貴客。而客人卻不願叨擾；三讓三辭，推託不了，金雄白提出一個條件，不赴盛宴，只吃純粹東北風味的小館子。

「那就到舍間去喝酒。」那掌櫃說：「小妾燉的罎子肉，劉大爺吃過。正好還有奉天朋友送的大鯽魚；至於酸菜粉，那是現成。兩位遠客，想嘗嘗本地風味，在舍間吃倒比外面舒服一點兒。」

看來難以推辭，金雄白便問劉子川：「旅館裡還有人，怎麼辦？」

劉子川心想，榮子甚至楊麗，都算風塵中人；守舊人家都不願這些人進門，但又不能言其故，只這樣跟那掌櫃說：「另外有兩位客人，也許會到旅館來，約好一起吃飯的；在館子裡無所謂，在府上就不方便了。」

「那有甚麼不方便？劉大爺跟金先生、黃先生的朋友，就是我的朋友；一起請過來。劉大爺先打個電話，我派人去接。」

「接倒不必，我有車。等我先打電話回去問了再說。」

旅館櫃臺上告訴他說，楊麗來過電話關照，拍影片要到九點鐘才收工，一定會來；榮子則既不見人影、亦無電話。

劉子川心想，榮子必是有事羈絆，也要到晚上才來；只要告知行跡，便不會失去聯絡。於是放下電話說道：「一個未到，一個要晚上才來。」

金雄白與黃敬齋都不知道對方跟膩侶的約會很認眞；所以都以爲「未到」的「一個」屬於對方；自己的「一個」要晚上才來把心都放下了。

9 新知話舊

張宗昌在東北的故事。

那家好大一家人，三個兒子都已娶妻；八個孫子、五個孫女；還有居孀的姑奶奶也帶著一兒一女住在娘家。此時都被喚了來見禮；金雄白、黃敬齋的年紀雖輕，但因算是老掌櫃的朋友，所以年齡比金、黃還大的那家老大，以晚輩之禮，向客人請安。十來個從十五六歲到三四歲男孩子女娃，更是一疊連聲「公公、公公」叫得熱鬧。

「眞是，」金雄白摸著輕輕發燙的臉笑道：「把人都叫老了。」

「那可是沒法子的事——」劉子川剛說了這一句；只見黃敬齋在向他使眼色，便走到一旁，看他有甚麼話要說。

「我不懂關外的規矩。」黃敬齋低聲說道：「照這樣子得給見面禮吧？」

「你們的情形不同。」劉子川想了一下說，「給亦可，不給亦可。」

「還是給吧！怎麼給法？」

「給一個總的就可以了。你別忙，回頭再說。」

他們在低聲商量，那掌櫃已經窺知端倪，不過世故已深，覺得不宜說破；說破了反倒像跟客人要見面禮似地。反正禮尙往來，如果眞的給了見面禮，看情形在起貨價款再讓掉一些，作爲補償好了。

「請入席吧！」那家老大親自來招呼。

走到飯廳中，只見圓桌中間擺著一個紫銅火鍋、高高的煙囪中，竄出藍色的火焰；關外春寒猶重，一看便有溫暖親切之感。

等客人坐定下來，調好作料斟滿酒，那掌櫃舉杯相敬，笑著說道：「沒有甚麼好東西請貴賓，除了肉就是魚，簡直跟二葷舖一樣。」

這是客氣話，光是那支火鍋就很名貴；名爲白肉血腸火鍋，鍋底卻有魚翅、燕窩、哈士蟆、紫蟹、白魚、鳳雞之類；這些珍貴食料卻全靠一樣酸菜吊味。酸菜切得極細，白肉片切得極薄，入口腴而不膩；鮮嫩無比，那股純正的酸味，開胃醒酒，妙不可言。金雄白雖精於飲饌，這樣的火鍋，也還是第一次領略。

「留點量，留點量！」劉子川提醒他說：「回頭嚐嚐那二奶奶的罎子肉。」

「罎子肉是東北常見的葷菜，不過做得好也要一點兒訣竅。」那掌櫃說：「最要不得的是喜酒席上的罎子肉；哪兒找那麼多小罎子，還扣好了作料分量，用文火去燉？還不是燉一大罎，臨時找傢伙來裝，有名無實，簡直就是紅燉肉。」

說到這裡，罎子肉上桌了；接著是一盤乾燒鯽魚。金雄白覺得罎子肉不過如此，對那條鯽魚卻非常欣賞。

「這麼一尺來長的大鯽魚，就在我們江南，亦是很難得了。」他讚嘆著說：「無怪乎吳鐵老說，不到東北，不知東北之大。實在說，不到東北，不知東北之富。」

「富是富，」那掌櫃說：「富要是保不住，反而生災惹禍。」

「這話倒也是，」金雄白說：「如果不是東北太富，當年日本人跟俄國人就不會在東北火拼。」

「啊！」劉子川突然想起一件事，「那掌櫃，有句話我老想請問你。聽說你在當年也是『別拉窩其克。』」

金雄白與黃敬齋都不知道他說的是甚麼，不由得相顧愕然；敖占春便低聲說道：「兩位聽下去就知道了。」

「是的。」那掌櫃點點頭，「我還跟張效坤拜過把子呢！」

居然跟張宗昌是拜把兄弟，金雄白越發感興趣；用心傾聽，才知道「別拉窩其克」是句俄語，意思就是會說俄國話的通事。

這些通事，大多是下關東的「山東老鄉」——在明朝，遼東與山東認同鄉；所以相沿至今，仍稱山東人爲「老鄉」。那掌櫃下關東時，恰逢俄國人修中東鐵路，他跟許多年輕力壯的同鄉，作了「毛子工」——老毛子的工人；慢慢都學會了「毛子話」。

及至日俄戰爭爆發，俄軍要找許多通事；便由中東路局選派會說俄語的員工充任。在俄軍中的職位高低，即以熟諳俄語的程度而定，居然有高到類似高等顧問之類銜頭的職位的。

「不過，那到底是難得的一兩個。說起來，老毛子打不過鬼子，實在也有他的道理。道理是甚麼？就是用的中國人不同——。」

那掌櫃說，日俄戰爭時期，交戰雙方都極力想爭取「地主」的支持，但路線不同，日本人爭取的是知識分子；科舉時代的知識份子，當然大部分是地方士紳。他們的這個工作，早在甲午戰爭結束以後就開始了，以「中日一家，同文同種」爲號召；而且強調日本人都是徐福爲秦始皇求海上仙方，所帶去的三百童男童女之後。同時禮聘了一些落破文人到日本去設館授徒，教習漢文；爲他們訓練到東北來殖民的人才。

其中有個遼陽人，名叫于冲漢，他的「及門弟子」中，頗多士官學生，在日俄戰爭時，都已成爲中級軍官。一到遼南，首先就去拜訪于冲漢，口稱「老師」，執禮極恭。當時東北的百姓，都稱日本軍官爲「太君」；現在居然出了個「太君之師」，自是地方上的大幸。於是惶惶然深恐身家難保的士紳們都庇於于冲漢門下；日本軍亦就利用于冲漢展開遊說籠絡的工作，說他們是來幫助中國人打狼心狗肺的老毛子的；中國人幫助日軍，即等於自助。當然也還有些小恩小惠，騙得人死心塌地，願爲日本人作走狗。

俄國軍隊卻走的是勞工路線，以路局訓練出來的一班通事爲核心，爭取下關東而尚未落戶的山東老鄉爲他們賣命；張宗昌即是這班通事中的一個「頭目」。

「我跟張效坤拜把子是在宣統三年。沒有多久，革命軍起義，他弄了二百多人，其中還有老毛子，由大連上船到上海，打算去投靠滬軍都督陳英士。開拔要錢；我賣了一家糧食行，得了四千銀子，全都給他了，也是看出他將來一定會得意。可是——。」

可是張宗昌沒有得意多少時候。民國七年輾轉歸入直系，駐湘西受吳佩孚的指揮；兩年以後，吳佩孚自衡陽撤防北歸；湘軍驅逐湖南人稱之爲「民賊」的督軍張敬堯，以致張宗昌在湘西站不住腳，拉隊伍竄入江西，恰又爲督軍陳光遠繳了械，處境非常狼狽。

其時直皖戰爭只打了十天，便判勝負，直勝皖敗；「馬廠誓師」的「元勳」段祺瑞鞠躬下台；而直系的靈魂吳佩孚開府洛陽，聲名如日中天。張宗昌雖然不喜歡「吳秀才」，但窮途末路；也只得暫且相投，心想是「老長官」，總不會不照應；誰知吳佩孚因爲張宗昌的部隊，紀律太壞，與土匪不過上下床之別，所以拒而不納。

萬般無奈，只得老一老臉皮，二次下關東；投奔「老帥」張作霖，「老帥」顧念舊誼，給了他一份掛名差使，銜頭是「東三省巡閱使署高等顧問」，月俸千元；張宗昌往往一場牌九就輸光了。

「那時的張效坤，可眞是虎落平陽，龍困淺水。」那掌櫃把杯高談，「我託人捎信給他，請他到哈爾濱來散散心。老弟兄嘛，就算他欠了我的情，這會兒他倒楣的時候，我也不能不理他啊。哪知道他不肯來，這麼個大老粗居然還會掉書袋，道是『無顏見江東父老』。就憑這份愛面子的心，我就知道他還能起來。果然——。」

果然，機會來了。民國十一年四月，第一次直奉戰爭爆發，兩路進兵入關，張景惠的西路軍先垮，他親自帶領的暫編奉天第一師，爲直軍繳了械；下轄東北軍第二、第六、第九混成旅，潰不成軍。東路軍是張老帥的精銳，親自擔任總指揮；但受了西軍的影響，亦不能不撤至山海關，結果是由英國傳教士調停，在秦皇島的英國軍艦上簽訂了八條和約。直軍的代表是第二十三師師長王承斌；他是遼寧興城人，自然幫奉軍的忙，在談和的條件上，很發生了一些有利奉軍的作用，張老帥也很見他的情。

戰爭結束，奉軍退回關外。徐世昌在直系的壓力之下，早就發佈了免除張作霖東三省巡閱使及蒙疆經略使的「本兼各職」；所以老帥在和約簽訂的第三天，「自立爲王」——由東三省議會聯合會推舉他爲「東三省保安總司令。」

他對這一次入關鍛羽而歸，認爲奇恥大辱；一到部隊撤回，立即籌畫整編。經過此番考驗，他已徹底承認一個事實；由小站系統而來的「新建陸軍」，不但不新，而且老朽腐敗，決不能再用了。因此，原來以總參議楊宇霆爲首的日本士官畢業生，如李景林、姜登選等人，都獲得重用。不過新派軍官中，發生作用最大的一個，卻不是士官生，而是奉天武備學堂及陸大出身的郭松齡。

但是郭松齡與楊宇霆是對立的；那種情形就像榮祿之與翁同龢，只是張作霖父子不同於慈禧母子，所以郭松齡雖是「少帥」的人，仍爲老帥所看重。至於張學良之於郭松齡，是亦師亦友，十分尊敬；郭松齡對於張學良，亦是盡心輔弼，期許甚至，對老帥當然也是忠心耿耿，但由於楊宇霆的挑撥壓制，難免有隔閡之處。

「那是民國十一年秋天吧，有一天張效坤忽然又來找我了。他跟我說，現在有個機會；

這個機會非抓住不可。我問他是甚麼機會？他說老帥要報仇，招兵買馬，還要跟『吳秀才』大幹一下子。他這一說我懂了，他如果有人有槍，就不必再幹那個不顧不問也不高的高等顧問了。至於找我，不用說，招兵買馬要錢。那時我的買賣正旺，湊了五萬大洋給他。」

原來第一次直奉戰爭時，張宗昌雖未隨軍入關；而在奉軍傾師而出，後路空虛時，張宗昌卻立過一場功勞——爲張作霖所趕走的吉林督軍孟恩遠，有個女婿叫高仕儐，與吳佩孚暗通款曲，被委任爲「吉林討逆軍總司令」；高仕儐富貴念熾，同時也要爲岳父報仇，運動他的舊部「中東路山林剿匪司令」盧永貴，自中東路終點，向西直撲哈爾濱。

後方生變，前方自然震動；不過張作霖根據情報研判，高、盧所部連招撫收編的「紅鬍子」，不過一萬五六千的烏合之眾，還不足以動搖根本。想起張宗昌會打爛仗，當即發了一道電令，命張宗昌相機截剿。

於是張宗昌帶領不到一千的人馬，東向迎敵；敵眾我寡，心裡不免惴惴然。那知一路打聽軍情，都說高、盧在一個名叫海林的小站，按兵不動；深入偵察，才知究竟。高、盧二人，根本不懂用兵；那一萬五六千人，沿路分兵佈防，到了綏芬以西的第一大站牡丹江，已去十之三四；而牡丹江以南百把里，就是有名的絕塞寧古塔，鐵路有支線相通，那裡駐有正規的奉軍一團；高、盧認爲如果置之不理，有被攔腰截斷歸路的可能。有人獻議，奇襲之師，貴乎神速；只要兼程而進，拿下了哈爾濱，東路各地守軍，可以傳檄而定。高、盧二人，卻下不了決心；爲防設在列軍中的司令部，受到寧古塔守軍北上正面的襲擊，特地將司令部移到牡丹江以西的小站海林，瞻顧遲疑，有半個月之久，始終在進退兩難，不知所措的自困局面之中。

這下張宗昌將高仕儐、盧永貴看透了，是一對飯桶。於是跟路局多要鐵皮車廂；下令關緊車門，免得被人窺破虛實；然後命司機以全速向東疾馳。

高、盧二人慌了手腳，派剛剛招來的民兵當第一線迎敵；收編的「紅鬍子」居第二線；作爲基本隊伍的山林警衛隊，保護司令部。他們的打算是，犧牲民兵，以挫其鋒；便可靠「紅鬍子」來替他們打一場硬仗；萬一失利，帶領基本隊伍向後轉，猶可自保。那知民兵從未上過戰場，甚至有連放槍都不會的；到得張宗昌部下的那班亡命之徒，吹號衝鋒，一面吶喊張威；一面乒乒乓乓亂扔手榴彈，嚇得雙腿發軟，不戰而潰。

這一來牽動了第二線的「紅鬍子」；高、盧一看情勢不妙，趕緊後撤，先退綏芬，繼退東寧。張宗昌窮追不捨；高、盧二人不能不化粧逃走，結果仍舊被抓住，奉「老帥」從關內來電：「就地正法」。

張宗昌雖立了這場功勞，卻只得了個「綏寧鎮守使」的虛銜；因爲奉軍的排外性很強，認爲張宗昌是客卿，不宜予以兵權；新派的將領，特別是郭松齡，又根本看不起他，以致餉械兩缺，鬱鬱不得志，及至得到「老帥」決心整軍經武的消息，張宗昌特地趕到瀋陽，躍躍欲試的神情，溢於言表；不道爲人潑了一盆冷水。

潑冷水的是負責實際整編訓練責任的郭松齡，本來「東三省陸軍整理處」的統監是吉林省長孫烈臣，以張作相、姜登選爲監副；參謀長在名義上是張學良，事實上由郭松齡代行職權。

「東三省不是沒有兵，是兵太多了。整編的目的在汰弱留強；訓練的目的在能適應現代化的戰術。老兄是有名的勇將，帶的兵也能打；不過程度太差、紀律也有點問題。老兄，請恕我直言。」

意在言外，張宗昌招來的亡命之徒，正在淘汰之列。他碰了這樣一個釘子，心裡自然不服；但亦無奈其何。怏怏然回到了防區，始終對此事耿耿於懷。

過不多久，又來了一個機會。白俄謝米諾夫爲紅軍所壓迫，遁入中俄邊境的綏芬一帶，張宗昌靈機一動，向謝米諾夫大表同情，建議他借地安營。謝米諾夫窮無所歸，願意接受改編。張宗昌來找那掌櫃，有了那五萬大洋，事情就好辦了。

謝米諾夫的殘部一共四千多人；再招上一批山東老鄉，總共七千，號稱一萬，軍餉是自己發行的「軍用品」，用白紙填上一個數字，或是五元，或是十元，蓋上綏寧鎮守使的大印，在當地使用，誰敢說它不是錢，至於那五萬現大洋，是要帶到瀋陽作交際應酬用的。

果然，在瀋陽窯子裡，一場牌九推下來，便有人替他在張作霖面前說好話：「張效坤替老帥把白俄勇將謝米諾夫拉過來了。他的部下，個個能征慣戰，而且『傢伙』都是最新的。有這麼一支紅眉毛綠眼睛的隊伍，擺出去都能唬人。」

張作霖被說動了心，許了張宗昌一個旅的番號。「老帥」的命令，郭松齡不敢不遵；但心裡卻始終輕視張宗昌，於是通過張學良提出意見，說張宗昌的部隊，須先經過一番考驗，要確實證明能夠打仗，才可給予番號，編入序列。否則不符「整理」的原則。

張作霖一聽有理，吩咐照辦。於是郭松齡擬了一個演習計畫，以集中在輝發河南岸，即名輝南，等候點編的張宗昌部隊，向西渡蛤螞河進攻；守軍是李景林所部的原第七混成旅。在假想的「作戰計畫」中，給予張宗昌的任務，非常艱苦；指定了一條迂迴曲折的進攻路線，爬高山、下池塘，不准規避取巧，而且限期非常緊迫，一看就知道是在整人！

「他奶奶的，郭茂宸這小子簡直不是人揍的！」張宗昌一面罵，一面下了決心：「好！俺幹！叫你小子看看俺老張不是孬種。」

張宗昌身先士卒，親自跑在前面領隊；「演習指揮部」逐日有情況下達，往往剛息下來要「埋鍋造飯」，軍用電話中傳來了命令：「立即開拔，限某時到達某地，截堵敵人。」這樣折磨，幾乎要把他的部下逼得發瘋。

而且張宗昌發現，在這次作戰演習中，隱伏著殺機。郭松齡的計畫相當周密，沿路警戒，如果他的部隊受不了而零零星星「開小差」，抓住了立即以軍法從事，就地槍決；到演習終了，如未能達成任務，可想而知的，不被收編，即被繳械；倘作反抗，李景林已經獲得授權，可以用「機槍點名」。

因此，張宗昌深切瞭解，這一次假想作戰的失敗，後果比眞的從火線上垮下來還要嚴重；但怕影響士氣，對部下不能說破其中的道理，只是不斷地鼓勵，要大家無論如何得咬緊牙關拼到底；「一到了目的地就好了！」這「好了」之中，包括嫖賭在內。

到得演習日程，預定攻占陣地的時刻；張宗昌帶著他的五光十色的部隊，居然渡過蛤蟆河，到達目的地。張宗昌一半是眞的竭蹶不支；一半是做作，到得「統裁官」所在地的一處高地前面，從馬上一個觔斗翻下來——他的腿長，實際上等於由馬上跨了下來，隨即仆倒在爛泥地裡，口吐白沫，卻還力竭聲嘶地大喊：「殺啊！衝啊！」

親臨高地觀陣的「老帥」大爲感動；郭松齡亦無法再事苛求，反而送個人情，作了很好的一篇講評，張宗昌的願望達到了。

到了民國十三年四月，吉林督軍孫烈臣病故，遺缺由張作相接任，讓出第二十七師的番號給「少帥」張學良。吳俊陞仍是二十九師師長。這兩師的番號是北方政府所承認的；另外「暫編奉天陸軍第一師」，派李景林爲師長。依照郭松齡的建議，所有的部隊，整編爲二十七個步兵旅，五個騎兵旅，每旅以三個團爲標準，用統一番號。張宗昌是「東三省陸軍第三旅」旅長；郭松齡是第二旅旅長，下轄步兵三團之外，另有炮兵一團，兵強械利，是「老帥」的「羽林軍」。

張宗昌也是粗中有細的人物，看出郭松齡必將大用；李景林正在走運，於是倡議結盟，老大李景林、老二張宗昌、老三郭松齡、老么張學良。這四個人在關帝廟裡磕過頭；也還要給老帥磕頭。行完大禮，張宗昌代表「異姓手足」，有所陳述。

「我們給老帥打天下。」他說：「大家都不要地盤；只要老帥多賞點兒錢，讓俺弟兄玩兒得痛快就行。」

其時直系名義上的領袖曹錕，得「安福系」之助，以重賄當選總統；張作霖認爲師出有名，再度討伐的時機成熟了，於是由郭松齡派他所資助的留日學生戴世才，到四川活動，聯絡劉湘，預備大舉。到得十三年九月「齊、盧戰爭」爆發，齊是江蘇督軍齊燮元；盧是浙江督軍盧永祥，一爲直系，一爲皖系；皖系亦曾爲直系所敗，所以張作霖通電響應盧永祥；同時聲明奉天因受直系壓迫，非一決雌雄不可。

於是直奉雙方立即展開了軍事行動。奉方討直的部隊，仍稱爲「鎮威軍」，張作霖自任總司令，以總參議楊宇霆爲參謀長；下轄六個軍，以第三軍實力最強；這一軍的軍長、副軍長，正是張學良、郭松齡。

作戰的方略是第三軍與姜登選的第一軍，組成聯軍，擔當山海關正面進攻；李景林爲正、張宗昌爲副的第二軍與第六軍旗兵，西向熱河，分攻朝陽、赤峰；第四、五兩軍是由老將張作相、吳俊陞率領，便讓他們佈防在錦州、綏中一帶作爲預備隊。

部署既定，下令開拔；曹錕得報，憂心如焚，以十萬火急的電報打給開府洛陽的吳佩孚，催促他進京，共商大計。

吳佩孚也知道直系的將領，各懷私心，貌合神離；新兵既未練成，糧餉亦有問題，跟兵精糧足，唯張作霖之命是聽的奉軍，不可同日而語。但既已成爲直系的實際領袖，自然責無旁貸，硬著頭皮，專車進京，就任「討逆軍總司令」。

奉軍兵分三路，吳佩孚針鋒相對，在頤和園四照堂點了三路人馬，第一軍彭壽莘是主力，抵擋山海關一路；第二軍王懷慶對敵朝陽方面的李景林；第三軍馮玉祥出承德去應付奉天的騎兵。另外又預備了十路援軍，總兵力不下二十萬人之多。

馮玉祥以翻覆出名，吳佩孚對他當然存著戒心，一方面許以奉張一塝，保舉他做東三省巡閱使；一方面卻以十路援軍，部署在京畿各地，目的是防馮玉祥有異心。結果，他還是在黃膺白策動，段祺瑞支持之下，倒了吳佩孚的戈。結果是曹錕被囚，「秀才」被放，連帶溥儀被逐；彷彿明朝徐有貞一手策畫「奪門之變」那樣，黃膺白一手造成「首都革命」，也是件得意之事。

不過，就算馮玉祥不倒戈，吳佩孚也未見得能免卻失敗的命運，因爲其餘兩路打得也不好，王懷慶一軍首告失利，熱河的朝陽，開魯先後失守。攻山海關的第一、第三聯軍。由郭松齡自左翼攻擊榆關正面；韓麟春自右翼攻擊九門口。直軍居高臨下，堅守陣地，在形勢上處於有利地位，因而一時無法拿得下來。

山海關不破，即令熱河方面得利，並不能改變大局；於是兩軍正副軍長姜登選、韓麟春；張學良、郭松齡聚在一起研究，決定了聲東擊西之計，山海關正面留一個旅，兩個補充團，作爲佯攻；郭松齡帶三個旅，增援右翼，集中全力攻九門口。

九門口又名九門水口，亦就是吳三桂請清兵，多爾袞大敗李自成的「一片石」。山海關的「邊牆」自南而北，一折往西，關隘無數；最南面靠海的一道關，在明朝名爲南海口關，又名老龍；此關之西三十里便是秦皇島。如果能出奇兵，由北面義院口關已經奪得的據點石門塞，出擊吳梅村「圓圓曲」中所謂「電掃黃巾定黑山」的黑山窯，往南直指秦皇島，則守九門口與檢關的直軍被截歸路，可不戰而成擒。

郭松齡即是照此計畫進行，一戰成功，俘敵上萬，直軍主將援軍總司令彭壽莘浮海而逃。

在此以前，當成功在即時，姜登選、韓麟春認為攻九門口是第一軍的任務，讓郭松齡搶了功去，面子上太不好看；因而打算讓郭松齡指揮預備隊，由他們進逼秦皇島。郭松齡當然大表激憤；結果是由張學良作主，仍照原案進行。可是「將帥不和」的現象已經很明顯了。

姜登選、韓麟春是楊宇霆的羽翼。郭松齡與楊宇霆勢成水火，已非一日；兩人除了公事，私下不交一語。這一次九門口爭功，彼此之間的裂痕更深；因此等得清理戰場，處置善後時，楊宇霆使出一記「殺手鐗」，而郭松齡又不賣帳，終於使得張家父子變生肘腋。

事情發生在第一次直奉戰爭結束後不久，郭松齡徵得張學良的同意，將所俘直軍除用來補充各部隊的缺額以外，多下的人編為三個補充旅，而且選拔有功的軍官擔任旅長，已經正式佈達。那知張學良將這件事報告「老帥」時，由於張作霖早就有了楊宇霆的先入之言，一口拒絕。

楊宇霆不斷在「老帥」面前強調的是：「郭茂宸兵權日重，不是好事；漢卿左右，可以另找軍事專才輔助他，不必讓郭茂宸一把抓，免得尾大不掉。」因此，張作霖決定將所俘直軍連同武器，撥交第一軍編成兩個師：郭松齡不得擅自處置。

於是張學良電告郭松齡，立即停止進行編組工作；但生米已成熟飯，新任三旅長以外，誰當參謀長、誰當團長、誰當營長，亦已宣佈，大家正在彈冠相慶之際。如果突然改變既定事實，影響威信，打擊士氣，後果頗爲嚴重，因此，郭松齡拒絕接受命令。張學良無奈，只能婉轉陳情，將補充旅的名義改爲補充大隊。「老帥」准是准了，但大大地發了一頓脾氣，對郭松齡表示極度不滿。

其時入關奉軍已長驅南下，一條縱貫南北的津浦鐵路，所經四省，都換了督軍，直隸李景林、山東張宗昌、安徽姜登選、江蘇楊宇霆，惟獨郭松齡向隅。

同功不同酬，眼看他人膺任方面，郭松齡心裡已經很不是味道；更想到當初結盟的約言，道是決無地盤思想，結果李景林、張宗昌還不是各佔一省？他更有一種受愚的感覺；想來想去一口氣嚥不下，牢騷便發在張學良身上。

「跟老帥，走老帥路子的，都得意了！只有跟了你這個倒楣蛋，連帶我亦倒楣？當初說好的，只幫老帥打天下，不佔地盤；現在呢？」

張學良不作聲。他有個想法：相知貴相知心；郭松齡應該知道，一旦他繼承了「老帥」

的事業，水漲船高，如果他是東三省保安司令，他就是副司令，權位豈止一省督軍而已。如今論功行賞，「自己人」當然放在後面；郭松齡應該想得到這個道理，倘若想不到，解釋亦屬多餘，所以默不作答。

這是民國十四年九月間的話，隔不了兩個月，自封「五省聯軍總司令」的孫傳芳，派兵攻楊宇霆，與浙江省長夏超聯名通電，指斥奉軍違反淞滬永不駐兵的前令，聲明討伐張作霖。同時聯合江蘇安徽爲奉軍壓迫的軍閥，分五路發動攻擊。楊宇霆、姜登選未穩，倉皇遁走。到得關外，力勸「老帥」對東南用兵；其時郭松齡正在日本參觀軍事大演習，奉召兼程趕回瀋陽，發表他爲第十軍軍長，隸屬於張學良的第三方面軍，駐灤州，爲駐天津的張學良、駐滄州的姜登選作接應。

這時的郭松齡，早已有了異心。他是爲馮玉祥看中了是個人才，當然也知道他有滿懷牢騷要發，所以借在日本參觀軍事大演習，國內各地佔山爲王的軍閥，都派有代表赴日的機會，跟郭松齡搭上了線，只待俟機而動。現在，機會來了！

馮玉祥要這樣做的原因是，對於奉軍日漸增強的兵力，深感威脅。原來當奉軍大勝，第一、二、三軍長驅入關時，馮玉祥早經向段祺瑞表示過，直、奉兩軍雖是水火不容，他卻應該是例外。段祺瑞拍胸擔保，馮玉祥對張作霖幫忙極大，絕不會以仇敵相視。

可是段祺瑞是撿來的一個「執政」，並無任何力量可以讓奉軍俯首聽命；尤其是前線將領氣焰更甚，李景林一到就佔領了城外各處要點；郭松齡帶一個團駐在黃寺，控制北城，確保通路；張家父子在北平原有私邸，在西城麻線胡同，本爲清初八「鐵帽子王」之一的順承郡王勒克德渾的府邸，房子極大，駐一營衛兵猶自綽綽有餘。從十一月二十四，張作霖進京起，順承王府就成了北京的政治中心，門庭如市，氣勢懾人；要馮玉祥的部隊，讓出北京、保定、宣化的防地給奉軍。

這時的西北軍，已改稱國民軍，下轄三個軍，馮玉祥以總司令兼領第一軍；第二軍胡景翼、第三軍孫震，認爲奉張咄咄逼人，無法忍受，深夜聯袂去訪馮玉祥，建議將張家父子「幹掉」。三個人研究了一個通宵，終於因爲此舉後果嚴重，即令如「首都革命」那樣僥倖成功，亦不知何以善起後，只得放棄。

張家父子不知怎麼得到了這個情報，危地不宜久居，兩天以後，離京到天津；這裡有李景林的部隊，足以控制一切。但暗中的矛盾仍在，於是由段祺瑞出面調停，以皖系的盧永祥當直隸督軍，作爲緩衝：讓出保定，大名的防地給李景林；河南則劃爲國民軍的勢力範圍，由胡、孫二人分任河南的督軍與省長；馮玉祥仍舊去做他的西北邊防督辦，將他的第一軍分駐熱河、察哈爾、綏遠一帶。不過他是不甘寂寞，而且天性善變的人，一方面感覺到受了奉軍的壓力，很不舒服；另一方面又想像著能夠「幹掉」張家父子，自己的地位馬上就可以一躍而爲可與廣州革命政府分庭抗禮的程度，那是多麼令人心醉的一件事！

但是他也知道，即令能夠殺掉張家父子，並不能控制奉軍；所以要實現這個計畫，必須在奉軍內部找人合作，恰好有個裝了一肚子骯髒氣的郭松齡，可以利用。

其時由清末保皇黨、立憲派蛻變而來的進步黨失勢已久，想在軍閥中找幾個有頭腦、有辦法，也有力量的人，作爲扶植的對象，等他們「馬上得天下」以後，由他在馬下「治天下」。當時所覓得的對象，第一個是孫傳芳；蔣百里、丁文江、張君勱這一班學有專長第一等名流，都是「聯帥」幕府的上客；第二個是馮玉祥，由徐謙在策動；這一次又找到第三個，就是郭松齡，由進步黨的要角，梁啓超的兒女親家林長民，親自出馬，輔佐郭松齡。

因此，郭松齡接到召回的電報後，由日本坐船到了天津，不回灤州防區，託病住入天津義租界義國醫院，邀集親信，密商大計，決定跟馮玉祥簽訂一件「密約」，由馮玉祥在道義及實質上支持他打回瀋陽，以後便以山海關爲疆界，由郭松齡去埋頭「建設」。交換條件是郭松齡的部隊，須改稱「東北國民軍」，表示是馮玉祥的系統。

奉軍的精銳在郭松齡手中，又扼守灤州，只要一出山海關，便成席捲之勢；唯一的顧慮是直隸督軍李景林抄他的後路。因此，願以承認李景林直隸督軍的地位，並將熱河劃歸直隸作條件，換取李景林的合作。李景林是河北人，在關外多少受到猜忌；見此光景，雖未正式承諾，卻已表示默契於心。

那時軍閥打仗，干戈未見，筆墨先發；以「電報戰」作爲序幕。這一次郭松齡的倒戈行動一開始，全國百分之九十九的人，會覺得他是忘恩負義；爲了師出有名，更爲了爭取同情，這場「電報戰」尤其重要，因而特地禮聘此中「高手」饒漢祥，置諸後帳。

這饒漢祥是湖北廣濟人，舉人出身；他會做婆婆媽媽、痛哭流涕的文章，替黎元洪所擬的通電，恰好符合「黎菩薩」這個外號。但「名滿天下，謗亦隨之」，有人說他文章懇摯過人；有人說他文格太卑。當然，既謂之通電，不是做給極少數文宗看的；能夠感人，便能爭取諒解與支持，他的文章就管用了。

到得十一月廿二那天，郭松齡在灤州召集所部團長以上的軍官開會，慷慨陳詞，以至於自我激動得號啕大哭；不得不由他的妻子韓淑秀代爲宣佈，要回師打回瀋陽。

他的部下無不大驚，面面相覷，不知說甚麼好？及至郭松齡收拾涕淚，提出主張：退回關外，驅逐軍閥和罪魁禍首楊宇霆；此後埋頭建設東北，永遠不再參與內戰。要求贊成此一主張者，在會議錄上簽名。接著，便展開了四項行動；第一項是成立總司令部，依照與馮玉祥的約定，改稱「東北國民軍」；將第三方面軍團，改編爲四個軍。第二項是發出三個通電，除了宣佈楊宇霆的罪狀，要求立即罷免以外，最主要的當然是請「老帥」下野，「少帥」接位。

這通電報自是饒漢祥的精心之作，首先痛陳兵連禍結，既苦百姓，又足以召外侮，接著用「曹瑋代興，下皆效命，傳之青史，播為美談」，將張作霖比作宋朝開國名將曹彬；筆鋒轉到張學良身上，說「漢卿軍長，英年踔厲，識量宏深，國倚金湯，家珍玉樹，騎風雲而直上，歷雷雨而不迷。」以下自敘效命之忱：「松齡夙同袍澤，久炙光儀，竊願遵命㔟，竭誠匡佐」，由「更張省政，德制遼疆」以達於「三省富強、四鄰和睦。」到那時候，「老帥」儘可「婆娑歲月，賞玩煙霞，全主父之命名，享會公之樂事。果箕裘之盡善，曾灑脫以何妨？」電報到了瀋陽，急得繞室徬徨，除了求援於「老兄弟」吳俊陞以外，別無長策的張作霖，聽人解釋這兩句話，道是「郭茂宸說，只要少帥能把千斤重擔頂得下來，老帥不防瀟瀟灑灑地把權柄交了出去。」為之啼笑皆非。

第三項是臨時起意，得報安徽督軍姜登選的專車過境，派兵把他請下車來，扣留不放。第四項是派人到北京去接林長民；目的是要他來辦對日本的「戰時外交」。

原來清朝跟日本所訂，有關南滿鐵路的條約，附有極苛刻的條件：鐵路沿線若干里以內，保有種種特權，尤其是使用南滿鐵路運兵，非日本合作不可，因而一再打電報給日本駐華公使芳澤謙吉，保證「對於東北外僑生命財產，以及條約上的權利，必予尊重」，請他「轉達日本政府，通飭所屬駐東北文武官員，嚴守中立。」他之不直接跟關東軍打交道的原因是，深知關東軍跟張作霖有交情，不必自討沒趣；希望用日本政府這頂大帽子將關東軍壓下來，此為釜底抽薪之計。可是，日本政府不合作；或者芳澤謙吉亦傾向於張作霖這一面，卻又為之奈何？

這時期的日本對華政策，以「幣原四原則」為依歸；幣原是指日本外相幣原喜重郎，他在歐戰結束後，代表日本參加華盛頓會議，與中國代表談判交還山東問題時，深深感到如「二十一條條件」為象徵的日本侵華路線，對日本未必有益。因此，在民國十三年七月，參加加藤內閣為外相，在向日本國會發表就任演說時，提出對華外交方針，本乎四個原則，以比較地尊重中國為主。這四原則的第一條就是：「尊重中國主權，不干涉中國內政。」不久，第二次直奉戰爭爆發，幣原立即宣佈了日本的立場，是採取中立態度。那一次固然有軍部干涉，到底在暗中介入了戰爭；但幣原外交的本質，仍舊使人對幣原充滿了信心；郭松齡就是深信此一原則必能實現的一個人。

除此以外，郭松齡另有一條路子，可以通到日本內閣，這條路子是從林長民身上找到的。林長民有一個換帖的弟兄，在臺灣大大有名；此人名叫辜顯榮，字耀星，鹿港人。甲午戰爭爆發之前，就常在福州、上海做生意。及至黃海潛師，割讓臺灣，義師紛起，清朝指派李鴻章的兒子李經方，交割臺灣；就像法院拍賣人家的不動產一樣，不負責點交，只在基隆外海的船上，辦一個手續，日本人要想接收臺灣，還得自己大動干戈。

於是日本派遣駐遼東的近衛師團向臺灣出動，由能久親王北白川宮率領，在光緒廿一年端午那天到達基隆；第二天自三貂角附近的澳底登陸；臺灣巡撫唐景崧派兵堵擊，兵敗潰退，臺北大亂。日本軍人生路不熟，不明虛實，要想找個嚮導；就這時候辜顯榮出現了，恰如二百三十年前，他的泉州同鄉前輩李光地迎清兵，將日本「皇軍」由間地領到臺北。以後又接連爲日本立下幾件大功，換來好些物產專賣的特權，成了臺灣的鉅富。

但是，在政治方面，辜顯榮卻還沒有甚麼地位；他從日本政府中所獲得的最高榮譽，不過是代表「島人」參加大正天皇即位大典；以及當昭和天皇在東宮巡視臺灣時，獲得一座三等的瑞寶勛章。爲了要想提高他的政治地位，便有人配合幣原外交的趨勢，想出一個「日支親善努力」的題目，獲得日本政府許可，而有北京之行。

此行始於大正十四年，正也就是民國十四年的四月底，由辜鴻銘陪同，自東京出發，經漢城，過瀋陽到達北京，由林長民、熊希齡接待，見了執政段祺瑞；而且通過黃膺白的安排，特地到張家口跟馮玉祥見了面。林長民送了辜顯榮一張照片，上款題的是「耀星吾哥大人惠存」；下署：「乙丑初夏如弟長民敬贈」。有這樣深的交情，又有幣原四原則在，照郭松齡的打算，由林長民通過辜顯榮的關係，一定可以達到利用日本內閣來壓制關東軍不准干預他的倒戈行動的目的。當然，林長民亦是有此自信的。

這是郭松齡方面的如意算盤，但林長民卻根本沒有想到，在郭松齡出師回國的作戰過程中，還要去替他解決外交問題——他要解決的是自己的問題；進步黨的成員，都非突然崛起的無名小卒，而是過去已有相當地位的名流或政客。活動的方式，亦多走高層路線；與馮玉祥專門打入對方的中下層，去挖人家的牆腳，恰好相反。

這樣就必須要維持一個相當的排場，養著一批或多或少的食客，以供奔走；至於日常應酬、更不可少，所以每個月開支可觀。北京其時還保持著前清的慣例，除了打發下人的賞錢，及「逛胡同，叫條子」的車飯費以外，甚麼都可以掛帳、三節結帳，遇到端午、中秋還可以搪塞一番，到了年下就非開銷不可；林長民即有這樣的苦楚。

論人材，林長民不失爲第一流；講關係，各方面也都說得上話，但民國誕生以後的北方政局，由袁而黎，由黎而馮，由馮而徐，以致黃陂復出，曹錕賄選，到此時的段祺瑞執政，除了張勳復辟失敗，黎元洪辭職，馮國璋扶正，段祺瑞組閣，進步黨人彈冠相慶，林長民做過「三月司寇」以外，一直就沒有得意過，問題是出在他急功好利又好名之過。

林長民爲人處世有個大毛病，自以爲他開出口來，對方一定要賣帳，答應得稍爲不痛快些，他就會翻臉；而且疑心病極重，因此吃了大虧。

當徐世昌當總統時，曹汝霖曾推薦林長民爲秘書長；徐世昌深諳黃老之學，以簡靜無爲是尚，如何能要一個急功好名、喜歡生事的幕僚長？因而答說：「我的秘書長用不著磐磐大才。」這話傳到林長民耳中走了樣；他疑心徐世昌要用他，而曹汝霖在破壞，就此記恨在心。

這年——民國七年臘月，林長民年關過不去，向曹汝霖借三千塊錢；曹汝霖也答應了。他當時是蟬聯了三任的交通總長，年下極忙，忘了把錢送去；到得新年方始想起，急忙派人補送；那知林長民大怒不受。曹汝霖不知他的怒氣從何而來，向人請教，才有林長民的一個同鄉告訴他說：借錢過年，總是爲窮；新年送窮，福建最忌。林長民以爲曹汝霖是有意如此，如上海之所謂「觸楣頭」，所以勃然而怒。

到了第二年巴黎和會討論山東問題，林長民一看機會到了，在《晨報》以「山東亡矣」爲題，揭露了許多秘密，因而激起了學潮，成爲「五四運動」。不過林長民的目的是要報曹汝霖的仇，所以到北大附近去演說，集矢於責任最輕的曹汝霖，肆意詆毀；結果學生去砸了曹汝霖的住宅。後來又策動罷斥曹汝霖、陸宗輿、章宗祥。徐世昌正要抑制段系勢力，落得順水推舟，無中生有下了個「辭職照准」的命令。

這個睚眦之怨報復得曹汝霖慘不可言。不但落了個「賣國賊」的名聲，而且殃及子女，在學校裡都抬不起頭來。不過，林長民損了他人也損了自己；還損得很重。

原來巴黎和會開幕，中國被邀列席，由外長陸徵祥擔任首席代表；徐世昌特在公府內設置外交委員會，作爲和會代表團的指導機構；聘請外交界耆宿，歷任教育、交通、外交總長的汪大燮爲委員長；派林長民爲事務主任，主持日常業務。林長民就是利用了這個得以接觸一切有關和會的機會，以及在歐洲漫遊的梁啓超所供給的消息，對曹汝霖展開惡毒的攻擊；最不喜多事，又最怕林長民多事的徐世昌，偏偏就遇到林長民惹來這一場學潮，自然大爲生氣，將林長民找到公府大大地訓了一頓，責備他「放野火」。外交委員會因此撤消，林長民的事務主任自亦不存。

於是林長民到歐洲去逛了一年，在英國還很用心地研究過「費邊社」。回國不久，發生「首都革命」，段祺瑞復起執政；其時正由湖南首倡「聯省自治」之說，福建代表進京請願，以「閩人治閩」。林長民看準是個機會，一番遊說，福建代表便提出要求，希望林長民去當福建省長。

段祺瑞左右有兩個親信的福建人，一個是曾雲霈，與徐樹錚爲段祺瑞的一文一武兩智囊；一個是梁鴻志，由曾雲霈保薦爲執政府的秘書長。曾雲霈很想幫他們的忙，但要等機會，因爲段祺瑞對林長民的印象，本不甚佳，而梁鴻志與林長民一向不和；此外的阻力就是曹汝霖了。

曹汝霖爲段祺瑞出過大力。當馬廠起義以前，段祺瑞在天津只找四個人商量，除了左輔右弼的曾雲霈、徐樹錚以外，一個是請張君勱去策動馮國璋、而自己在力勸段祺瑞起兵攻張勳的梁啓超；再一個就是最後到的曹汝霖。

段祺瑞跟曹汝霖說，他已經決定反復辟，但近處可調的軍隊，只有駐馬廠的第八師；師長李長泰一定會聽命。就怕馮玉祥爲段祺瑞調爲直隸邊防司令，解除了他的第十六混成旅旅長的職務，心中不快會搗亂。馮玉祥還住在廊坊，是進京必由之路；十六旅也仍舊聽他的指揮，倘或半途阻撓，第八師未見得能順利進兵。不過此人名利心很重，有辦法可以疏通。目前最要緊的是錢；倘有一百五十萬，大事可成。問曹汝霖有沒有辦法籌到這筆款子？曹汝霖認爲只有向直隸省庫暫借。那時的直隸督軍是曹錕，雖在支持復辟的「督軍團」中，卻已向段祺瑞表明了反對張勳的態度；所以跟直隸財政廳打得上交道。當時將廳長汪士元請了來，說知究竟；汪士元表示庫空如洗，不過有開灤的股票一百萬元，市價高於面額。只是倉卒之間，何從去押借如許鉅款？

這就要看曹汝霖的辦法了。他悄然帶了股票進京，怕正金銀行因爲牽涉到中國的內政，態度持重，不願接受；所以去找三菱公司的「支店長」秋山昱，很順利地照票面抵借一百萬元，辦好手續，帶了天津正金銀行兌付的支票，當天趕回天津，太陽還未下山。

這是溥儀第二次做皇帝的民國六年七月一日的話；第二天段祺瑞嫡系的鹽務署長李思浩，由北京帶來「鹽餘」款五十萬元；第三天便有「馬廠誓師」之舉了。

那篇檄文出於梁啓超的手筆，自然不同凡響；段祺瑞慷慨登壇，一戰成功，將自封「北洋大臣直隸總督」，正帶著攜有機關槍的衛士「上朝」的「辮帥」張勳，逼到了荷蘭公使館避難。段祺瑞搏到了一個「再造共和」的美名，入京組閣，名利雙收，完全得力於臨時能籌得收買馮玉祥的一筆鉅款，所以段祺瑞對曹汝霖格外另眼相看；他對林長民既有連袁世凱的二十一條都架弄在他頭上，落得個「賣國賊」的惡名，自是恨之刺骨，在段祺瑞面前絕不會說林長民的好話。曾雲霈也是因爲有這些阻力，需要慢慢化解，才勸林長民稍安毋躁。

可是，林長民又何得不躁？因爲第一、江南已是孫傳芳的天下，段祺瑞連他的門生福建督軍王永泉都無法庇護，在北京又深受馮玉祥的威脅，還能「執政」幾時，實在難說。

其次，年關將近，不知何以卒歲；如果膺聘到關外，將來如何不說，至少一筆「安家銀兩」，可救燃眉之急。因此，雖有少數知道這件事的同鄉知交，勸他出處與愼重；他總說「已經答應了人家，不能不踐約去走一遭」。甚至連將成兒女親家的梁啓超，亦只得了他一個口信，說是「此行以進爲退」，使得梁啓超頗爲困惑，不知意何所指。其實他的意思是，收了人家的聘禮，不能不有此一行，這是進；踐約出關，對郭松齡及介紹人都有了交代，隨時可以託故抽身，這是退。但非這麼走一趟，無法安居林下，這才叫做「以進爲退」。

其時馮玉祥通電聲討奉張，李景林通電脫離奉系，孫傳芳通電聲援郭松齡，並助軍費四十萬元，形勢對張作霖頗爲不利。郭松齡親自指揮的攻勢，亦很順利，張作相、韓麟春、汲金純、湯玉麟等部，逐次抵抗，但都失敗，郭松齡下榆關、破連山，十二月初四佔領錦州，下令歇兵。

錦州是用兵必爭的關外第一個重鎮。清太宗五次侵明，一次直逼北京城下，但不能得尺寸地，是因爲必須破山海關才能保持進兵輸糧的運道暢通；而欲破山海關，又必須先下「關外四城」：錦州、松山、杏山、塔山。所以清太宗第六次侵明，決計先攻錦州，築長圍以困明軍；洪承疇、吳三桂領兵十三萬赴援，守松山以與錦州呼應，苦戰經年，方得成功。

相反地，用兵關外，亦須先鞏固錦州，作爲兵站，然後才能強渡大凌河，直取瀋陽。郭松齡在錦州歇兵，一方面補充禦寒服裝，一方面修復爲奉軍破壞的大凌河橋，需要好幾天的耽擱；就在這時候來了兩個人，一個是關東軍司令白川義則；一個是熱河都統第三師師長闞朝璽的參謀長邱天培。

邱天培與郭松齡的心腹高紀毅、劉振東是同學；到了錦州先找高、劉密談，先取得支持，方始去見郭松齡，提出一個郭、闞互利的合作計畫。保全張作相，攻倒吳俊陞，讓出奉天省。換句話說：奉天張作霖、吉林張作相、黑龍江吳俊陞的局面，改爲奉天張作霖、吉林張作相、黑龍江闞朝璽。

郭松齡心想，自己辛苦打出來的天下，讓張作相，闞朝璽坐享其成；而且三分有二，這叫甚麼合作？當下嚴詞拒絕，表示闞朝璽如願合力倒張，自所歡迎，不過應該將部隊交出來改編；闞朝璽調總司令部服務，待事起以後，另行任用。

討價還價，簡直南轅北轍，怎麼樣也接不上頭。邱天培覺得欺人最甚的是闞朝璽交出軍權，還要調至總司令部；那不是有罪「察看」？

在等候消息的高紀毅、劉振東；還有一個與邱天培亦是舊好的劉偉，一看邱天培的臉色，便知不妙；及至細問究竟，都覺得郭松齡犯了極大的錯誤，事關成敗，不容緘默，聯合兵站處處長張振鷺，向郭松齡進言。

他們的說法是：「天寒地凍，本軍官兵，苦戰兼旬，莫如接闞朝璽的條件，以分散敵人兵力，瓦解敵軍鬥志。因爲我方如答應保全張作相地位，他一定退出戰鬥，坐觀成敗；闞朝璽進攻黑龍江，吳俊陞一定回顧老巢，自相火併。而且，我方既與舊派的闞朝璽、張作相合作，則凡舊軍中平時不滿，或反對張作霖者，知道我方既可和平共處，必將群起附從，這一來便可不戰而入瀋陽。至於吉、黑兩省，可以作為第二步，等奉天底定，徐徐圖之，亦未為晚。」

這是針對實際困難及利益而提出的分析，無論在戰略、戰術上來說，尤其是最後的一段話，很強烈地暗示，儘不妨解決了張作霖，再來解決闞朝璽、張作相。本來歷史上記載創業，總是用「次第削平群雄」的話；就是張「老帥」得有今日，亦是從段芝貴鬥到馮德麟，硬攻軟逼，一步一步打成的天下。那知郭松齡自信過甚，也是自視過高；心腹之言不納，而且大唱高調，不但犯了方針上的錯誤，而且也傷了袍澤的感情。

他的答覆是：「民國以來，戰亂相連，造成割據分裂，使國家至今不能統一，實由有督辦才有軍閥；有軍閥才有內戰；所以我早就反對督辦制度，自己不作督辦，也絕對不發表任何人當督辦。如果答應闞朝璽的要求，我的主張既不能貫徹。何況吉、黑兩省軍隊，幾乎已全部調了出來，後防空虛異常，只要大家努力，早日佔領瀋陽，吉林、黑龍江可以傳檄而定，又何必借重他人？」

他的前半段話是違心之論，事實上他就是因為沒有當上督辦，才舉兵內犯的；後半段倒是眞心話，已成之局，不願他人來分功。不過，他的計算實在不夠周密；尤其是對關東軍所能發生的作用，根本沒有仔細去算過，是個自取其咎的致命傷。

關東軍此時還沒有決定態度，一方面是因爲幣原外交不主張干涉中國內政；另一面是打算渾水摸魚。所以等郭松齡一打到錦州，關東軍司令白川義則，由旅順接踵而至，開門見山地要求郭松齡承認日本跟張作霖所訂的各種條約；以不干涉郭軍行動作爲交換條件。

其實，張作霖如果眞的跟日本訂了甚麼條約，又何愁郭松齡將來不承認？白川義則的要求，根本就是上海人所說的「噱頭」。原來「老帥」應付日本人有一套特殊的手法，不論是南滿鐵路總裁、關東軍司令、瀋陽特務機關長，或者東京來的官員，提出甚麼要求，他總是滿口「好，好！」倘或要簽署甚麼文件，他就會拍桌子跟部下發脾氣，「媽拉巴子，也不知道老子不識字？」部下便很婉轉地向日本人解釋：「老帥不識字，你要他看文件簽字，他認爲你故意跟他開玩笑。反正說了就算，這裡就憑老帥一句話。」

「老帥」眞的不識字？不是；不過識得不多。他不但識字，還會寫字；內部命令，以他親筆「張作霖」三字爲憑。只是以不識字來逃避承諾的責任而已。

當時日本最希望的是，在滿蒙新造五條鐵路，其中敦化至圖們江的敦圖路，祈求尤爲殷切；因爲這條路是吉林至會寧的最後一段，如果接通，長春經大連至大阪的航程，可以利用韓國的清津港轉駁，節省三十五小時；而且內陸運輸，遠比海上來得安全。白川義則打算著郭松齡如願作這筆交易，首先就要這條路的建築權；那知郭松齡一口拒絕；對於張作霖私人與日本所訂的條約，概不承認。

白川碰了個釘子，拂袖而去。第二天就送來一個照會，郭、張兩軍不得在南滿鐵道二十里以內交戰，郭松齡置之不理，白川又送來第二個照會，郭軍不得通過南滿鐵路。

南滿鐵路自大連至長春，經瀋陽由南往北，穿城而過，京奉鐵路則為東西方向，兩路交叉之處，名為老道口，奉軍兩次入關，都能通行無阻，何以郭軍突遭歧視？

這當然不能不據理力駁，郭松齡除了覆照白川以外，密電駐京的郭大鳴，要他請前任外交總處長王正廷代向日本駐華公使芳澤謙吉交涉，芳澤表示，倘使奉軍敗退，通過南滿路，郭軍跟蹤追擊，應該不會有問題。有此保證，郭松齡越覺得在軍事上有把握了。

事實上，「有把握」的時機已經消失了，如果郭松齡準備充分，不在錦州停留，一鼓作氣設法渡過大凌河，直起瀋陽，眞可以活捉「老帥」——張作霖已經打算下野了，就因為有白川義則那兩個照會，如黑夜荒郊迷路時，突然發現遙燈一點，信心勇氣都恢復了。

這時一班「老弟兄」們，張作相、吳俊陞、萬福麟、張明九、張景惠、湯玉麟、于芷山等等，都在瀋陽跟「老帥」共患難。當然也有人出主意，請日本人幫忙，必可轉危為安，但張作霖好面子，覺得自己「鬧家務」，請外人來干預，顏面何存？

就算打敗郭松齡，保住了地位，也是大損威信，以後再沒有「說句話就算」的權威。而況日本人必然提出苛刻的交換條件，許既不可，不許則徒然結怨，益發增加處境的困難。

但是，日本人自己示惠，情形自然不一樣。共患難的一班「老弟兄」也覺得，老帥的「這一寶」未必就輸，所以當張作霖在一次會議席上表示，能抵抗就抵抗，不能抵抗就放棄奉天，請大家亦作一預備時，吳俊陞站起來說話了。

他是大舌頭，口才又不好；加以激動的緣故，越發結結巴巴地說不清楚。好半天才弄明白他的意思，他要自己帶兵去打「郭鬼子」，勸「老帥千萬不能離開奉天一步，一離開人心就散了。」又說：「那時候東三省的天下，不是郭鬼子的，就是日本鬼子的。」

最後這句話，卻使得張作霖悚然動容。東三省天下如果是「郭鬼子」的，不過自己一時面子難看，總還有捲土重來的機會；倘或日本人乘機得勢，那就太不能令人甘心，也太對不起東三省的百姓了。

因此，他答應吳俊陞，絕不離開奉天。但是，吳俊陞能調動多少人馬；關東軍幫忙到如何程度；以及躲著不敢見他面的張學良，能不能策動郭松齡所控制的部隊「反倒戈」，或者拉回多少人來？一無把握，每天除了大罵張學良「誤交匪類」以外，甚麼辦法也拿不出來。

一天晚上，侍從來報，日本在瀋陽的特務機關長菊池少將來訪。於是在小客廳中延見，菊池是穿的便衣，操著一口很純熟的北京話說，他是代表關東軍司令，來向「老帥」表達慰問之意。接著，進一步表示，關東軍尊重「老帥」的地位，也佩服「老帥」的爲人，願助一臂之力，稍抒叛軍兵臨城下之憂。

最使得張作霖心動的是，菊池居然這樣說：「關東軍願意爲老帥效力，完全出於道義，也是希望東三省局面安定，絕沒有任何企圖。」

這話可能有幾分誠意，郭松齡跟馮玉祥有聯絡，只從他改稱「東北國民軍」這一點上，即已顯然；而馮玉祥背後有俄國，是張作霖最近才聽說的。如果郭松齡能夠成功，俄國的勢力當然會在東三省擴張，對日本不利。所以關東軍爲了他們本身的利益，也應該幫他對付郭松齡。

話雖如此，張作霖可也從沒有一天信任過異族——「鬼」跟「毛子」。不要聽菊池這時候的話說得很漂亮，將來恃功要挾，多方需索，何以應付？不能不先作一個伏筆。

「謝謝你閣下的好意。」張作霖抱拳答說：「也請轉達白川大將，說我萬分感激。家門不幸，出了個敗子，誤交匪類；關東軍的朋友，看我張作霖這個人還講點義氣，願意成全我張作霖一個人的顏面；我是求之不得。如今甚麼話也不用說，反正我張作霖不是半吊子，將來傾家蕩產，也要圖報。」

「言重，言重！」菊池見張作霖如此表示，暗喜自己做對了；張作霖愛面子，夠光棍，落得說漂亮話。因爲心中沾沾自喜，竟不曾聽出張作霖一再所強調的「個人」。

日本方面態度的變化，多少在郭松齡意料之中，不道李景林的立場也動搖了。

本來郭張協議，李景林表面中立，暗中助郭；及至郭松齡一起兵，解除了高維巖等四師長一旅長，共計五個人的兵權，送交天津，請李景林看管時，他才意識到這已是在行動上與「老帥」作對，後果十分嚴重。再打聽到白川義則與郭松齡話不投機，以及張學良派人遊說這種種因素，終於使得李景林產生了這樣一個警覺：叛張不祥！

因此，當馮玉祥發表響應郭松齡的通電，並向李景林接洽，要求假道援郭時，李景林斷然拒絕，並且與在山東的張宗昌取得聯絡，組織了直魯聯軍，專門對付馮玉祥。

馮玉祥的地盤在河南；河南省長、國民軍第三軍司令孫岳，力主對李攻擊，於是聯合國民第一軍、第二軍，出動兩個師、三個旅，兵分三路，北上的兩路，一路攻保定、一路攻滄州；南下的一路由楊村攻天津爲主力。天津一下，向東直到榆關，跟郭松齡的部隊就接上了。

駐守榆關的是郭松齡新編的第五軍；軍長魏益三原是先鋒，此時因爲李景林的立場不穩，魏益三先鋒變成後衛，守關防李。郭松齡雖無後顧之憂，但前線卻遇到了頓挫。

他是在獲得關東軍司令部已由遼陽進取瀋陽的情報以後，才渡過大凌河的。首先分兵佔領營口，監視關東軍由旅順大調兵北上；自己親統大軍，迤邐往東北方向推進；到達瀋陽以西的白旗堡，這天是十二月二十二，大雪紛飛的天氣。

白旗堡東面就是巨流河，張作霖一道最後防線，就部署在巨流河東岸，臨時編組的討逆軍，以吳俊陞爲總司令兼右翼軍司令；張作相爲左翼軍司令，而前敵總指揮就是張學良。這是他第一次親自指揮大部隊作戰；不想所打的正是「平生風義兼師友」的郭松齡，心境自然非常沉重。好在郭松齡的部隊就是他的部隊；也是「老帥」的子弟兵，所以隔河對陣，只要他用擴大器一喊話，郭松齡這面的軍心就動搖了。

其時郭松齡本想出奇兵，用三個軍佯攻巨流河正面；另派劉偉的第二軍，自遼中東進，越過南滿鐵路，向北直撲瀋陽。討逆軍兵力有限，全部擺在巨流河東岸；瀋陽南路異常空虛，這一支奇兵成功的公算極大。但郭松齡考慮下來，還是追回了劉偉，因爲怕在南滿路上發生糾紛；更怕劉偉一去「反正」，復歸張家。

就在這舉棋不定的時候，黑龍江的騎兵，由洮南循遼西草原南下，經過四天四夜的疾馳，到達瀋陽西北；吳俊陞早就帶著衛隊等在那裡。見到援軍第十四師師長穆春，問他帶來多少人馬？

「三百五十不到。」

吳俊陞立刻下令，封鎖這一帶的村子，不准出入，以防消息外洩；到得半夜裡，集合這三百五十名騎兵，在雪地裡向南直衝白旗堡。人喊馬嘶，放槍扔手榴彈，聲勢著實驚人。

郭松齡的司令部，是白旗堡車站停在鐵軌上的兩節頭等包房的車廂，目標顯著，不得不趕緊換了便衣，攜著他的妻子韓淑秀，在少數衛士引導之下，出了車站，找到一輛大車，向南面而逃。

南面是一條通向遼中的大路。郭松齡的打算是到了遼中，轉西南官道，經八角台到雙台子，與佔領營口的部隊會合，猶可退保錦州，再作背城借一之計。

因爲郭松齡本人雖然失利，但前一天從關內卻傳來了一個好消息，李景林失敗了。他本來在天津以北的北倉，設有堅強的陣地，不但佈設地雷，還有電網。國民第一軍總指揮張之江，指揮韓復渠等三個旅猛攻，傷亡累累，卻不能越雷池一步。

於是張之江跟監視段政府的京畿警衛司令鹿鍾麟商量，將劉汝明、門致中的警衛第一、第二旅亦調到北倉，由第八混成旅旅長李鳴鐘在前線指揮。

其時關內關外白茫茫一氣，這年的雪下得特別大；李鳴鐘接到張之江全面總攻的命令，與五個旅長商量，決定利用天時、地利來奇襲，官兵一律反穿老羊皮襖，拂曉在雪地中匍匐前進；到達對方陣地前面，突然響起衝鋒號，攻擊的士兵從老羊皮襖中掏出手榴彈，向前扔去，引爆了地雷，炸壞了電網，從缺口中突破了李景林的陣地，接著佔領了天津。李景林先逃入租界，後來逃往濟南，與張宗昌合流。

此外，馮玉祥又命宋哲元攻熱河，作爲對郭松齡的支援。只要兩路有一路打通，關內關外聯成一片，就成了明朝末年的局面；郭松齡的智略不輸熊廷弼、洪承疇，只要後方不掣肘，守錦州與奉張隔河相拒以待變，事猶可爲。

說來說去「老帥」平時恩威並用，舊部畢竟覺得倒戈不義，心懷疚歉；這份不安的心情，越近瀋陽越強烈，因此參謀長鄒作華跟東北國民軍第一軍軍長劉振東，暗地裡已倒了回去。因此，當吳俊陞的騎兵長驅南下時，張學良的中路及張作相的左翼，進展亦很順利；郭松齡斷後無人，終於爲騎兵第七旅王永清部下在新民以南百里的老達房村追到。

當時這對同命鴛鴦是躲在農家的菜窖中，被捕以後，解往瀋陽；郭松齡可能還存著僥倖逃命的念頭，因爲當形勢逆轉時，他已通過各種關係託駐瀋陽的日本總領事吉田茂調停。這次倒戈失敗，主要原因是關東軍扯了他的後腿；他相信日本人爲了「補過」，會保住他的性命。

這個推斷並不錯，吉田茂確是在十二月二十三日晚上親訪張作霖，提出兩點要求：第一、饒郭松齡一命；第二、收容郭軍，和平解決。

張作霖的回答是，收容郭軍，和平解決，不成問題；不過郭松齡的安全，因爲部下已動公憤，他亦無法保證。吉田茂信以爲眞，趕緊派領事內山到新民一帶，相機將郭松齡接了回來。

哪知那些軍頭，對付說情的人，有一套不得罪人的手法；表面敷衍，暗中搶先造成既成事實，所以不去說情還好，一說情便成了「催命判官」——張作霖等吉田茂一告辭，立即拿起軍用電話，「找騎兵第七旅王旅長！」找到了下達口頭命令：「把姓郭的小子跟他的女人，給我斃了！」這樣，等內山一到，郭松齡跟韓淑秀早就魂歸離恨天了。

當郭松齡快到白旗堡時，林長民偕同介紹人，曾任眾議員的同鄉李景龢，並攜學生吳少蔚，已到了過大凌河第一個要衝的溝幫子；原意是觀望風色，如果形勢不利，立即轉往營口，那裡的精鹽公司，有他的股份，儘可暫住。不道郭松齡得到消息，遣專差將他接了來。相見之下，郭松齡執禮極恭；晤談之間，捷報不斷傳來，林長民信心大增，發了個電報給他的姨太太，說「遼河冰凍未堅，車不得渡，」顯然已下了決心，預備隨軍一起入瀋陽，去主持民政。

那知變起倉卒，當黑龍江騎兵攻擊白旗堡時，林長民與李景龢、吳少蔚，還有他的一名聽差，住在白旗堡郊外的小寺中；一夜驚魂，到得曙色初現時，郭松齡派了一輛大車來，關照趕緊往南走。四人坐上大車走，不多遠，槍聲四起，追兵已經疾馳而至了。

於是四人下車，各尋生路；林長民的聽差，扶著他躲入一條乾溝；溝高及腰必須蜷伏而行。他披著一件水獺領直貢呢面子的狐皮大衣，狼狽礙足，行走不便，決計拋卻這個累贅，解鈕卸袖，當然要伸直身子，那知剛將頭一抬，恰好飛彈如雨，連「啊喲」一聲都未曾喊出口，天靈蓋已去了一半，僕人護主，一直服侍到黃泉路上。

至於饒漢祥卻比林長民見機，早就裝病回到了後方。

轟轟烈烈、震動南北的郭松齡倒戈之役，就在一夕之間，土崩瓦解，張作霖為了安定軍心，仍舊起用原來的幹部，改編「東北國民軍」。部署略定，專程作了一次大連之行。

此行是去向關東軍道謝，見了白川義則，首先表示關東軍這一次幫了他的忙，保全了他個人的顏面，萬分感激。為了報答起見，他願意傾私財以獻。說完，奉上一本日本正金銀行的私人存款簿；總數不下日幣千萬之多。

白川義則沒有想到他會來這一套，當時辭拒不受，而張作霖的態度非常懇切，白川義則決定暫且收下，再作道理。

張作霖當然看得出來，關東軍所求甚奢；所以當天晚上便裝肚子疼，要立即趕回瀋陽就醫，避免白川的糾纏。

＊　　＊　　＊

「老帥對付小日本眞有一套！」由張宗昌崛起談到郭松齡消失的那掌櫃，不勝感慨地說：「可也就是因爲老帥的手段太高明、太滑；關東軍怎麼也抓不住他，以致於最後不能不下毒手。鬼子的情欠不得！可恨的是咱們中國人偏偏要欠鬼子的情！」

正當那掌櫃感慨不絕地，在追憶「老帥」在世的好日子時，那家的老大爲聽差請了出去；須臾回席，向金雄白說道：「金先生，有一位小姐打電話來，請您老說話；我問她的姓，她不肯說。」

「那必是榮子。」劉子川說：「居然找到這裡來了。快去接吧！」

一接電話，果然不錯；不過他是聲音中聽出來的，榮子既未自己報名，也沒有加上「金先生」的稱呼，在這面道得一聲「喂」，她隨即就開口了。

聲音急促而低沉：「你快走吧！越快越好；最遲不能過明天上午九點！」

「爲甚麼？」金雄白問。

「別問了。我沒有工夫跟你多說。聽我的，沒有錯！」說完，電話就掛斷了。

金雄白所經的風浪甚多，所以若無其事地回到原處，向劉子川說：「該告辭了！我回去還有事跟你商量。」

本來也就該是酒闌人散的時候了，於是殷殷道謝，辭出那家。金雄白仰臉看了一下中天明月，提議安步當車，慢慢走回旅館。

劉子川心知他有話要談，便關照汽車先開到旅館去等，然後靠近金雄白，一面閒談，一面故意將腳步放慢。

「你猜得不錯，是榮子打電話給我。不過，她跟我說的甚麼？你恐怕一輩子都猜不到。」金雄白依然保持著從容不迫的神態。

「既然如此，也就不必我猜了。」劉子川答說：「你自己講吧！」

「她說——。」

等他將榮子的話講完，劉子川站住了腳，仔細看著金雄白的臉，「你不是在開玩笑吧？」他說。

金雄白沒有想到他會這樣問；不過稍爲多想一想，也不難瞭解，一定是自己的態度太沉著了，才會令人有莫測高深之感。

於是他說：「急也沒有用。好在此刻到明天上午九點，至少還有十個小時。」

「這樣，你不必回旅館了。到我那裡去。」

「敬齋跟占春呢？」金雄白說：「我看還是回旅館去商量好了。」

劉子川考慮了一下，點點頭說：「那就快走。」

「慢一點！」金雄白拉住劉子川，「看樣子，榮子身處危地，得想辦法。」

「這會兒怎麼想？她的情況完全不明；而且你也自顧不暇。」

金雄白想想，他的話也不錯，只好不再作聲。回到旅館，劉子川將敖占春和黃敬齋都邀入金雄白房間，關緊了門，宣佈有這麼一個意外的信息，問大家的看法。

「寧可信其有，不可信其無。」敖占春說：「最好今天晚上就走。」

「晚上怎麼走法？」黃敬齋問：「還有火車嗎？」

「火車是沒有了。只有找部汽車直放長春。」

「我也想到坐汽車走。」劉子川說：「不過以明天一早爲宜。車子歸我預備；不過占春兄最好跟廉『大使』通個電話，說有這樣一部車子，是屬於你們『大使館』的。萬一路上查問，我們照此回答；憲警去求證相符，就不會有問題了。」

大家都贊成這個辦法，但對這一夜住在何處，卻有不同的意見，金雄白不願移動，黃敬齋卻認爲遷地爲良。當然，金雄白爲了重視黃敬齋的安全，不能也不必堅持，不過，他提出一個補充的意見。

「今天最好不要結帳，回頭我們裝作去吃消夜，一溜了之；明天上午臨走以前，請子川兄派人來結帳取行李。這樣，萬一這裡有人在監視，也可以穩住了。」

「這是一條緩兵之計。」黃敬齋連連點頭：「雄白的心很細。」

「現在要談榮子了。」金雄白問道：「不知道她現在是在甚麼地方？」

「不必去打聽！」劉子川說：「她當然有自保的辦法；去一打聽，或者打草驚蛇，反而壞事。」

「也說不定另伏著殺機在內，等你自投羅網。」黃敬齋是職業特務，看法不一樣，「我甚至於懷疑，榮子根本走不脫，故意作這麼一個驚人之筆，把雄白催走了，這件事不就不了了之了嗎？」

「我不以爲──。」

「好了！」劉子川打斷金雄白的話說：「榮子的事，此刻根本無從談起。等你們走了以後，我自然會調查。」

「不但調查，還要設法營救，如果眞的她身處危地的話！」金雄白向劉子川拱拱手，「拜託、拜託！」

「閣下眞是多情種子。」劉子川正色說道：「雄白兄，倒不是我殺風景，打破你心裡那個維納斯雕像，說實在話，敬齋兄的看法，我至少有百分之七十的同感。」

金雄白唯有報之以苦笑；敖占春看看錶說：「是吃『消夜』的時候了，你們兩位拿行李稍爲歸一歸齊，就走吧！」

「好！」黃敬齋起身回自己屋子，走到門口，忽然站住腳說：「咦，我想起來了，楊麗怎麼沒有來？」

查問一無結果，既不見人，亦無電話；楊麗亦如斷線的風箏，影蹤何處，因何斷線，都成了煞費猜疑的謎。

10 美機東來

美國空襲日本，回航降落浙江衢州的內幕。

由津、浦路南下，金雄白在車站打了個電話到西流灣周家，聽說周佛海不在南京，隨即轉車回到上海，上車以前又打了長途電話，通知《平報》館派車來接。

車到北站，踏上月台，非常意外地，發現來接的是他的妻子；「報館打電話給我，我說我來接，請他們不必費心；他們還是來了。」金太太說：「你去跟他們打個招呼，我們一車回家。」

說著《平報》的高級職員已迎上前來，略略寒暄；除了慰問旅途辛勞以外，有些人欲言又止，又有些人顯得格外關切，金雄白已知道情況不大妙了。

坐上他那部「別克」牌子的防彈汽車，後座與前座之間，仿照歐洲高級車的製作，有一道玻璃可以隔斷聲音；平時本不大用這個裝置，這天的金太太，親自搖上了玻璃，方始開口。

「你在長春闖了甚麼禍？」

「怎麼樣？」金雄白心一跳，「出了甚麼事？」

「日本憲兵到家裡來搜查過了。」

金雄白大吃一驚，「搜去了甚麼東西沒有？」他極力在思索，有甚麼曾留在家中，而非鎖入辦公室保險箱的重要文件？

「只搜去幾封信。」金太太說：「我要他們開張收據給我，他們開了。」

「喔！那妳記得不記得是那幾封信？」

「一封是吳啓浚的。」金太太說：「我頂擔心的是這封信。」

金雄白笑了，「太太，」他說：「正好相反，最不用擔心的就是這封信。」

吳啓浚是金雄白的小同鄉，戰前是國民黨在上海做社會工作的負責人之一，「八一三」以後，留在上海做地下工作，不久以前爲日本憲兵指揮「七十六號」所逮捕。金雄白跟他是老朋友，也在工作上幫過他的忙，但稍爲重要的事，都是面談，如能形諸筆札，一定毫不相干的細務，諸如借部書之類，所以，金雄白說「最不用擔心的就是這封信。」

「還有一封是朱龍觀的。」

提到此人，金雄白不由得就想起在那掌櫃家所聽到的，林長民向曹汝霖借錢的故事；幾乎完全一樣。這朱龍觀在吳鐵城任上海市長時代，做過社會局的科長；平時喜歡弄弄筆頭，在小報上也是一枝健筆。金雄白辦《海報》，當然要將他列入基本作家的陣容；因此，他也是夠資格向金雄白借了錢可以不還的人。

就在上年陰曆年底，朱龍觀寫信向金雄白告貸一筆不大恰也不小的款子。信是送到南京興業銀行的；而金雄白因爲兩張報紙在春節的稿子都要預先安排，銀行的業務，自有常規，可以丟下不管。一直到年初五才看到朱龍觀的信，急忙派人將錢送了去。朱龍觀亦如林長民，大爲不滿；所不同的是，他沒有像林長民那樣，將曹汝霖送去的款子拒而不納。只在收了錢以後，冷笑一聲說：「好！他眞辣手，知道我年過不去，偏偏拖過了年才送來，不是有意跟窮人開玩笑？」

由這一段回憶，想到他的那封信，不知怎麼會帶了回家？這當然不必去研究；要研究的是，日本憲兵何以會對朱龍觀的這封信感興趣？

仔細想了一下，記起來了，必是朱龍觀在信中對《海報》有幾篇諷刺日本人的文字，大加讚美之故。轉念及此，倒有些替朱龍觀擔心了。

「我一時也記不起那許多，一共七封信，我都照信封上的地址、日期記了下來，回去你自己看好了。」金太太停了一下又說：「那天虧得老太太有興致，帶了孫子去看戲，吃點心，不然會把她老人家嚇出病來。」

金雄白想到老母，不由得打了個寒噤，急急問說：「以後呢？有沒有再來？報館裡的同事知道不知道？」

「當然知道。不過他們不知道你在長春的情形，只知道你跟那裡的人，發生口角；後來我打電話問周太太，她說她也是這麼聽說。又安慰我，說事情不嚴重；周部長已經跟日本憲兵打過招呼，不會再來了。」

金雄白點點頭，不作聲；心裡明白，已動員憲兵來搜查了，事情何能不嚴重？因此，第二天一早趕到居爾典路周佛海的新居，去探詢究竟。

「我倒沒有想到，」周佛海滿面笑容地說：「你在長春居然露了這麼一手！你的靈感是哪裡來的；一定是『戰國策』？」

這是將金雄白比做藺相如；身受者自然飄飄然地得意，但現實問題沖淡了他的喜悅。

「日本憲兵到我家去搜查過了。」他問：「想必你已經知道了？」

「知道。」周佛海從抽斗中取出一份文件，遞給金雄白，「你看了這個就知道了。」

文件一共是兩份，一份日文，一份中文，對照之下才知道，中文是譯本；日文是關東軍司令部打給「支那派遣軍總司令部」的電報，指控金雄白是肆無忌憚的抗日份子，要求予以最嚴厲的處置。

「日本人預備怎麼樣？」金雄白憂心忡忡地問。

「本來打算等你一回來，就要逮捕。現在沒事了。」

「這個轉變是怎麼來的呢？」金雄白問：「是影佐的斡旋？」

「不是，是今井武夫。」周佛海答說：「這個電報就是今井武夫私下送來的。今井是日本總司令部第二科科長，上面還有副參謀長、參謀長；態度都很惡劣。不過，到底他們現在還不敢跟我公開決裂，所以終於讓步了。」

從他的話中，可以想像得到交涉的嚴重；周佛海是抱著不惜與日本軍方決裂的態度去跟他們周旋的。雖然這次東北之行出於周佛海的極力勸促，在道義上，有迴護他的義務；但禍畢竟是自己闖出來的。周佛海這樣對待朋友，實在夠意思。

「不過，既有些『前科』，你自己也要小心；遇事要有分寸，知道『臨界限度』在哪裡？決不要超過這個限度。」

「是的，我懂了。」金雄白說：「我打算把比較機密的文件都燒了它；省得連累朋友。」

「這樣也好。」周佛海的表情突然一變，變得莫測高深，彷彿沉重，又彷彿興奮；憂慮之中蘊含著喜悅，他用低沉的聲音說：「整個局勢，正在扭轉的樞軸上；我們要把握機會，好好做一兩件我們過去一直在追求，而沒有成功的事。」

此話從何而來？金雄白莫明究竟；他首先要問的是：「何以見得整個局勢正在扭轉？」

「美國飛機轟炸東京，你總知道了吧？」

「啊！」金雄白大感興趣，「我是前天在津浦路車上聽人談起，語焉不詳；路上既不便談，也無從查問。到底是怎麼回事？」

「枉爲你手裡有兩張報，這樣的大新聞，你居然只是聽說。」周佛海興致勃勃地說：「等我來告訴你一點內幕。」

接著打鈴，請他的女秘書王小姐預備一大壺咖啡；同時告訴她，將美機轟炸東京的資料取來給金雄白看。

資料中有剪報，也有情報部門截聽世界各地短波廣播的記錄；最珍貴的是，根據各種情報研判美機空襲東京，何以能夠成功的一個報告。

第一記錄是重慶在四月十八日下午廣播，截獲日本同盟通訊社的電報，報導東京、橫濱遭受空襲；其後又報導名古屋神戶亦被轟炸。

第二個記錄是比較完整的情況報告，美軍二十五重轟炸機十六架，由陸軍中校杜立德率領，自航空母艦「大黃蜂號」起飛；於四月一八日午後一時，由東方海面飛臨本州，自東京東南方面的房總地區切入，攻擊東京、橫濱、長崎、橫須賀、名古屋及神戶等地，大肆轟炸而去。日本空防部門，在美機投彈後，才發出警報，攔截的戰鬥機猶在爬高之際，而超低空的美機，已悠然脫離。

接下來就是根據獲自日本軍部的情報，所作的美機襲日經過報告：

「日本雖可於開戰之初奇襲夏威夷，予敵海上兵力以一大打擊。但美國海軍遲早必將恢復，作挽回大勢之舉，自在意料之中。日本判斷此種大舉，也不過是機動部隊之奇襲而已。

日本本土之太平洋正面為延長三千浬之廣泛海面，防止敵艦隊之奇擊極為困難。結果，只好在自南島北方至千島南山之線，配置一列漁船，以為哨戒線。並由海軍巡邏機每日向遠隔六百浬的洋上巡邏，藉以及早獲悉敵艦隊之接近，俾不失機宜，加以反擊。這是對敵機動部隊，防衛海洋正面之唯一方法。

關於海上邀擊航空部隊，係自四月一日在南方作戰歸來之歷戰部隊，加以新編之第二十六航空戰隊，其總兵力係以陸上攻擊機八十架為基幹，以木更津為主要基地，派有一部兵力在南鳥島。

由航空母艦兩或三支編成的美國機動部隊，於四月十日午後六時三十分，在珍珠港北方約四百浬之處出沒，據截獲美國無線電情報表示，有於十四日企圖空襲東京之徵兆。於是迅速擬定反擊計畫，命令木更津及南鳥島之巡邏機，在七百浬的範圍中實施綿密的搜索。」

照附在後面的地圖顯示，千島群島的南端單冠灣在約莫北緯四十五度、東經一百四十八度之處，由北向南，偏約六度，至約莫北緯二十五度，東經一百五十四度的交叉點，就是南鳥島，它的西南方是塞班島與關島；正西方爲琉璜島；東方稍爲偏南是威克島，都早已落入日本的掌握。再向東越東經一百八十度，剛過國際日期變更線，約在北緯二十八度之處的中途島，爲夏威夷群島的前哨，亦是日本在太平洋第二階段作戰的第一個攻略目標。

照日本方面的研判，預料美國B25機如果空襲日本，應該在離東海岸三百之處離艦起飛；因爲B25的航程有限制，倘非如此，轟炸日本以後，即無法返回母艦降落，因此預定的反擊計畫，在發現美國航空母艦後，先用魚雷攻擊；及至接近三百浬，B25預備離艦起飛時，集中火力加以「必滅之第一擊」。同時亦期待著由南雲忠一中將率領的第一航空艦隊，在印度洋作戰任務終了，回返瀨戶內海基地時，中途能夠邂逅防衛能力薄弱的美國航空母艦，加以痛擊。

但事與願違，報告中敘述四月十日以後的情況是：

「海洋上之天候，自四月十日以來，連日晴朗，雖曾繼續實施巡邏飛行，但敵情依然不明，荏苒時日，果然於四月十八日午前六時三十分，由海上哨戒線之監視艦日東丸電告：『發現敵航空母艦三支，位置在我犬吠岬之東六百浬』。

據軍令部之通報，獲得此項情報之第二十六航空戰隊，下令攻擊機隊立即準備起飛，先令作爲接觸機的陸上攻擊機三架，於午前十一時三十分起飛前往。嗣後，並未接得哨戒線上的監視艇之報告。於該日午前六時三十分出發的巡邏機，除報告於午前九時四十五分，在東京之東六百浬附近，發現敵雙發動機二架外，關於敵艦隊並無其他報告。深恐空費時間，逸失戰機的攻擊機隊，決於午後零時四十五分起飛，陸上攻擊機二十九架，在戰鬥機二十四架掩護之下，向東進擊。

一方面，關於防空，因爲判斷敵之空襲將在十九日，故未發出警報，僅只橫須賀鎮守府管區，於午前八時三十九分，發出警戒警報。」

與此同時，海軍艦隊亦採取了迅速的出擊行動。日本在太平洋作戰的戰略指導原則是，遇到有殲滅敵方艦隊的機會，以全力攻擊，決不輕易放過；所以作戰任務完畢，由近藤信竹中將指揮的第二艦隊，剛回到東京灣的橫須賀軍港，復又奉命急遽出航；自印度洋返國途中，已抵達巴士海峽，由南雲忠一中將指揮的第一航空艦隊，亦奉到命令，以全速向敵迫近。

此外在四月六日，自本州、四國兩島之間的瀨戶內海出發，以澳洲東岸為目標的第八潛水戰隊的六條潛水艇以及配備在南鳥島附近的第三潛水戰隊的三條潛水艇，或則改變方向，或則加速前進，一齊向敵殺到。聯合艦隊司令長官山本五十六大將，在泊於瀨戶內海西部、吳鎮守府附近的旗艦大和號上親自指揮，決心捕捉美國東來的三艘航空母艦。

誰知日本的大批艦隊及飛機，往正東方向浩浩蕩蕩出擊時，杜立德的機群已經自「大黃蜂號」為首的三艘航空母艦起飛；原來照預定的計畫，美國航艦應該進行到日本東方四百浬的海面上，計算時間應在黃昏；然後對東京施行夜間空襲。但因蹤跡已為日本海上監視艇日東丸所發現，因而臨時變更作戰計畫，改為白晝強襲；在距離日本東面最前端的犬吠岬六百五十處起飛。三艘航空母艦達成任務，隨即掉頭，全速脫離現場；所以日本的搜索機撲了個空，一無所見。

至於杜立德和他的僚友，已經在日本飛機後面了。漫長的五個小時海上飛行，嚴禁使用無線電聯絡；憑藉優越技術，終於在東京灣口與橫濱相對的木更津基地上，日本第二十六航空戰隊的五十三架迎戰飛機起飛以後的一刻鐘，由房總半島飛臨東京上空，達成了為中國政府應外籍記者的要求而發表的聲明，教訓了日本人：「此次空襲，當使日人深知，日本本土有被進攻之可能與聯合國力量的強大。由此可以否定日本軍部保證之言。」

首次轟炸日本的美國飛機，脫離東瀛三島後，回航不是向東，而是向西；降落在浙江的衢州。但因美國事先派來的空軍上校畢賽爾，自以爲是，一意孤行；中國政府及美國的航空隊司令陳納德事先一無所知；臨時便無法作有效的支援，十六架B25全部摔爛，八十名飛行人員不是跳傘，便是迫降以後逃命；獲救的正好是百分之八十；另外十六個遭遇了噩運，降落在淪陷區，落到了日本人手中。

＊　＊　＊

看完這些資料，金雄白又喜又驚，因爲有一點是非常清楚的，只要中國東南沿海有機場存在，轟炸日本的飛機，從美國航空母艦上起飛，回航在中國降落的策略，就可以不斷實施。這樣，日本就非對浙東用兵不可了。

「是的。」周佛海同意金雄白的看法，「這一次美國機一出現在日本上空，他們的大本營，立刻通知中國派遣軍司令部，派戰鬥機攔截；結果有一架B25被迫在南昌落地。在上海的第十三軍，這兩天突然扣了好些車廂，當然爲了運兵之用。內地的蔬菜、糧食沒有車皮來運，上海的物價又漲了。這件事非徹底解決不可。」

「怎麼個徹底法呢？」

「跟日本人重新開談判。」周佛海說：「我跟公博正跟汪先生在商量這件事。不過，還要看太平洋的局勢而定。」

「這該怎麼說？」

「你知道的，我們一直要求參戰。這跟第一次世界大戰，段祺瑞主張參戰的目的，有同有不同，不同的是，段祺瑞希望德國失敗，將來我們有權參加和會，可以解決山東問題；我們呢，根本沒有想到將來的和會！日本一定失敗，哪裡有甚麼可以讓我們發言的和會。」

「既然看準日本一定失敗，又何必去淌渾水？」

「這就要談到與段祺瑞的目的，相同的部分了。」周佛海很興奮地說：「當時日本極力鼓勵中國參戰，段祺瑞自然要提出條件；兩次『西原借款』，條件既好，錢也來得快。我們現在要參戰，名義上站在日本一條陣線上；自然可以提出修改『基本條約』，予我們有利的條件。至於將來不參戰，甚至拖日本人的後腿，那又是另外一回事。」

「你這是如意算盤。」金雄白笑道：「日本人未見得同意。」

「這也不盡然。日本人現在不要我們參戰，是自以為太平洋方面打得很好，一定可以站住腳，等到戰局逆轉，它覺得頂不住了，想法又會不同。至少，在政治上可以發生一點作用。」

「如果說在政治上，日本人有甚麼企圖，那一定是加速跟重慶談和。」金雄白又說：

「這一次我在東北，跟對日本方面瞭解比較深入的人談，都說日本政府不論文武，對於六十萬軍隊被吸住在中國大陸，非常焦急，急於想跟蔣先生言歸於好。」

「蔣先生是怎麼個想法呢？苦撐待變，好不容易天從人願，撐到了變的時候，他肯跟日本人談和嗎？而況，有一個條件是一定談不攏的。這個條件，你當然知道！」

金雄白點點頭，抑鬱地說：「東北人就是存著這個希望：日本人爲了拔出陷在中國大陸的泥足，能夠讓東北第二次『易幟』，重見青天白日。」

「我也希望如此。不過這是辦不到的事；我們只好採取比較實際的做法。」周佛海又說：「我請你多注意太平洋的戰局。這要花工夫去研究；你忙，總比我好一點。而且以你的崗位，來做這個工作，有許多方便。」

「好！」金雄白慨然承諾：「我一定做。對這個工作，我有興趣。」

於是金雄白指定了兩名對日本情勢頗有研究的記者，專門注意日軍在太平洋的動態；他自己與徐采丞取得了聯絡，同時搜集來自第三戰區的消息。

用不著一個星期，日本將進攻浙東的推測證實了。徐采丞從登部隊得來的消息，駐在上海的第十三軍，正大量徵集鐵路器材，目標顯然是浙贛路。還有一個深可玩味的跡象是，駐漢口的第十一軍司令阿南惟幾中將，特爲飛到上海來會晤第十三軍司令澤田茂中將；阿南的隨員中包括作戰、情報及工兵部門的參謀。無疑地，是十一、十三軍兩軍舉行一次聯合軍事會議。

這些情報在在說明了，日本決定打通浙贛路；十三軍擔當東面，作爲主力，而十一軍是西面夾擊。

五月十五日，浙贛戰役終於爆發了。第十三軍動員的兵力，計有四個師團、一個旅團，以及第二線的一個師團，共有五十三個大隊的步兵，從奉化、上虞、紹興、蕭山及浙西的富陽，五路進兵，向西南全面推進。

首先淪陷的是，正在上海風行一時的「的篤班」的發源地嵊縣，接著是諸暨、桐廬、浦江、義烏、永康、嶺州，直撲浙西的重鎮金華。

其時正援緬之戰新敗——太平洋戰爭爆發後，日本「南方軍」總司令寺內籌一所轄的第十五軍司令飯田祥二郎，以四個師團及特種兵共十幾萬人，集結泰國邊境，進攻緬甸；英緬當局向中國政府求援。蔣委員長除了指派原駐昆明的美國空軍志願隊，移防仰光以外，另外編組了一支「遠征軍」，由羅卓英擔任總司令，下轄杜聿明的第五軍、甘麗初的第六軍、張軫的第六十六軍，分道援緬。指揮官是羅斯福推薦的中國戰區參謀長史迪威少將。

此人除了能說中國話，也識簡單的中文以外，沒有甚麼能對中國有幫助的長處。他在美國軍隊裡人緣極壞，而且性情偏執，與參謀總長馬歇爾臭味相投；所以由馬歇爾推薦給陸軍部長史汀生。一度晤談，史汀生大爲滿意，因爲他所描敘的中國軍人的英勇事蹟，都是史汀生所不知道的；這樣，對於史迪威所說：「此行成敗繫於能否率領中國軍隊」，自然就覺得動聽了。照史汀生的想法，中國軍隊是好的；再有一個美國指揮參謀學校畢業的少將去當指揮官，自然就會打勝仗。所以派史迪威由印度轉重慶後，而且由馬歇爾向中國派在美國的代表宋子文表示：「史迪威爲其部下最有能力的將材，本來要派爲北非遠征軍總司令，因中國事務緊要，特意改派來華，希望加以重用。」

蔣委員長向來尊重國際朋友，在接到宋子文的電報以後，雖覺得與史迪威七日之間，四度長談，對他的作戰經驗不足，而又好大喜功，可能會蹈輕敵冒進的危險，不無顧慮；但疑人莫用，用人莫疑，史迪威既爲羅斯福所派，則對史迪威的懷疑，等於對美國總統的不信任，這在重要合作關係剛剛展開之際，是件很重要的事。

就因爲如此，還是將指揮在緬華軍的全權，賦予了史迪威。結果，指揮方面缺乏統一的準備；又乏空軍的掩護；諜報後勤等等工作，在在暴露了嚴重的缺點，充分證明了史迪威根本不會指揮大部隊。以致中國精銳的第五軍、第六軍雖然局部的作戰，表現優異；終於因爲擔任右翼的英軍先垮，帶累了擔任正面及左翼的華軍，損失慘重，第二百師師長戴安瀾亦傷重陣亡。最荒謬的是，主將「臨陣脫逃」，看看局勢不妙，悄悄溜到了印度。

日本的第十五軍，打了一次大勝仗，席捲北緬，與國軍對峙於雲南怒江。殘敵猶待肅清，而浙贛線又遭受了強大的壓力。偏有人主張，應速調美國空軍志願隊飛到浙東，壓制日軍的攻勢；但蔣委員長權衡得失，西南是根本重地，後方重於前方；在整個太平洋都已成爲戰場了，金衢一隅之地，已不關戰局的成敗。而且日本不僅要打通浙贛路，還希望捕捉國軍主力，打一次殲滅戰；所以下令撤退，讓敵軍撲個空，在戰略上是得計。

就這樣，在日軍徹底破壞了玉山、衢州、麗水的機場，並打通了浙贛路以後；日本大本營於七月二十八日下令，結束了浙東的作戰。

征緬失利，浙東陷敵，人心大受影響；但另一方面，卻有令人驚喜疑惑，心癢難忍的一個消息——是金雄白所指定研究太平洋戰局的一個記者熊卓所發現的。

「六月初中途島的海戰；金先生，」熊卓有著無可言喻的興奮，「聽說日本光是航空母艦就沉了三支到四支。」

「這不是大敗？」金雄白不甚相信，「中途島海戰失利是事實；但日本的電訊裡面，看不出來是大敗。」

「那是有意封鎖消息。倘或眞相一公開，日本的民心士氣，受的打擊太大了。」

「話是這麼說，你有甚麼證據？」

「證據很多，美國發佈的戰報；來自廣島跟橫須賀的情報。」熊卓緊接著說：「金先生，有個葡萄牙人，可以介紹我一條路，取得一份從關島來的情報；這份情報對於整個戰況的報告，並不完全。可是，這個人的身分，金先生一定有興趣。」

「喔！」金雄白笑道：「姑妄言之，姑妄聽之。」

「關島設了兩個特種招待所；接受招待的是日本海軍，職務最高爲艦長，最低爲水手，你知道這些人哪裡來的？是沉沒的航空母艦上的官兵──。」

「有這樣的事！」金雄白果然大感興趣，「你所說的情報來源，就是這兩個招待所？」

「是的。一個招待所的管理員透露的。」

問題談明白了，這份情報是第一手的資料；熊卓深知那個葡萄牙籍的情報販子，「貨眞價實」，決非欺騙。

「那麼，」金雄白動心了，「他要多少錢呢？」

「五千美金。」熊卓答說：「他保證：如果能指出情報中不實之處，包退還洋。」

「你呢？」金雄白又問：「你能不能給我保證？」

「金先生自己看，如果認爲我靠得住；就請相信我。」

金雄白不答，起身開了保險箱，取出一疊簇新的美金，交了給熊卓。

於是，熊卓當天就把這份情報弄到了手；同時向金雄白補充說明，情報的來源出於在關島那個「特種招待所」服務的女護士；而她敢於作此背叛她的國家的行爲，是由於愛情的驅使。當然，她的愛人是不是那個葡萄牙人，是無法究詰也無須究詰的一件事。

11 大海冤魂

中途島之役——日軍盛極而衰的關鍵性一戰記詳。

日本發動的太平洋戰爭，以海軍為主；海軍方面發言權最大的，不是軍令部長永野修身，而是聯合艦隊司令長官山本五十六大將，海軍作戰計畫，是根據他的意見而訂定的。由於珍珠港奇襲的成功，以及在開戰的第三天，就擊沉了作為英國遠東艦隊主力的威爾斯親王號及卻敵號，一舉覆滅了英國在遠東的海軍勢力，所以山本五十六成了日俄戰爭以來的一個英雄，大本營沒有一個人能否定他的作戰構想。

聯合艦隊的作戰要領，將攻戰菲律賓、星馬及荷屬東印度群島的任務，稱為第一階段作戰；在開戰後的三個月內即可達成。

一九四二年——民國三十一年二月大本營與聯合艦隊開始第二階段作戰計畫的全盤研

究；目標是進攻夏威夷群島，而以攻戰接近夏威夷的中途島，作爲「前提作戰」。到了三月裏，山本忽然主張迅速攻戰中途島；大本營表示反對，認爲補給線太長，以後在後勤支援方面會大成問題。但由於山本的堅持，永野軍令部長勉強同意；但發動作戰的日期，並未確定。

這是四月十六達成的協議；隔了兩天，杜立德領隊空襲日本，於是山本提出強硬建議，認爲如果不是很快地佔領中途島，加強東方正面的警戒力量，即無法防止東京之遭受空襲。要求立即開始作戰。大本營與海軍省終於決定在六月七日舉行。選定這個日子的唯一理由與奇襲珍珠港選定十二月八日是一樣的，爲了這個地區在每個月七日的天亮以前，尚有殘月，對於飛機的活動，幫助極大。

* * *

五月五日大本營正式下達作戰命令，賦予聯合艦隊的主要任務有二：第一，攻占中途島及同一直線上，遠在北方已靠近阿拉斯加的阿留申群島；當然這是爲了牽制美國的兵力。第二，捕捉美軍艦隊的主力，盡全力加以擊滅——這正也就是山本主張先攻中途島的本意所在；日漸恢復勢力的美國海軍，令山本焦慮不已；渴望在日本海軍士氣高昂之際，以攻擊中途島的挑釁姿態，引誘美國艦隊出現，作一次殲滅性的決戰。

山本有一個月的時間來準備這一場大戰。第一步當然是偵察——中途島是個直徑六浬的圓形環礁；周圍暗礁很多，形成了天然的防衛線。島上本來駐有美國海軍陸戰隊一個大隊，約七百五十人；現在當然大爲增加了。此外有陸上及水上的空軍基地、潛水艇基地；通信設備極起完整，在在說明了，要拿下這個島來，在以前就是件很吃力的事。

據海軍情報方面的判斷，在中途島駐有偵察飛艇二十四架、戰鬥機二十架、轟炸機十二架，必要時可以增加兩倍的兵力。至於向東不遠的夏威夷群島，仍以珍珠港爲主要基地，駐泊的艦艇，推斷約有航空母艦三艘、戰艦二艘、巡洋艦十二艘、驅逐艦三十艘、潛水艇三十五艘；如果日軍攻擊中途島，這些艦艇當然是會來援救。因此對夏威夷海軍的動態，是必須掌握的。

因此，日軍曾擬定了一個侵襲珍珠港的計畫，預定五月三十一日，以複式飛艇，自馬紹爾群島的渥傑起飛，途中在中繼基地的法蘭西弗尼蓋特礁，由潛水艦補給燃料之後，實施奇襲偵察，那知將要準備就緒時，接到補給潛水艦的報告，說美軍艦艇在法蘭西弗尼蓋特警戒極嚴，因而延期一日實施；但以後仍無和緩的徵兆，不得不中止偵察，一直到戰局結束，都無法偵知敵機動部隊的動靜。僅派了一艘潛水艦，自六月一日夜半至二日白晝，偵察中途島及其附近情況後，隨即開始作戰。

作戰指揮由山本五十六大將，先在瀨戶內海的大和號旗艦上親自擔任。參加的各部隊於日本海軍紀念日的五月二十七日上午六時，由南雲中將麾下的機動部隊領先，自瀨戶內海出擊。這些部隊自開戰以來，作戰業已半載，關於艦上乘員的補充輪調、飛機的修護整理等等，繁忙異常，所以既未經充分訓練，亦無餘暇去研究這次作戰的方法，惟有遵照聯合艦隊所頒的計畫，匆匆出擊而已。

在聯合艦隊的作戰兵力中，當時直接參加中途島作戰者，區分爲主力部隊、機動部隊、攻略部隊、基地航空部隊及先遣部隊等。第一機動部隊由赤城、加賀、飛龍、蒼龍四艘航空母艦組成，艦上飛機共二百六十架；另外附有預定在佔領中途島後駐留的飛機三十六架。

攻略部隊由第二艦隊司令長官近藤信竹中將指揮，以戰艦二艘、重巡洋艦八艘、輕巡洋艦二艘、小型航空母艦一艘，及水上機母艦二艘爲基幹，另外帶有一木支隊約三千名及第二聯合特別陸戰隊約二千八百名。

實力最強的是山本大將親自率領的主力部隊，包括大和、長門、陸奧、伊勢、日向、扶桑、山城這七艘龐然巨艦；本來一直停泊在柱島外海、海軍航空隊，稱之爲「柱島艦隊」五月二十八日在朝陽起照的好天氣中，通過「豐淺水道」，浩浩蕩蕩地向東而去。

其時作爲先遣部隊的第三、第五、第十三潛水戰隊、總計潛水艇十五艘，早已出發，他們的任務是在五月三十日以前，到達中途島與夏威夷群島之間，展開警戒，監視由珍珠港出發的美國軍艦。

山本以爲他的艦隊的行蹤，不會讓美國太平洋艦隊司令尼米茲上將知道；事實上由於美軍在一艘日本作爲警戒艇的漁船中，獲得了密碼本，所以日本聯合艦隊的動態，瞭如指掌。當山本從瀨戶內海東征時，美國第十六機動艦隊的兩艘航空母艦企業號和赫尼德號，亦已西向迎敵。可是日本的十五艘潛水艇竟未發現，因爲他們晚了二十四小時，才到達預定的目的地，而企業號和赫尼德號恰好在這空隙，溜過了警戒線，在那十五艘潛水艇的後面了。

在不明敵情的狀況下，各個部隊逐漸駛近中途島。五月三十日，似有敵潛水艦的電波，發出極長的電碼，似乎是發現了日本運輸船團的報告。果然，六月四日上午六時，當船團駛抵中途島西南六百附近的海面，終於爲美國偵察機發現，從那天下午起，即不斷遭受美機的攻擊。

另一方面，機動部隊在六月一、二兩日，經補給後向東方進擊中途，海上視界漸告不良，出現濃霧，一切視覺信號完全不能使用。南雲中將在六月三日上午十時三十分，破壞無線電封鎖命令，以長波發佈變更計畫命令，因爲倘非如此，即不能於預定時刻到達中途島。

南雲中將用的是「低出力」的無線電設備，希望發出的電訊，只有附近的船艦可以收到；事實也確是如此，但當時不能不假定本身的位置已因此而暴露，所以緊張萬分地以二十四節的高速率，由西北方面迫近中途島。

六月四日下午四時，美軍二十三架低速的飛艇，展開一千一百公里範圍內的搜索飛行。發現了六艘縱向東進的日本軍艦；是近藤信竹所率領的第二艦隊所屬的巡洋艦，以及載有海軍陸戰隊——一木清直大佐所指揮的「一木支隊」的運輸艦；於是九架B17轟炸機出動攻擊，重創了一艘巡洋艦；一艘運輸艦與一艘油輪。

入夜，全速前進的第一機動艦隊，到達中途島西北四百公里時，南雲中將下令集合全體飛行員，指定飛龍號的飛行隊長友永大尉為空中指揮官，親自下達作戰命令。

「根據最新的情報，守備中途島的敵軍，官兵只有七百五十人，飛機不過六十架。」南雲大聲說道：「一木支隊有二千八百人，三百架飛機的支援，可以輕易地攻擊中途島。」

「不過，雖說敵軍欠缺戰鬥精神，但也很可能冷不防展開奇襲；所以我們必須以本艦隊所有的飛機，以一半出擊、一半防守。擔任防守的飛行員，應該留在待命的位置，隨即準備起飛。」

接著下令發動飛機，赤城、加賀、飛龍、蒼龍四艘航空母艦上的探照燈，一起開放，耀如白晝；飛機發動機的聲音，震耳欲聾，等飛龍號上的友永大尉首先期飛後，戰鬥機、水平轟炸機、俯衝轟炸機各三十六架，一架接一架衝出跑道甲板，拉起機頭，在二千呎的空中編好了隊，直撲中途島。其時爲六月五日清晨一時三十分。

美軍當然早有防備，低速偵察飛艇，在中途島周圍約六十公里處不斷巡邏，一發現日軍，立即投下曳光彈作爲信號，中途島上警報大作，二十七架「野牛」式戰鬥機昇空迎敵；所有的轟炸機則起飛躲避。所以日本的零式戰鬥機雖擊落了十五架「野牛」，得以掌握了中途島上空的制空權，但七十二架轟炸機卻撲了個空，只好向機場的飛機庫、油庫投彈；迅即引起了大火。不過中途島的高射炮，也擊落了至少十架日本飛機。

上午四點，第一回合的轟炸，告一段落，友永認爲成績不理想，有實施第二次攻擊的必要，隨即向旗艦上發出報告，也是建議。

南雲中將根本不知道他附近已有兩艘美國的航空母艦；只覺得友永的建議應該接受，決定派出原來擔任防守任務的半數飛機，向中途島作第二次攻擊。

防守的飛機是準備向來攻的美國艦作戰，所以機翼下掛的是魚雷；如今要實施陸上攻擊，應該改掛炸彈。南雲毫不遲疑地下達了命令；卸下魚雷，改掛八百磅的炸彈。

其時自中途島「逃警報」的B17機，已展開赤城號的攻擊，卻無效果；反而爲日本的零式機及高射炮火，打得七零八落。這益發加強了南雲的信心，催著改換攻擊武器的飛機，加緊掛彈。

四點半，由重巡洋艦利根號起飛的偵察機，拍來一個電報，發現類似敵艦十艘；同時還報告了方位、速度。但這十艘美國軍艦屬於哪種性質，卻未說明；因此南雲要求：「從速報其艦種。」

五點十分，偵察機報告，是巡洋艦、驅逐艦各五艘。這也不要緊；又過了二十分鐘，來的報告不妙了，說在這十艘軍艦之後，還有一艘航空母艦。

雲南考慮下來，決定接受挑戰，將此項情況轉報大和號上的山本司令官，表明準備向該艦迎擊。

就在這時候，友永大尉所率領的第一次攻擊中途島的機隊回航，已經到達航空母艦上空，要求降落。來去五個小時，油料已將告罄；而且還有受傷的飛機需要照料，是沒有辦法不讓他們降落的。而對雲南來說，回航的飛機等於增援；他決定讓友永的機群，掛上剛卸下的魚雷，作爲攻擊美國艦隊的主力。

於是計算時間，收容回航的飛機，大概在七點半可以完畢；第二次攻擊中途島的飛機，定在七點三十五分以後起飛。

那知就在該降落的飛機，都已降落，該起飛的飛機正要起飛時，突然出現了三十架漆著白星的飛機；型式是道格拉斯SBD俯衝轟炸機與被稱爲「野貓」的克拉曼F4F艦上攻擊機。

顯然的，這是由美國航空母艦上起飛的飛機，算一算利根號偵察機所報告的美國航空母艦，隔得還遠，不應該有艦載機出現。然則，另外在附近還有美國航空母艦？

南雲與同在艦橋上的參謀長草鹿，赤城號艦長青木，還在茫然不知所措時，炸彈已經落在甲板上了——甲板上堆滿了飛機，也堆滿了炸彈與魚雷，一引爆，巨響、強光、烈焰、濃煙，頓時將赤城號化爲人間地獄。直接命中赤城號的重磅炸彈，一共兩枚，一枚將飛行甲板炸了一個大洞；一枚炸彎了中央昇降機，上下交通頓時隔絕了。

攻擊赤城號的美機，來自史普爾安斯少將所指揮的第十六機動部隊；他的兩艘航空母艦，也正就是乘日本先遣的哨戒潛艇，未能在預定時間到達以前，悄悄溜進警界線的赫尼德和平業號。

赫尼德號的三十五架俯衝轟炸機，由於航線錯誤，一直找不到日本艦隊，油料告罄，無功而返，二十一架降落母艦；十四架降落中途島時還摔壞了三架。

企業號的空中指揮官馬克拉斯基的運氣很好，在轟炸赤城號的同時，當然也攻擊了她的姊妹艦加賀號。跟赤城號一樣，也是直接命中了兩枚五百磅的炸彈；一枚恰好炸了艦橋，艦長岡田以下的中上級軍官，全體陣亡。結果只好由飛行長天谷執行艦長的任務。

不過天谷無法指揮加賀號活動；機器是好的，舵手爲炸彈爆炸的強光、灼傷了雙眼，無法執行他的職務。因此，天谷只能集中力量去救火及整理甲板；這個工作做得很不壞，可是沒有想到在將完成時，堆積在甲板上的活動航空油箱突然爆炸，轟然聲中，滿船皆火。天谷知道加賀號是不可救藥了，他唯一能做的事，是將懸在官長餐廳壁上的昭和天皇的照片，移到鄰近的驅逐艦荻風號上。

此時南雲中將已在火焰到達艦橋昇降口時，爲兩名副官從窗戶中硬吊了下去，登上驅逐艦野分號。留在赤城號上的艦長青木，用無線電向南雲請示如何處置赤城號？

南雲沒有答覆，他已經無法作任何思考；只有三秒鐘便改變了整個戰局，爲他及他的曾立過赫赫戰功的第一機動艦隊帶來了一敗塗地的命運。這樣殘酷的事實，是他所無法接受的；他只是喃喃地自語：「怎麼會？怎麼會！」

但在五百公里以外的聯合艦隊司令，山本五十六卻發來了指令，不准青木棄船；他曾擔任過赤城號的艦長，對這條船有一份特殊的感情，還癡心妄想著能將她拖回日本去修理。這一來，青木自然遵令釘在赤城號上，還一度想切腹；不過到得無可挽救時，他也終於移到野分號上了。

除了企業號，美軍建功的還有弗烈傑少將指揮的第十七機動部隊；他只有一艘航空母艦約克塔恩號，正就是利根號的偵察機所發現，而南雲決心迎擊的那條母艦。她的機隊找上了第三個目標，屬於第一機動艦隊，第二航空戰隊的蒼龍號航空母艦；以十三架俯衝轟炸機乘機集中攻擊，中彈三枚，有一枚不知道怎麼落到了艙底，十分鐘後在甲板下面爆炸，就像日本人最喜愛的一種滿孕著卵的小魚，在烤炙時，因爲火力稍強，以致肚腹爆炸、魚卵迸射那樣；蒼龍號的乘員，破船舷而出，被擲到海裡。

大火從艦首燒到艦尾，油庫、彈藥庫接二連三發生爆炸，艦長柳木下令棄船；他自己，隨著蒼龍號潛入海底。

第一機動艦隊，碩果僅存的一艘航空母艦飛龍號，是第二航空戰隊司令山口少將的旗艦。他決心以飛龍號的武力，獨立進攻；指派曾經轟炸過珍珠港的小林道雄上尉，率領十八架轟炸機出擊。小林找到了約克塔恩號；但在企業號及赫尼德號的支援之下，幾分鐘之內就打下了他十三架；而剩下的五架終於成功了，三枚炸彈，一枚恰好落入煙囪，炸毀了機器房；一顆將甲板炸了個大洞；另外一顆在彈藥庫及油庫附近爆炸，幸而此處本已灌入了海水，所以居然沒有引起火災。

其時山口已得到報告，飛龍號面臨著被三艘美國航空母艦所圍攻的危險局面。爲了爭取主動，他命令友永率機十六架助戰；發射的魚雷，有二枚命中了約克塔恩號。

俯衝的友永來不及拉起機頭，連人帶機撞向敵艦；約克塔恩號到底被打沉了。

當然，美軍要反攻，弗烈傑少將估計敵軍的兵力已很有限，所以作了個大膽的決定，集中企業號與赫尼德號的四十架轟炸機在沒有戰鬥機護衛的情況下，對飛龍號展開猛烈的轟炸——飛龍號沒有雷達，所以直到美國機群在滿天晚霞中飛臨目視所及的上空，方始發覺；當時艦上的官兵正在食用這一天唯一的一頓飯——壽司和味噌湯，完全是在挨打的態勢之下。

這時卻還有轟炸約克塔恩號返航的飛機，像失巢的烏鴉一樣，「繞樹三匝，無枝可棲」，不是爲美國飛機打了下來，便是油盡迫降海面，隻身飄浮，看看有沒有人來救。

山口少將及加來艦長，極力想挽救飛龍號，但終於絕望了。凌晨二時許，山口集合所有官兵，下令移乘到驅逐艦風雲號上；他們倆將自己縛在操舵機上，靜待最後一刻的來臨。

但不知如何，飛龍號久久不沉；護衛驅逐艦隊司令阿部上校，奉令送飛龍「上天」，發出兩枚魚雷。

清晨五時許，阿部向山本覆命，飛龍已開始下沉；可是主力艦隊鳳翔號輕航空母艦的偵察機，卻在上午八點多鐘，還發現飛龍號起火在燒；而且甲板上人影幢幢。於是山本轉告南雲，派艦救人，卻始終不曾再發現飛龍號，後來才知道，飛龍號甲板下還有許多人，只爲出入口被封住了，逃不出來。阿部所發的魚雷，恰好爲他們打開了一個缺口；不過逃出來的官兵，都爲美國軍艦救走了。

到此地步，一向以冷靜準確的判斷力自豪的山本五十六大將，內心的焦灼，匪言可喻；但他還存著一種最後的希望，打算將正在北面靠近阿拉斯加的阿留申群島，準備作戰的龍驤、隼鷹兩艘航空母艦調回來；又命散佈海上各地的船艦，向中途島集中，預期著美國海軍向西迎敵時，便可展開訓練有素的夜間海戰，一舉殲滅美國海軍十六、十七兩機動部隊。

這兩個部隊，此時由史皮爾安斯少將統一指揮；他頗有自知之明，美國海軍尚無夜間作戰訓練，黑夜出動飛機亦頗困難，決非日本的敵手，所以早就退往東方，只在中途島加強戒備。

對方不來上當，山本五十六就不能不趕緊向後轉；否則一到天亮，美國飛機大舉來襲，豈非自速其死；但在撤退之際，仍不忘誘敵深入，最理想是美艦追敵到達威克島的「威力圈」內，由島上出動飛機轟炸。結果這個理想亦成了妄想。山本五十六只好帶著他的並未出擊，只自己撞沉了一艘重巡洋艦三隈號的主力部隊，回返瀨戶內海。

對於此役大敗而歸，日本國內並不知道；甚至昭和天皇亦不瞭解眞相。因爲山本將消息封鎖得很嚴密；他所發佈的戰報，關於航空母艦部分，只說一艘喪失，一艘重創；在處置赤城號、飛龍號的殘骸時，附近並未發現敵蹤，認爲美軍還不知道這兩艘航空母艦的最後命運，因而表示赤城、飛龍仍在服役之中。可是自己從赤城、飛龍兩艦中救起來的官兵會洩漏眞相，所以一個不漏地，全部監禁在關島。

這是非常珍貴的一個情報，也是必須格外謹愼保持的一個秘密。因爲這是日本軍方最大的一個忌諱，倘或洩漏，惹得日本方面勢力最大的一個軍閥——山本五十六的惱羞成怒，嚴格追究，因而惹起的風波，是連周佛海都頂不下來的。

根據這個情報，加上戰況的發展，周佛海得到兩點認識；第一、中途島一役，是日本海軍盛極而衰的起點，由此而始，太平洋戰局的主動，已由日本移至美國。換句話說，今後日本的海軍，將只有招架之功，而無還手之力了。

其次，日本的海軍，在戰艦方面的損失並不大；只爲喪失四艘航空母艦，竟至不能不趕緊撤退，由此可知空中力量的強弱，足以決定戰局的成敗。

但是有一點是周佛海所深感困惑的，據他所搜集到的情報，指出實施中途島及阿留申群島作戰，完全是山本五十六的強硬主張；作爲海軍最高負責者的永野修身，勉強同意了，卻稱之爲「山本大將的戰爭」；而陸軍反對得很厲害，海軍內部亦指出這是太大的冒險，因爲由瀨戶內海到中途島，途程爲珍珠島到中途島的兩倍，美軍以逸待勞，勝敗之數，不卜可知。但山本不聽，在永野的默許之下，他表示「如果陸軍不同意，光是海軍也要幹到底。」

爲了避免分裂，陸軍是非常非常地勉強作了支持的承諾。

經過向日本海軍的朋友，旁敲側擊地打聽，終於得到了很滿意的答案。原來奇襲珍珠港是山本五十六一手所策畫，豐碩的戰果，使得他的威望昇到一個高不可攀的程度；可是正當每一個日本民眾在津津樂道炸毀了美國軍艦二十多艘、飛機三四百架；打死了美軍三千人，而自己這方面不過損失了二十多架飛機，戰果簡直可說是一對一百之比時，山本卻在暗中叫苦，美國的七艘巨型航空母艦，正好都出動在外，絲毫無損；重巡洋艦也只損失了一艘。這些攻擊性極強的海上武力，對於戰鬥海域廣達五千公里的聯合艦隊來說，是個令人寢食難安的威脅。

還有一個很清楚的對比，奇襲珍珠港時，日本的國力幾乎已發揮到頂點；但美國的生產力只是平時的標準。開戰以後，羅斯福方始正式動員，開始發揮她的生產潛力。對比的情況，猶如一個是如日方中；一個不過旭日初昇。隨著時間的推移，美國到了日正當中時，日本恰是日暮崦嵫，強弱之勢，勝敗之判，小學生都能作出很正確的回答。

因此山本五十六經過長時間的考慮，認爲只有在美國生產潛力尚未充分發揮，而日本海軍無論士氣裝備都在最佳狀態中時，與美國作一次大規模的海戰，徹底摧毀了對方的艦隊。得以充分壓制了美國的軍事活動，日本的聯合艦隊，才能在太平洋站穩腳步。

要達成這個目的，先決條件是，刺激美國海軍產生決戰的動機。原來預定攻占所羅門群島以東的西薩莫亞，以期切斷美國與澳洲聯絡線的FS作戰，認爲這個地區離美國太遠，威脅不大，無法導致美國太平洋艦隊集中全力來周旋；因而迫不及待地改變爲攻擊中途島及阿留申群島，迫近美國本土，逼得美軍出死力來保衛，才能符合山本決一死戰的希望。

這個苦衷，永野修身亦很瞭解；整個情況，應了中國人的一句俗語：「騎虎難下」。在決定對美國作戰時，實際上已注定了必然會有這種「乾坤一擲」的局面產生；在萬般無奈之中，只有聽任山本去放手大幹，期待著不可知的奇蹟出現。

中途島大敗以後的第一個反應是，美國飛機大舉轟炸威克島；再往西就是南鳥島，進入日本海上警戒線了。

這是美軍開始反攻的前奏；八月七日清晨，東京的大本營終於接到新成立的第八艦隊三川中將的報告，美軍在所羅門群島的瓜達康拉爾島登陸。

此島之西，就是新幾內亞東部的要塞摩勒斯比港；亦正就是日本當前最主要的一個進攻目標。那知自己這方面尚無進展，強敵已經壓境；這一下主客易勢，整個局面開始在逆轉了。

由於有這樣深刻嚴重的關係，正在日光遊覽的昭和天皇，決定立刻返回東京。首相東條英機得報，大吃一驚；因爲從中途島戰役以後，他就採取了極其嚴峻的封鎖新聞措施；因爲他服膺一條「眞理」：搞政治「必須把群眾當做愚人，如果讓大家知道了眞相，就會使士氣沮喪。」日本天皇的生活秩序，一向保持著嚴格的規律；秋高氣爽，正宜旅行的季節，天皇何以忽然回駕？是不是出了甚麼必須他親自處理的緊急大事？由這個疑問發端，去探索眞相，必然會產生許多流言，豈但「士氣沮喪」，民心亦將不穩。

因此，東條英機派永野修身趕到日光，一再解釋戰局無礙，不足以上煩宸襟，請昭和天皇繼續預定的旅程。

12 力爭上游

日本軍閥密謀殺害周佛海。

這些情形，周佛海很快地知道了，此外還有一個令人驚喜的消息，在重慶的國民政府正跟美國、英國在積極交涉，廢除租界和領事裁判權等等侵犯中國的不平等條約；而且進展很順利，可能在雙十節就會宣佈。

這就越發激起汪政府領導分子向日本要求改約的決心。所謂改約，是廢除「中日基本條約」，另外訂一種有利於汪政府的新約。於是舊事重提，向日本政府提出照會，表達了希望參戰的意願。

這個問題非正式地談過不止一次，只以雙方的想法不同，始終談不攏。汪政府不過借參戰爲名，求改約之實；日本則一直希望像朝鮮、臺灣那樣，能在中國抽調壯丁參加「皇軍」

作戰，幾次爲汪精衛斷然拒絕，既然如此，汪政府就談不到參戰。

但目前的情況，已有所不同；戰局逆轉，汪政府的參戰，即或對日本不能有甚麼實質上的貢獻，至少可以壯一壯聲勢，發生一點宣傳上的作用。

沒有想到，日本對這個問題，居然是很認眞地考慮。而處理這個問題的主管部門，不是外務省，而是在十月一日成立的大東亞省；此一部的首長，即稱爲大東亞大臣。

雙十節那天，蔣委員長在重慶「精神堡壘」廣場舉行的國慶紀念大會，檢閱了青年團及國民兵以後，宣佈了一個喜訊：接獲美、英兩國自動放棄治外法權的通知，「我國百年來所受各國不平等條約的束縛，至此已可根本解除」。當時激起了響徹雲霄的歡呼。這一事實，加速推動了大東亞省的工作；終於迫使日本大本營及政府聯席會議，作成了同意汪政府參戰的決議，由大東亞省研究實行此一決議的具體辦法。

在十一月二十七日所召集的大本營及政府聯席會議，以根本檢討對華政策爲主題，大東亞大臣青木一男發表研究報告，認爲汪政府參戰，須朝兩個目標進行：一是「加強戰爭協力、強化兩國之綜合戰力」；再是強化汪政府之控制力，使能充份掌握民心。

他指出一個可憂慮的事實，中國淪陷區對日本太平洋戰爭失利，都抱幸災樂禍的心理，汪政府的統治力在繼續弱化之中，所以日本現在應該幫助汪政府去爭取民心。

「譬如以敵產處理而論，現地當局都採取囊括主義。上海在名義上，將英法租界交還給中國，但租界內敵人的倉庫、房屋以及值錢的東西，都收歸我有。這種交還方式，使得中國人大起反感，是必然的事。」大東亞大臣青木強調：「現在關於經濟封鎖、經濟統制及其他加諸於中國人束縛的各種問題，都有重新考慮、改弦更張的必要。」

所謂「現地當局」即是指在華的陸海軍；因而惹起軍務局長佐藤的不滿，要求青木作進一步的說明。

「經濟統制現在都是日本人在搞，日本有些社團，所獲的暴利，相當可觀。」青木答說：「就中國而言，一切大企業，例如煤礦鐵礦，雖然被你們霸占，猶有可說；至於零零碎碎，日常用品，亦全部被日本人奪去，毋乃過甚？這些日本人都是向日本軍部哭訴，苦心積慮爲自己的利益著想。軍部滿足了極少數的日本人的私心，失去了廣大的中國民心，這種做法，値得反省。」

居然公開指責軍部！佐藤越發生氣；臉色鐵青地說：「請貴大臣舉例說明，甚麼零零碎碎，日常用品，亦全部被日本人奪去？」

「喏，」青木取起桌上的火柴，揚了一下，「這就是。」

「不錯，在汪政權管轄的地區，設火柴廠是要管制的；這因爲火柴的製造原料，是化學品，屬於國防物資，不管制是危險的。」

「是嗎？」青木順手擦燃一根火柴，望著小小的火焰說：「火也是危險的；中國人說：星星之火，可以燎原。這也需要管制吧？」針鋒相對的諷刺，使得佐藤緊閉著嘴生悶氣。

「不妨談點具體問題。」賀屋大藏大臣站起來說：「本國與汪政權的『中國』之間，有些甚麼經濟上迫切需要解決的問題，不妨提出來討論。」

「鐵路是個大問題。美、英對中國的經濟侵略，都是以鐵路爲根據而進行的。辛亥革命以後，中國人大概已經全部收回，但事變以來，又爲日本人一舉搶光，這是最清楚的問題。」青木略停一下又說：「本席以爲在戰時自當歸我們控制；戰後必須歸還。各位以爲如何？」

中國的鐵路是日本軍閥最重視的；聽青木的語氣，大有將南京、上海、杭州，以及津平等鐵路交付汪政權接管之意，佐藤忍不住又要爭了。

「閣下的理想高遠，深爲欽佩。不過，就陸海軍事務當局的立場而言，未便如此處理。閣下的所謂囊括主義，據我所知，最厲害的，以前是興亞院，現在是大東亞省。」佐藤接著表明對汪政權參戰一事的態度：「汪政權希望參戰，才要它參戰；既然是共同作戰，必須聽我們的指揮、服從我們的命令。軍事就是如此簡單。像剛才閣下所說的，事務官不會瞭解。在當前的戰爭中，並非事務支配政策；但無論如何，政策必須促進事務的開展，而非束縛事務當局。就具體事實而言，軍部既有治安警備的關係，又有軍隊自治的問題，不能光說實際上辦不通的漂亮話。這一點，請原諒！」說完，只聽「叭噠」一聲，他碰腳跟立正，向作主席的東條鞠個躬，方始面無表情地坐下。

大家都明白，他所說的「軍隊自治」，意思就是在華的派遣軍，對現地的一切保有絕對的控制權。「將在外，君命有所不受」，你要他交還鐵路，他不交你又如之奈何？

看會議將要變成僵局，東條急忙作了一個敷衍性的結論：「以本日討論爲基礎，由大東亞省從速擬訂具體方案。」

＊　＊　＊

由重慶所發出的無線電廣播，從雙十節以後，即以廢除不平等條約爲主題。中國與美國、英國在重慶、華府、倫敦舉行的雙邊談判，進展頗爲順利；美英兩國決定與中國重訂「平等新約」，放棄一切在華特權；上海的「公共租界」、「大英照會」以及北平的東交民巷「使館區」等等名詞，都將成爲歷史的陳跡了。

這給了汪政府一個對日交涉非常好的藉口，美、英已經廢除了不平等條約，百年桎梏，一旦解除，不但中國人對美、英的觀感一變，而且也爲蔣委員長帶來了空前崇高的聲望。日本必須正視這一現實。

但此時的汪、日交涉，不如以前來得順利：因爲一向支持汪政權的影佐禎昭，在這年夏天調任「滿洲國」新職；接替他主持「梅機關」並擔任汪政府最高顧問的松井太郎中將，不是肯遷就的人。因此，周佛海除了通過今井武夫的關係，在日本駐華派遣軍總司令畑俊六大將身上下工夫以外，更由汪精衛直接參預，向松井太久郎提出了類似警告的要求。

「這一次美國跟英國放棄在華的特權，完全出於自動。你應該記得珍珠港事變爆發之前的十幾天，美國赫爾國務卿向貴國野村大使提出的建議，就曾提到取消在華領事裁判權及其他特權。現在美國已有行動了；在中國人看，美國的態度、主張、誠意是一貫的。」

松井答說：「這一點，諒必早在主席先生洞鑒之中。」

「美國是因爲太平洋戰爭爆發以後，需要重慶政府協力的地方很多，不能不先示惠。」

「不然！」汪精衛立即提出反駁：「據我們所得到的情報，這件事發動在四月底；英國外相艾登表示，目前同盟國在遠東的軍事情勢不利，如果這時候談判這個問題，中國將會產生誤解。他所顧慮的誤解，正就是足下的想法，以爲美國、英國有求於中國，故而示惠。由此可見，美國、英國之願意放棄在華特權，在動機上，是相當純正的。」

松井無言以對；好一會才苦笑著說：「看樣子，山本大將的戰爭如果得手，美，英還不會有這種『慷慨』的舉動！」

「我們決不以爲日本在中途島海戰失利，帶來提早實現美、英放棄在華特權，是一件値得高興的事。」汪精衛用了這句外交詞令，隨又正色說道：「不過，我必須強調，中山先生領導中國革命的最主要的目的，就是廢除各國所加諸中國的不平等條約。現在美、英已經這樣做了；日本如果沒有明確的表示，結果是證明了一點：中國抗日，完全正確，完全必要！」松井色變，誠惶誠恐地說：「主席先生的卓見，我一定據實報告東京。」

其實不須松井提出報告，大東亞省亦會加緊草擬對華新政策；因爲各種跡象顯示，中美新約將在一九四三——中華民國三十二年的元旦簽訂。日本既然已經決定跟美國、英國競爭對華的「友誼」，當然應該搶在前面，才算佔了上風。

在十二月初，安排好了日程；一項定名爲「爲完成大東亞戰爭之對華處理根本方針」的提案，將在十二月二十一日召開的御前會議提出。汪精衛則在期前訪日，談判參戰的原則問題。但到了十二月中旬，仍未見美國政府對國會採取行動，將中美新約的草案，送請審議。轉眼耶誕及新年，美國國會休假；元旦是不可能簽約的了。

這是爲了甚麼？是何原因延擱了這件好事？周佛海叮囑情報部門，用各種方法去探索眞相，終於瞭解了其中的癥結，原來英國對九龍租借地不願放棄；在西藏的特權更想保留。而且要求國民政府發表聲明，九龍不在不平等條約之內。

就爲了這個原因，美英新約不能不延期簽訂。日本人在國際事務上向來小器，因而政府及軍部中，有些有發言權人眞如中國俗語所說的「以小人之心，度君子之腹」，以爲美、英不會那麼大方，延期簽訂可能永不簽訂，不妨觀望一下，不必亟亟乎讓汪政府決定參戰日期，換句話說，御前會議中所通過的調整「日華」關係案亦可展緩實施。

當然，汪政府對此是不肯放鬆的，一再交涉，終於決定汪政府在民國三十二年一月十五日正式公告參戰。那知突然傳來消息，美國戰時國會，新年假期縮短，而且美國政府已將中美平等新約草案咨送國會，定期一月八日審議。

於是，日本政府特派專使飛到南京，安排搶先一步表示「日本對華友誼」，汪政府在一月九日佈告對英美宣戰，日本則與汪政府發表共同聲明，由日本交還租界，廢除治外法權。但是九龍卻仍舊在日本所派的香港總督管轄之下，條件並不比美、英來得好。

這在汪政府與日本，自然都認爲是件必須大加宣傳的事；由於這也正是強化汪政權，爭取民心的好機會，所以周佛海關照金雄白，協助「上海市長」陳公博，大規模辦一場慶祝收回租界的民眾大會，希望金雄白親自擔任主席。

這是義不容辭的事，但金雄白的心理很矛盾，他對收回租界有兩種不同的想法，就國家主權來說，這自然是一個百年來的污點，一旦洗刷，値得快慰；但在中國動亂時期中，租界不僅保全了無數仁人志士與善良內地百姓的生命，也保全了東南膏腴之地多少年積聚的財富，租界收回以後，將失去這一項人爲的保障，得失亦正所難言。因此，他的講詞始終不知如何措詞。

但在籌備工作上，他做得很像樣，每一個細節都曾用過心思，開會地點是借造了才六七年的戈登路的美琪大戲院；主調演說者請的是：爲陳彬龢所激，抱著「我不入地獄，誰入地獄」的悲壯襟懷而「落水」的新任司法行政部長張一鵬，就治外法權問題作一個分析。

張一鵬的性情不似蘇州人，到司法行政部接事後，第一件事就是雷厲風行整頓司法界，將貪污的法官置之於法，毫不容情；其次是對日本的無理要求，斷然拒絕，有一次上海北四川路的日本憲兵隊長去看他，爲他的一個在鎮江犯罪被捕的「過房囡」說情；張一鵬厲聲問道：「你是不是要干涉我們的司法？」他是前清留學日本學法政的，所說的日本話，用的是法官訓斥被告的語氣；搞得那個日憲狼狽而遁。因此，張一鵬的部長做了還只兩三個月，卻博得了極高的聲望；這天由於有他演講，號召了不少人，場面相當熱鬧。

演講的主題既是治外法權，少不得先要談一談由鴉片戰爭帶來的不平等條約；但他對英國人的批評不多，弦外之音往往針對著日本表示不滿；結論中說：「希望租界收回以後，不要變成舉國再無一片乾淨土。」意思是以前的租界之外，皆非乾淨土，而以前的租界爲日本人勢力所不到；換句話說：有日本人勢力的地方，都不會是乾淨土。涵義雖很曲折，畢竟也有精通中文的日本人能聽得出來；因此，在華的日本軍人中，漸漸流行一種說法：「重慶是武裝抗日：南京是和平抗日。」

這多少是事實。來自重慶的地下工作人員，由於租界已不存在，喪失了一個有利的工作環境；使得周佛海的負擔又加重了。爲此，找了金雄白去商量，希望能找到一筆秘密的財源，接濟蔣伯誠、吳紹澍手下的那一班人。

「我想到一個辦法，」周佛海說：「盛老三的鹽公司，很可以插一腳；由你以銀行投資爲名來出面。你看如何？」

這是不容金雄白推辭的一件；因爲盛老三之與周佛海化敵爲友，就出於金雄白所斡旋，這盛老三是盛宣懷的侄子；盛家這一代大排行，名字中都有一個頤字；盛老三叫盛文頤，北洋政府時期，做過津浦鐵路局長。北伐成功以後，一直賦閒；他沒有甚麼錢，鴉片癮又大，所以日子過得艱難異常。到得上海淪陷，時來運轉；一下子成了上海的大富翁。不過他的錢，每一文都是染了不長進的人的膏血的。

原來盛文頤在津浦鐵路局長任內，就有漢奸的嫌疑；日本軍隊要運兵運軍火，他非常賣力，因而跟當時日本的駐華武官，現在的侵華大將，如松井、石根等等，頗有交情。以此淵源，取得了一項專賣事業，正就是他「一日不可無」的鴉片。

那時的「雲土」、「川土」自然不能運來了，不過日本人毒化中國早有計畫，在東北、古北口，以及安徽亳縣一帶適宜種罌粟的地方，大量種植；南運交給盛文頤專賣，組織了一個公司，名爲「宏濟善堂」，分堂遍佈東南，非以前的維新政府及繼承的汪政府所能過問。

盛文頤發了大財，在法租界金神父路的住宅，佔地十餘畝之多；警衛是兩名日本憲兵，由於東京位居要津的陸海軍官員，以及與軍部有密切關切的政黨要人，兩院議員，按月都有固定的津貼；所以盛文頤的氣焰，不可一世，汪政府的要員，誰也不在他眼中。

盛文頤還有個主要助手，也可以說是幕後牽線人，名叫里見甫，是「黑龍會」出身的大浪人，他跟駐華日本陸海軍的各部分，都保持著極密切的關係；也正就是青木一男所指責的「囊括主義」的執行者。通過他的關係，盛文頤將食鹽的專賣權也弄到手了。

淪陷區的鹽業，本由一個「通源公司」所經營；爲盛文頤奪去以後，改名「裕華鹽公司」。這一來，便跟汪政府的財政部，發生了短兵相接的衝突，鹽課一向是中國政府稅入的大源；鹽商只要有一張「鹽引」在手，獲得行銷某地的特權，幾世衣食無憂。

但銷售食鹽既關稅課，亦關民生，所以關於運輸管理，徵稅定價，財政部有一整套法規，且特設「鹽務署」專司鹽政。而盛文頤一方面爲日本人搜括；一方面又爲自己謀取暴利，自是不關小民死活，一次一次要求漲價；周佛海總是批駁不准。可是，由里見甫打個電話，日本駐華派遣軍總司令部立刻就會行文財政部，代裕華提出要求，使得周佛海不能不准。眞所謂「敬酒不吃吃罰酒」，財政部威信掃地；周佛海狼狽不堪。

話雖如此，周佛海寧願自找麻煩，不願對裕華放鬆；反正彼此做對做定了，只要裕華有所請求，不是駁，便是拖。這樣水火不容搞了很長的一段時期；彼此都覺得很乏味；巧的是彼此都希望金雄白出來調停，金雄白不認識盛文頤，是他的一個在裕華擔任高級職員的朋友來邀約的；在與盛文頤見面時，金雄白很坦率地表達了周佛海的意思，希望盛文頤顧到大家都是中國人的立場，有事直接商量，不必假借外力。

盛文頤領教過了「不怕官，只怕管」的滋味，自然樂得接受周佛海的要求，幾度長談，取得協議，以後裕華有事向財政部呈請，由盛文頤、金雄白先跟「財政部鹽務署長」阮毓祺交換意見，商定辦法，再上呈文。財政部一定盡快批准。所謂「交換意見」就是「講斤頭」：所謂「商定辦法」就是敷衍面子。譬如裕華要求漲價一元；財政部只准三毛；裕華二次呈請，折衷准漲半元，老百姓就會覺得財政部是在替他們爭利益，總算吃到了便宜鹽。這樣豈不是皆大歡喜？在達成這個協議的同時，也談到了彼此合作的計畫。盛文頤希望擴大經營，包辦整個淪陷區內鹽產的行銷。

這件事在周佛海考慮以後，有所決定了；除了淮北地區的鹽產，已由日本成立「國策機構」的「華中鹽業公司」專營以外，在江浙兩省，還有淮南、松江、餘姚三個大鹽場，讓盛文頤出面，另組公司；獨家收購運銷這三場的鹽。

「新公司的資本各半；我們這面一半，希望你利用你的銀行去想辦法。盈餘專門立個戶頭存起來；取之於海上，用之於地下。」

由此而始，盛文頤跟金雄白便常有往來，不過，他年邁體衰，若非必要，從不出門；一天至少有二十個鐘頭是在床上，不是睡覺，便是抽鴉片，所以總是派人將金雄白請了去，請他躺在煙榻對面，一面燒煙，一面談話。

有一天是例外，盛文頤突然來看金雄白，由他的兒子及一名聽差雙雙扶掖，下汽車走到廳上，已經在氣喘了。

「雄白兄，」他用微弱的聲音說：「聽說佛海先生病了？是不是？」

「是的。」金雄白答說：「發高燒，來勢好像不輕。」

盛文頤一楞，然後自語似地說：「這樣，我倒似乎不便講了；講了，只怕會給佛海先生添病。」

金雄白心中一跳；聽他這麼說，料知不是好事，便即答說：「盛先生不妨先跟我說一說；如何？」

「好！」盛文頤問道：「有個日本人叫做政信，你知道不知道？」

金雄白自然知道這個人；他是日本派遣軍總司令部的一名課長，官拜大佐；正是日本軍人在任何機構中都是權力最大的一個階級。他是個狂熱的軍國主義者，而以戰略家自命，好高騖遠，標新立異，神經質得很厲害；於是日本的淺薄者流稱之爲「戰爭之神」，越發使得他目空一切，不知天高地厚。

「那麼，」盛文頤又問：「你知道不知道佛海先生與辻大佐之間的情形。」

「略有所知。」金雄白照實答說；他只知道辻、周之間裂痕甚深，卻不知裂痕因何而起。

「我有最可靠的情報。」盛文頤放低了聲音說：「辻大佐已準備在佛海先生病中下毒手。至於怎樣下手，是明槍，是暗箭，我還無法探問清楚。不過消息是千眞萬確，佛海先生不能不防。辻大佐心狠手辣，一動了手，決不留絲毫餘地。我知而不言，交情上講不過去；告訴了他，又怕他著急，增加他的病勢，反而有損無益，如今我告訴了雄白兄，應該怎麼辦，請你斟酌。」

金雄白心想盛文頤手眼通天，若非情報確實，事態嚴重，他不會以衰邁之身親自來告密。想到這一點，在代表周佛海道了謝，送走盛文頤以後，立即動身，坐夜車趕到南京。

那時周佛海在西流灣的住宅，遭了回祿之災；暫借鐵道部迎賓館作爲住所。熟客無須通報，一上樓悄然無聲，只有楊淑慧跟周佛海的密友，受託寄妾的岡田酉次大佐，坐在靠窗的一張方桌上，面有憂色地默然相對。

時方清晨，金雄白又是倦眼惺忪的模樣，楊淑慧自不免驚訝，「一早趕了來，」她問：「是不是有甚麼要緊事？」

「病怎麼樣？」金雄白往裡面臥室一指。

「熱度未退，飲食不進；神志有時候不清楚，並沒有甚麼起色。」

這一來，盛文頤的躊躇，移到金雄白身上了，說也不是；不說也不是。有時坐立不安的神色，越發使得楊淑慧憂疑不安。

「甚麼事？」楊淑慧問：「不能告訴我嗎？」

於是金雄白使個眼色，先起身進入另一個房間，等楊淑慧跟了過來，他才將盛文頤的警告，據實轉達。

楊淑慧都快急得要哭了，「怎麼辦呢？」她說：「佛海跟日本人的交涉，我完全不知道，也不知道他跟辻政信結怨結到甚麼程度？這件事會不會發生？如果不會發生，告訴佛海，他一氣之下，心臟病發作，是件不得了的事，倘或會發生而不告訴他，預先想辦法，更是件不得了的事！」

金雄白覺得她的話很有道理，照這樣看，目前第一件要做的事，是弄明白雙方爲甚麼結怨？

「可是，」他躊躇著說：「這又該跟誰去打聽呢？」

「跟岡田去談一談，他一定知道，看他怎麼說？」

岡田是通華語的，因此無須由楊淑慧作翻譯，金雄白將盛文頤的話直接說了給岡田聽，問他此事有無發生的可能？

「以周部長與辻大佐之間最近的狀態，盛先生的話是有其可能性的。」岡田用中國話說：「如其辻大佐發動在前，再來想法子應付，一步落後，全盤都輸。現在，只有一個辦法，請金先生把這話當面告訴周部長，請他自己考慮對策。」

於是，楊淑慧陪著金雄白進了病房；正好與一個白衣護士迎面相逢，她立刻雙手按膝，鞠了一個九十度的躬。金雄白明白的，她是日本人。

「秋子小姐，」楊淑慧用國語說：「請你打電話給山下先生，把周部長今天的情形，仔細告訴他。」

這是調虎離山，同時也是向金雄白暗示，這個日本護士秋子也懂中國話，言語需要留神。

「是這樣，盛老三昨天來看我——。」金雄白坐在病榻前面的方凳上，用很婉轉的語氣，說明了來意。

「盛老三有沒有跟你說，他要怎樣動手？」

「沒有。他只說情報千眞萬確，不過無法進一步探明將如何動手。你又在病中，我希望你特別重視其事，多作防備！」

「他敢！」周佛海突然衝動了，滿臉脹紅，使勁拍著床沿說：「我倒要鬥鬥他！」說完，氣喘如牛。

金雄白趕緊將床頭櫃上的一杯溫水遞了給他；等他喘息稍定，方又勸道：「請你千萬不要激動。我想日本人公然對你有所行動，似乎這明槍倒不必怕，你也有足夠的力量對付他。不過，問題表面化了，要消弭就很難，你應該想法子制先。在日本軍人方面，你有好些可談的朋友，能不能請他們來奔走調停一下。」

周佛海點點頭；向楊淑慧說：「你把岡田請進來。」

於是金雄白急忙說道：「趁岡田不在這裡，我有句話請你記住，明槍易躲，暗箭難防；

現在請日本醫生替你治病，又用日本看護，隨時下手，防不勝防。請你格外考慮這個問題。」

這時岡田大佐已應邀入室，周佛海跟他用日語交談。金雄白盡了初步的責任，便即起身告辭；楊淑慧送他下樓，一路無言，直到大客廳門口才說了句：「佛海，眞是騎虎難下了。」

這「騎虎難下」四字，包含著兩方面的意思，汪政府的財政部長不能不幹；協助軍統在淪陷區發展地下工作，更不容他罷手。這一次过政信預備對周佛海採取非常手段，亦就是爲了這個原因。

原來當汪精衛初到上海招兵買馬時，軍統便通過「洪幫」一位「龍頭」的關係，介紹了兩個人給周佛海，一個替他當「官式」的翻譯；一個替他管電臺。不久就打通了關係，這個電臺可以直接與軍統聯絡；戴雨農打給周佛海的第一個電報是：周老太太有他照料，安然無恙，儘可放心。

在敵僞的高階層中，周佛海有電臺通重慶，是一個公開的秘密；軍部也願意保持這麼一條通路，作爲時機成熟時，直接向國民政府謀和之用。除此以外，軍統及其他來自後方的情報機關，想在上海建立電臺，亦會通過種種關係，要求周佛海支援或掩護；周佛海只要力所能及，無不幫忙。

但這些電臺卻是瞞著日本軍方的；由於日本憲兵隊具有精密的偵測電波設備，所以這些電臺經常需要遷移。有的甚至設在船上，發完電報，立即開船，另行停泊；等日本憲兵趕到，每每撲空。辻政信知道了這件事，大爲不滿；徑自用派遣軍總司令部的名義，下達命令給憲兵司令，要求徹底偵破。

東京軍部也有這樣的要求，尤其是中途島海戰失利；日本在太平洋上喪失了作戰主動機以後，不但軍事情報保密顯得格外重要；而且還怕秘密電臺傳播不利於日本的消息及宣傳，所以對辻政信所作的處置，頗爲嘉許。

結果破獲了兩個秘密電臺，其中之一，與周佛海的關係極深；另一個亦曾獲得周佛海的支持。在少壯軍人中，辻政信與今井武夫、影佐禎昭等，本站在極端相反的立場上；作爲狂熱的軍國主義分子的辻政信，根本反對談和，他認爲「支那」必須「膺懲」才會屈服；所以主張進攻重慶。這樣，對周佛海自然是敵視的；久欲去之而後快。這一次決定不再觀望了。

不過，他以「戰略家」自命，當然先要在「知己知彼」這四個字上，下一番工夫。他知道東京方面，無論是政府還是軍部，頗有人支持周佛海；而且一直迷惑於「全面和平」實現，日本三百萬陸軍，即可自中國大陸的泥淖中脫出幻想。所以如果說要公開制裁周佛海，不論有多麼堅強的理由，亦難獲得東京的同意；參謀本部及陸軍省保有御前會議及大本營與政府聯席會議的紀錄，一定可以找到一條比附的決議，推翻他的要求。

經過深切的考慮，汪政信決定使用「先斬後奏」的辦法。

周佛海和岡田亦僅止於輾轉傳聞，汪政信有這麼一句狂話而已。此人大言不慚慣了的，所以並沒有當它一回事；如今盛文頤親自傳警，絕不能等閒視之。

「現在第一步要弄清楚的是，既然他已經決定動手了，何以遲遲不發？」周佛海說：「這件事，我不想再託第二個人；你能不能爲我打聽打聽。」

「當然是我的事。」岡田答說：「不過以你我的關係，我如果一出面，打草驚蛇，反而會使他提前下手。所以我得設法找一個妥當的人，間接調查；恐怕不是兩三天之內有結果的。」

「兩三天總不致出事。」周佛海又說：「剛才金先生認爲明槍易躲，暗箭難防，這話倒很有道理。山下博士是二十多年的老朋友，當然信任得過；不過他是全不識人間有機心的人，似乎應該通知他，也好隨處留心。」

「好！我馬上去看他。」

等岡田一走，周佛海親自打電話，找七十六號的一個警衛大隊長張魯——七十六號除了五個行動大隊以外，另有兩個警衛大隊，最初由吳四寶、張魯分任大隊長；吳四寶早已死於非命，他的那個大隊亦爲五個行動大隊所吞併，只有張魯這個大隊，巍然獨存，一直擔任愚園路一一三六號及陳公博公館等處的保護工作。

周佛海家的警衛，原由林之江負責；如今既有潛在的危機，暗箭固須嚴防，明槍亦不可輕忽，如果命林之江添人加強警戒，怕辻政信知道他已有備，圖謀愈急。所以找了比較謹愼安分，與吳四寶個性完全不同的張魯來，密密囑咐。

「我得到一個消息，還沒有完全證實；說日本人要動我的手。我想請你暗底下派幾個弟兄來，多多留意。」周佛海說：「這件事要秘密，最好不露形跡；而且你要跟林之江說明白。」

「是！」張魯想了一下答說：「如果來三五個人，一定對付得了。萬一來了一卡車，怎麼辦？」

「我想他們也不敢這樣毫無顧忌。萬一有這樣的情形，第一，你犯不著硬拼，因爲拼不過的；第二，你立刻打電話給熊司令。」

熊司令便是稅警團的負責人；周佛海對他的這支武力，頗爲矜重，給養充分，器械精良，平時訓練很嚴格，自覺不遜於宋子文的稅警團。他相信日本人如果敢派一卡車的人來包圍他家；熊劍東一定能夠很快地展開反包圍，造成可以對等談判的有力形勢。

到得張魯調來八個人，化裝成「班頭」上的三輪車伕，以及賣零食的小販等等，在周家周圍部署略定；岡田已經跟山下作過一番相當深入的談話了。

「山下說，他有五個護士，三個是他從東京帶來的；兩個是由軍醫院轉業，背景不十分瞭解。秋子就是其中之一：山下因爲她最細心，經驗也豐富，所以，特地調她到這裡來服務。他雖覺得沒有理由懷疑秋子，但爲了萬全起見，他決定將秋子調回去。」

「這也好。請他另外換一個來。」

「不！」岡田答說：「山下的意思，請你另外雇中國護士。」

「怎麼？」周佛海急急問說：「是不是他起了誤會，心裡存著甚麼芥蒂？」

「不是！他倒是好意。他將秋子調回去的藉口是，醫院裡業務太忙，人手不夠；而你的危險期已經過去，不用特別護士也不要緊。如果去了一個，又來一個，豈非矛盾？倘或秋子眞是負有任務的，自然會明白，事機敗露了。」

「不錯，不錯！」周佛海很感動，「到底是老朋友，替我設想倒眞週到。」

「山下還有週到的地方，他說，既然知道有這種可能發生的陰謀，那就應該從此刻起，就採取防範措施，讓周太太最好一直跟秋子在一起；他晚上來覆診，順便將秋子帶了回去。同時，在服藥時，請你格外留心，如果有可疑的跡象，藥寧可不服。」

周佛海連連點頭，「看起來，我錯了。」他說：「我說山下不知人間有機心，其實他是大智若愚，城府很深。」

13 危機暗伏

「陳公博兼選、特、簡、荐、委，五官俱備；汪精衛有蘇、浙、皖、贛、粵，一省不全。」

山下在晚飯之前打電話到周家，找秋子講話；先問了周佛海的病情，然後表示，他可能已無須額外的護理，醫院則亟須秋子回來照料。他晚飯後會來覆診，看情形再作決定，請秋子預先準備。

這是個伏筆。所謂預先準備，就是讓她作歸計。秋子便將一些簡單的化妝品、衣物，打成一個小包，置在一邊。楊淑慧心知其意，裝作不見。

約莫八點鐘，留著一撮仁丹鬍子的山下來了，跟周佛海夫婦略作寒暄，隨即取病歷來看；然後一面診視，一面發問，「睡得如何？」「何處不適？」周佛海已有默契，只揀好的說。

「睡得很好最好，清晨四點鐘那一次服藥時間，可以取消。十二點那一次，請楊太太照料。」

「好！」楊淑慧答說：「我本來就睡得晚。」

「有件非常失禮的事，要請楊太太原諒。醫院裡實在很忙；周部長不用特別看護也不要緊。我想，今天就把秋子帶回去。」

「怎麼？」楊淑慧裝得愕然地，「秋子小姐要回去了。」

「是的。沒法子。」

「啊！先生，」楊淑慧照日本通常將教師、醫生、作家叫作「先生」的稱呼，很恭敬地說：「能不能讓秋子小姐再照料幾天？」

「實在沒法子；也實在沒有這個需要。」山下又說：「好在很近，如果有甚麼緊急情況，隨時打電話來。我想，不會有緊急情況。」

「這可眞是沒法子了。」

楊淑慧道聲「失陪」，隨即退了出來，取來一個信封，裡面裝的是酬金；另外有個很精致的小首飾盒，一起遞了給秋子。

「真謝謝你！一點小小的禮物，略表心意。請你不要推辭。」

秋子打開來一看，雙眼立刻發亮；盒子裡是一枚銅圓大的胸飾；用紅綠寶石，圍著一枚三克拉大的鑽石，鑲嵌成一朵菊花。她從未擁有過如此貴重的首飾。

「不敢；實在不敢領。太貴重了。」說著，秋子彎腰，雙手捧還首飾盒。

「不！不！秋子小姐，你不要客氣。」

「周太太，」山下從秋子手裡接過首飾盒，插嘴說道：「她確是不能接受你的禮物；除了太貴重以外，另外還有幾個原因，其中之一是：菊花是皇室徽。」

「啊！啊！這是我疏忽了。」楊淑慧接著又說：「不過，秋子小姐必須接受我一樣禮物。」

秋子不答，只看著山下，等候他的決定；等山下點頭示可，她才說一聲：「謝謝！」

楊淑慧將她帶入臥室，拉開梳妝抽斗；裡面是各式各樣的飾物。

「秋子小姐，」她說：「請你自己挑。」

秋子挑了一個白金的項鏈；鏈子上繫著一枚十字架。楊淑慧記不起怎會有這麼一樣飾物；只以自己並非基督教徒，所以從來不用。不道秋子會挑中它！

等秋子跟著山下離去；岡田接踵而至。這裡夜已深了，猶來見訪，當然是有了辻大佐那方面的消息。

據說，對周佛海下殺手，確有其事；下手的方式也決定了，希望造成一次飛機失事；或是撞車之類的「意外事件」。倘或這方面的機會不易找，仍舊是用暗算的手段；在藥物方面動手腳，不過不會像對付吳四寶、李士群那樣彰明較著地下毒。

聽得這一說，周佛海連對山下都懷疑了；岡田也勸他說道：「你不妨找個可靠的中國大夫看看，不必一定請教山下。」

周佛海點點頭，不願多談這一點，只問：「至今未曾動手，是不是因爲最近生病，不大出門；所以無法產生『意外事件』？」

「那倒不盡然。他是還在做向東京交代的工作。」

「向東京交代甚麼？」

「要把你種種必須作斷然處置的證據收集起來，應付軍部、政府、重臣、元老；證明你確有取死之道。」

岡田又說：「這部份的工作，據說已接近完成階段了。」

然則周佛海的一條生命，已有朝不保夕之勢；他一下子又激動了，「我倒不一定怕死，不過這樣死法，我是不瞑目的。」他說：「至少也要同歸於盡。」

「你不必這麼想。事情並不到那種無可挽回的地步。我正在替你籌劃一條釜底抽薪的路子。」岡田又說：「我正在摸他的底細。」

「聽說他跟『櫻社』有關係。」

日本少壯軍人，凡有野心的都喜歡秘密結社；櫻社是其中最有力的一個，成立於九一八事變那年，核心分子是橋本欣五郎、根本博阪田義郎，田中清等人，當時準備發動政變，出動第一師團，包圍國會；推舉小磯國昭、建川美次兩少將，脅迫議員提出對現內閣不信任案。同時推出代表，分謁閒院宮親王，西園寺公爵，奏請皇命，由現任陸相宇垣一成組閣。

此一預定於當年三月二十發動的政變，由於宇垣一成考慮到後果嚴重，勒令小磯少將停止進行而「胎死腹中」。少壯軍人異常憤慨，因而導致了解決滿蒙問題「國外先行論」的抬頭；他們的說法是，希望在國內出現有力的內閣，制訂強硬的對華政策，是件不可能的事，只有在當地藉端挑釁，造成出兵的既成事實，迫使軍部支持、內閣承認。九一八事變，就是在那種論調下醞釀而成的。

「不一定是櫻社。」岡田答說：「如果是櫻社出身，問題則容易解決，小磯國昭大將，現任朝鮮總督，我可以跟他說得上話。」

悄然低語之時，岡田隨手拿起床頭櫃上的一個小錦盒，不經意地掀開一看，視線立即被吸住了。

「好華麗的珍飾！」

「原是內人要送給秋子的。」周佛海看著山下交來，楊淑慧還未及收藏的那枚鑽石胸飾說道：「秋子不肯收；山下也不許他收。」

「為甚麼？」岡田很注意地問：「是因為太貴重了？」

「還有一個原因；山下說這玩意的形狀，像日本皇室的徽章，非平民所宜用。」

聽得這話，岡田忽然雙眼亂眨，是心裡有個突發的念頭，必須趕緊捕捉的神情。

周佛海覺得奇怪，不由得問說：「你想到了甚麼？」

「這東西或許有點用處。」

「那你就拿走好了。」周佛海毫不遲疑地回答。

雖然周佛海並沒有問到用處；岡田卻不能不作說明，「我可以找到一條皇族的內線。」他說：「只要有一位殿下肯出面，不管直接、間接，都會發生很大的力量。」

這話在周佛海是能充份領會的。日本皇族——昭和天皇和叔父及兄弟，都有軍階；甚至服過軍職，擔任過戰地指揮官。

軍階最高的是現為伊勢神宮「齋主」的梨本宮守正，早在九一八事變時，就是陸軍元帥；其次是東久邇宮稔彥，太平洋戰爭爆發後，以陸軍大將擔任防衛軍指揮官；他們弟兄三人都是將官。但對少壯軍人的影響力，主要的還是由於他們皇族的身分；像昭和的胞弟，高松宮宣仁是海軍大佐；三笠宮崇仁剛剛才升陸軍少佐，但如果他們肯爲周佛海緩頰，辻大佐一定會賣帳。

「這些路子能夠走得通，確是既方便、又快捷；不過事不宜遲，而且要隱秘。」

「那何消說得！」岡田想了一下說：「明天來不及；後天我飛東京。順利的話，一星期就可以有結果。」

在這一星期中，金雄白天天都去探病；看到秋子的蹤影已經消失，知道接納了他的建議。此外的情況，周佛海不說；他也不便問。

直到他預備回上海，到周家去辭行時，周佛海才向他說：「你說的事不假；不過現在已經過去了。」

看他說這話時，神態輕鬆，語氣自然，金雄白知道不是故意寬他的心的話；很想瞭解危機消失的經過，但周佛海閉口不談，亦就無法。

「你回上海，請你到盛老三那裡去一趟；說我謝謝他。」

金雄白如言照辦，回上海的那天，深夜到金神父路去訪盛老三；那時是他一天精神最好的時候。

「佛海特為要我來向你道謝。」金雄白又說：「以後如果有甚麼消息，仍舊要請你多關照。」

「佛海先生的手腕確實高明，病在床上，居然能把這件事由大化小；由小化無。你請放心，暫時是沒有事了。」

不說還好，說了反而使金雄白不能放心；「暫時」無事，總歸有事，不知甚麼時候再發作？他又玩味盛文頤的話，所謂「由大化小，由小化無」，自是包含著一段曲折的過程，可惜不能開口去問，因為盛文頤總以為周佛海一定告訴他了，如果一問，盛文頤會誤會他跟周佛海之間，還是有隔閡的，以後他說話就有保留了。

這時聽差來請用消夜；小餐廳中，只有主客二人，一面喝高麗參泡的白蘭地，一面談起時局。盛文頤在東京方面有特殊的關係，所以有些秘辛是連周佛海都不知道的。

照盛文頤的說法，挑起十二月八日這場看來已成為日本災難的太平洋戰爭，日本的木戶內大臣，要負很大的責任。

太平洋戰爭之前的兩個月，日美交涉形將破裂時，日本的陸海軍，對是否與美國開戰這個問題，發生了暗中對立的情況；陸軍強硬，而海軍不希望打，但為了面子，不肯明言；不管是閣議、大本營與政府的聯席會議，乃至御前會議，總是將「燙山芋」拋給近衛，說『聽任總理大臣裁斷』，近衛第一次組閣期間，發生了七七事變，已頗痛心，當然不願再發生日美戰爭。無奈海軍的態度欠明朗，便無法軟化陸軍的立場，所以苦悶萬分。

後來，陸軍終於瞭解了海軍眞正的態度；陸相東條便託人向近衛進言：「海軍不願作戰，如果早日表明，陸軍當然可以考慮；只將一切責任推向首相，實爲遺憾。陸海軍的態度，既不一致，則過去在御前會議中所作的，陸海軍一致同意的作戰指導綱領，自然全部要推翻了。目前除了內閣總辭，一切有關和戰大計的擬訂，從頭開始以外，別無他途。在他的立場，未便當面請求首相辭職，所以只能間接進言。同時希望首相推薦皇族組閣，因爲陸海軍意見不一致，唯有皇族凌駕於上，才能籠罩全局。陸軍方面的意見，並認爲以東久邇宮爲未來首相最理想的人選。」

繼任首相的產生，慣例先由現任首相與內大臣研究，獲得一致同意的人選後，向元老及曾任首相的所謂重臣徵詢意見，如果沒有人堅決反對，即由內大臣先面奏天皇，再由現任首相正式推薦。因此，近衛在瞭解陸軍的意向後，立即跟木戶見面；哪知木戶對組織皇族內閣之說，大不以爲然。

結果木戶支持東條組閣。消息一傳到華府，美國認爲這是日本不辭一戰最強烈的暗示；

對於日華交涉能夠獲致協議，已不抱任何希望。不過，華府沒有料到，日本發動戰爭會這麼快。

「木戶這個人，我也見過；看上去文質彬彬、書卷氣很重，其實是個喜歡弄權的陰謀家。由於他在天皇面前特殊親近的地位，可以口啣天憲，操縱一切。東條跟他是有勾結的，託人轉達的那番話，目的無非倒閣而已。如果眞的由東久邇宮組閣，日美開戰，十之八九是可以避免的。」

「光是軍閥，成不了大事，也闖不出大禍，中外都是一樣的。」金雄白不勝感慨地說：「中日兩國搞成今天這種局面，都是因爲有好些自以爲可以操縱武人的政客主政。」

「一點不錯。」盛文頤突然問道：「你對汪先生的看法如何？」

這話很難回答，因爲汪精衛的複雜性格，很難用一兩句話形容得恰到好處；沉吟了好一會說：「汪先生似乎天生是個悲劇性的人物。」

「你我的看法差不多。有位當代鼎鼎大名的文學家，說汪某確是美男子，如果他是女人，一定傾心而事。我也有同感。凡是跟汪先生接觸過的，很少沒有不爲他的魅力所吸引的；此公眞是政界的『尤物』。雄白兄，我這樣說汪先生，不大尊重吧？」

「稍涉不莊，卻頗深刻。我倒很欣賞這個『政界尤物』的說法。」金雄白又說：「話好像還沒有完，請說下去。」

「皇帝背後罵昏君，關起門來只有我們兩個人，說得刻薄一點也不要緊。自古尤物，皆是禍水；汪先生這個政界尤物，亦不例外，一顧傾人城，再顧傾人國。他自己呢，到頭來終恐不免紅顏薄命之嘆！」

這番議論，初聽只覺新穎；多想一想，卻有驚心動魄之感，汪精衛果然是禍水，凡是跟他密切合作過的人，幾乎都沒有甚麼好下場，就以這次自重慶出走來說，一到河內，便送了曾仲鳴的命。如今日本敗象已露，抗戰的「最後勝利，必屬於我」這句口號，看起來十之八九可以兌現；到那時國民政府通緝有案的人，恐怕兇多吉少；豈非都是追隨汪精衛惹來的「禍水」？

這樣一想，不由得發生一種好奇心；以盛文頤的深於城府、工於心計，想來對自己的將來，一定想過；不知如何安排？

於是他說：「盛先生，我姑妄言之，請你姑妄聽之；倘或日本失敗，你是如何打算？」

「我何必作甚麼打算？」盛文頤答說：「像我這樣，死了還不值嗎？」

金雄白沒有想到，他居然如此曠達；一時倒覺得無話可說了。

「你這話應該去問邵小開；他是早有打算了。聽說他家養了共產黨在那裡。」

「邵小開」是指邵式軍；他居然會想到跟共產黨勾結，這在金雄白是將信將疑的。

正等作進一步追問時，盛文頤換了話題，「雄白兄，」他問：「你跟羅部長的交情很深，是不是？」

這是指「司法行政部」部長羅君強。金雄白跟他早就不但神離，連貌都不合了；但畢竟曾有金蘭之交，如果照實而言，會讓人譏笑，如此異姓手足！因而含含混混地答說：「也還不錯。」

「既然交情不錯，我有一件小事奉託；舍親有一件與人爭氣不爭財的案子，在蘇州打第二審的官司，聽說對方在法院裡用了錢，希望羅部長能查一查。」

「好！」金雄白慨然應諾；因爲他知道羅君強最喜歡管這種事，有把握可以替盛文頤辦到，「是怎麼個案情，請你說一說。」

「我也不怎麼弄得清楚，不過舍親的理不輸，我是知道的。有個節略在這裡，請你帶了去轉交羅部長，一切都明白了。」

金雄白接過節略，也沒有興趣去看它；第二天到報館，打電話一問，恰好羅君強已到了上海，隨即驅車相訪。

「我也正想邀你來談談。」羅君強說：「我實在須要一個得力的助手。今天重申前請，你肯不肯屈就？」

羅君強以前曾約他當「司法行政部」的政務次長，金雄白沒有接受；如今「重申前請」，仍舊無法使他滿意。不過正有求於人，不宜一口拒絕。

「茲事體大，容我考慮以後答覆。」

「甚麼時候可以考慮好？明天行不行？」

「明天晚上好了。」金雄白急轉直下地說：「今天來有一件事託你。這件事也是司法行政部長份內應辦的事；是關於整飭司法風氣。我有個節略在這裡，你一看就明白了。」

「行！你交給我就好了。」

剛談到這裡，又有人來訪，是「上海地方法院」院長陳秉鈞；他也是金雄白的熟朋友，一起坐亦無妨。

「部長，我來報告逆倫案的執行情形。」

聽這一說，金雄白更要坐下去了。因爲華美藥房徐老二弒兄案，就是由他的《平報》所揭發的，這件案子徐家弄巧成拙，到得羅君強一當司法行政部長，他是《老殘遊記》中「曹州太守」——庚子拳匪之亂，罪魁禍首之一的毓賢一流的人物；徐老二就算死定了。

原來初審判的是十年有期徒刑，徐家自然放棄上訴，不道羅君強一上任就用電話指示原承辦「檢察官」以處刑太輕，提起上訴。這個晴天霹靂，震得徐家不知所措；所請的律師亦計無所出，唯有用老法子，讓徐老二在庭上死不開口。即令如此，「高院」仍舊仰承羅君強的鼻息，由十年徒刑，改判死刑。

在此以前，徐家已知大事不妙；搶先一步，跟「最高法院」打通了關節，由死刑改判無期徒刑。那知羅君強另有先發制人的手段；在「行政院會議」中，公然質問張「院長」說，外間有「最高法院」受賄的謠言，此案將改判無期徒刑，請問張「院長」是否已有了這樣的決定？

做到「最高法院」院長，當然精通法律；認為羅君強問的話，根本外行，便用「哪裡談得到我來做決定；法官獨立行使職權，不容干預」的話，將羅君強的質問，原封不動，頂了回去。

但問題是，理論歸理論，事實歸事實；汪政府的「法院」，沒有一個「院長」不是平頭「法官」的。所以羅君強碰了個釘子，恨在心裡，專找張「院長」的麻煩；這也是很傷腦筋的事，結果仍然屈服，維持了二審的判決。

徐家自然不肯死心，活動「非常上訴」，「再審」都沒有成功。徐老二則在監獄裡裝瘋，撞壁尋死；於是只好將他從提籃橋監獄移到原法租界的薛華立路監獄，那裡面只有一間有特殊設備的牢房，俗稱「橡皮牢監」，顧名思義，可知它的作用。

「執行是在漕河涇監獄……。」

徐老二判的是絞刑；據陳秉鈞細說執行的情形是：將徐老二提到監獄空地上，雙手反綁於木樁，頭上套一支蒲包。哪知一直不開口的徐老二，到此時突然大喊：「冤枉啊！救命啊！」將「法警」嚇一大跳。

當然，喊破天也沒有用的。當時「法警」用一根中間縛了一段橫木的特號琴弦，扣除徐老二的頸部，轉動橫木，後緊弓弦，絞到徐老二眼睛泛白時，隨即鬆弦；等他長長透過一口氣來再絞，這樣三收三放，徐老二已經停止呼吸，腹部卻隆然如孕婦；「法警」提起腳來，猛掃一腿，徐老二放了個「起身炮」，方始脫離苦海。

這些經過，聽得金雄白毛骨悚然，心中作噁，等陳秉鈞報告已畢，告辭而去，他的心情仍未能恢復正常。

羅君強卻是神態自若，斜睨著金雄白笑道：「這條命，雄白，你知道怎麼會送掉的？」

這等於當頭棒喝，金雄白不由得就回憶到事發之初的情形；而羅君強不等他回答，便已往下說了。

「是我跟你兩個人合送的。你我應該各負一半責任。不是你在報紙揭發這一起案情，徐家本來已經神不知鬼不覺；大事化無，做得差不多了。」羅君強又說：「如果不是我堅持依法懲處，徐家有的是錢，捕房可能不會上訴，張院長也可能從輕改判。所以說，送了徐老二這條命，我與你應該各負一半責任。」

語氣好像懺悔；而神情卻是得意。金雄白眞不明白羅君強的情形，何以會如此乖謬？於是，想起託他的那件事，頓生警惕；已經作了一次孽，不能再作第二次孽！

「我現在要鄭重聲明，剛才我交給你的那件節略，並不是說一定要請你照辦；是非曲直，我也不大清楚。不過我相信你會很公正，眞是眞，假是假，會細心去查眞相。如果這件案子的法官沒有錯，我決不希望你爲了賣我的面子去辦他；倘或錯了，也希望採取適當的糾正手段，不可苛求，免得我良心不安。」

「你放心，你放心，我持平辦理就是。」羅君強又問：「你回到上海以後，有沒有聽到甚麼消息？」

「哪一方面的？」

「重慶方面。」

「聽說委員長要跟羅斯福、邱吉爾會談。」金雄白說：「中國的國際地位確是提高了。」

「是啊！」羅君強很起勁地說：「現在是我們要加緊活動的時候，我們在這裡苦心維持的情形，一定要讓委員長知道。雄白，你軍統方面的關係很夠，能不能替我也介紹一兩位要角？」

「我哪裡談得到關係很夠？不過隨緣助人，行心之所安而已。」

「老朋友，你不說實話！」羅君強似乎不悅，「你有辦法是你的；我又不會搶你的關係，何必如此！」

金雄白不作聲，只是報以苦笑，然後起身說道：「你不相信，我也沒有辦法。不過，說實話，有時候我晚上也不大睡得著，前途茫茫，須早爲計。」

說完，金雄白不再作片刻逗留；留下羅君強一個人在想心事——最大的心事，自然是抗戰勝利在望；「和平」破產。搞政治成則爲王，敗者爲寇，而且不但是「人」；「事」的性質，亦隨成敗而轉移。「和平」如果成功，可以說是救國救民的大事業；一失敗就成了賣國的醜行。賣國是死罪，這個罪名如何擔當得起？

他心裡在想，任援道早就有電臺，而且有軍統的密碼本，周佛海亦復如此；甚至陳公博都已經有了電臺。雖然日本人找麻煩，很傷腦筋；但有電臺在手裡，能跟重慶聯絡，畢竟是一大保障，這件事無論如何要設法弄成功。

一面動腦筋，一面隨手拿起剛送到的晚報來看，入眼絕大的標題，正是記的徐家老二伏法的經過，強調殺人者死以及倫理之不可破壞；讚揚「羅部長」的「鐵腕」，爲在重慶的國民政府官員所不及。羅君強大爲陶醉；在飄飄欲仙的感覺中，突然來了靈感。

他在想，蔣委員長一向主張制訂約法；約法就是憲法，可見得講民主的：民之所好好之；民之所惡惡之。而且蔣委員長一直尊重有社會地位的人；也一直重用有才幹的人。如果能夠表現非凡的才幹；造成一種人人稱讚的社會地位，等不久的將來，淪陷區一光復，不但可免除漢奸的罪名；還可能被重用。

這個想法，使得他很興奮；同時對如何達成這個目標的技術方面，也有了個初步概念，要做一個現代的包龍圖；找個最難治理的地方，搞得它弊絕風清，自會造成絕大的聲望。

*　　*　　*

羅君強的想法，漸漸成型了。最難治理的地方，莫如上海；不搞則已，要搞就在上海搞。

「上海市長」陳公博，下轄七個區；自法租界收回，改設第八區，區長便等於法租界工部局的總董，因此逐鹿者不計其數；其中有背景特硬的，起碼也有三個到五個。給了這個，不給那個，勢必得罪於人；最後只有一個辦法，由陳公博自己兼任「第八區區長」。「秘書長」亦由「上海市政府秘書長」趙叔雍兼任。

那麼，會出現這樣一種情勢，可以逼迫陳公博不能再幹上海市長？這就連羅君強自己都無法設想。不道冥冥中自有安排，居然有這樣一種情勢出現的可能了——汪精衛舊創復發；需要陳公博經常在南京代理他的職務。

汪精衛的創傷，發生於民國二十四年十一月一日，五中全會開幕式既畢，全體攝影以後，突然被刺。由於蔣委員長未參加照相，以致陳璧君起了嚴重的誤會；蔣委員長下令限十日破案。兇手雖因傷重斃命，但幕後指使者，畢竟於十日內現形；只是案子雖破，案情並未公佈，因爲是汪精衛一伙人的「窩裏反」；只要陳璧君知道錯怪了蔣委員長就夠了。

「區長」以官階而論在薦委之間；「市長」是簡任；陳公博另外兩個銜頭，「軍委會政治部主任」是特任；而「立法院院長」是選任，因此有人做了一副諧聯，上聯是「陳公博兼選、特、簡、薦、委，五官俱備」；下聯是「汪精衛有蘇、浙、皖、鄂、粵，一省不全」。羅君強心想，要取陳公博而代之，自己還不夠資格，最好的安排是說動周佛海兼「上海市長」，自己以「秘書長」的身分掌實權。

當然，這不是容易實現的事。擺在眼面前的問題就有兩個，一個是周佛海肯不肯幹？二是陳公博肯不肯讓？經過反覆研究，別有心得，問題實在只是一個，不必問周佛海肯不肯幹；也不必問陳公博肯不肯讓，如果能出現一種情勢，逼迫陳公博不能再幹上海市長，那就非周佛海來接替不可；因爲事實明擺在那裡，除了周佛海，沒有一個人能勝任上海市長。

當時汪精衛身被三槍，一穿左臂而過；一傷左腮；一由臂部再射入背部。送入鼓樓中央醫院，由衛生署長劉瑞恆親自施行手術，只取出了左腮部的碎骨與彈片；背部夾在脊椎骨第五節的那枚子彈，送到上海請留德骨科專家，宋子文的表兄牛惠霖開刀，亦未能取出。

當時牛惠霖曾說，彈留背部，一時並無大礙；但十年以後，子彈生銹；銹毒入血，可能危及生命。結果到第八年——自民國二十四年至民國三十二年，牛惠霖的「預言」開始應靈了。

這年從八月裡開始，汪精衛就感到背部時常發痛；漸漸蔓延至胸部及兩臂。到得十二月裡，情況顯得相當嚴重；日本軍醫提出警告：倘非作斷然處置。性命不保。

所謂「斷然處置」便是再一次開刀，將極可能已生銹的子彈取出來。爲此，陳公博、周佛海召集要員開了一次會；最後由陳璧君決定：接受日本軍醫的建議。

於是，由日本軍醫部隊的長官，本爲外科名醫的近藤親自操刀，果然，名下無虛，當時劉瑞恆、牛惠霖束手無策的那顆子彈，近藤只花了二十分鐘，就把它取了出來；手術經過，據「公報」中說：「極爲良好。」

初期的情況，確是很好；但誠如牛惠霖所說，銹毒已滲入血液，所以在開刀以後的三星期，寒熱復作，創痛再發，一病倒就起不得來；經常須召陳公博進京，「上海市政府」的大權，落在「秘書長」吳頌皋手裡。

這吳頌皋是周佛海的兒女親家；看出陳公博勢將常在「中樞」，便託日本「駐華大使」谷正之，向陳公博進言，希望「徐庶走馬薦諸葛」，保他繼任。陳公博拒絕了；他心目中早有了「薦賢自代」的人：周佛海。

這樣遲延了兩個月，汪精衛的病體益發不支，召集中日名醫會診，斷爲「壓迫性脊髓症」。日本方面的意見，認爲仍須開刀割治。但手術相當麻煩，且須絕對保持安靜，倘在南京，自不能完全擺脫公務；所以堅決主張，應該送到東京去作徹底治療。

徹底治療能不能痊愈呢？沒有把握；甚至五十對五十的成敗比例亦不到。因此，便有了兩派主張，一派贊成送日治療，痊愈雖無把握，至少有希望；一派反對，而原因卻只意會，汪精衛要死也應該死在中國。

但不管贊成、反對都無用處，只有陳璧君的主張才管用。她決定將汪精衛送到日本；時爲民國三十三年三月三日。在用擔架抬上專機以前，力疾作書：「銘患病甚鉅，發熱五十餘日，不能起床，盟邦東條首相，派遣名醫來診，主張遷地療養，以期速痊。現將公務交由佛海、公博代理，但望早日痊愈，以慰遠念。」寫完重看，將「佛海、公博」的名字勾了過來；確定了陳、周在汪政府中的地位。

於是陳公博以代理「主席」的身分，提名周佛海接任「上海」市長；而周佛海卻不願繼任。此舉多少出乎陳公博的意外，自然要追問原因。

「我的事夠多了；上海的情形又如此複雜，若非全力以赴，鮮有不僨事者。我怕顧此失彼，甚至兩頭不討好，不如愼之於始爲妙。」

周佛海說他事多，自非虛語，財政經濟不必說，對日外交亦大部分由他主持；此外還掌握著一個實力相當堅強的稅警團，同時各地「和平軍」的首腦，如孫良誠、吳化文；以及爲了防備共產黨，特派軍人擔任江浙兩省省長的任援道、項致莊，有事亦都要跟周佛海商量。這些陳公博都很明白；問題是，除了周佛海，更無第二個人能夠接替。

「我也不是最適當的人選。」周佛海問道：「你總聽說過傳得很盛的流言，說日本失敗以後，對上海將會有怎樣的一個處置？」

「你是說，日本如果失敗，不惜毀滅上海來洩憤的流言？」陳公博答說：「既謂之流言，自然不必認眞。」

「不然，既有這樣的流言，表示日本方面將採取比較以前嚴格的措施，來對付我們的地下工作；我又恰恰處在這個敏感的職位上，日本一定事事掣肘，使得我原來的地下工作，更加困難。」

這倒是實情，但陳公博沒有第二個人可派任上海市長，也是實情。反覆磋商，決定向重慶的軍事委員會請示。

除了他直接發電以外，周佛海又特地找了金雄白來；因為周佛海要跟蔣委員長私人的代表蔣伯誠商量，而期間的聯絡人是金雄白。

啣命密訪的金雄白說明來意後，蔣伯誠毫不遲疑地答說：「上海的地位如此重要，佛海當仁不讓；而且手下有直接指揮的稅警團，無論人數、裝備、訓練，都可以跟日本在上海爭一日之短長，所以有佛海坐鎮，將來反攻的配合方面，非常有利。我立刻打電報去請示；請你轉告佛海，即便一時不肯擔任，也決不要謝絕，免得將來無可挽回。」

14 另開新局

汪精衛赴日就醫；陳公博代理「主席」；周佛海兼「上海市長」的經緯。

大約一星期以後，蔣伯誠交來了來自重慶的指示：希望周佛海兼任「上海市長」。

其時周佛海已回南京，所以金雄白親自趕到南京，將這個指示當面轉交。

周佛海正在病中，接到這個電報沉吟了好一會，突然轉爲興奮，「既然非幹不可，那就索性好好幹它一番。」他說：「不過，沒有幫手，心餘力絀，也是枉然。」

「你也不要太激動。」金雄白勸他，「一切等病好了再來籌劃。」

周佛海彷彿沒有聽見他的話，只喃喃自語：「警察、經濟兩局非換不可，還有秘書長——。」

金雄白又忍不住要插嘴了，「秘書長，」他詫異地說：「不是你的兒女親家？正好駕輕就熟，何必更張？」

「吳頌皋嗎？」周佛海遲疑了一會說：「他的爲人，你所知不多而已。」

金雄白心想，必是吳頌皋有甚麼劣跡，爲他深惡痛絕，以致連至親的情分都不顧了。只不知是何劣跡？正在思索時，周佛海突然開口。

「雄白，」他興奮地說：「上海情形你比較熟悉，還是由你來接替頌皋吧！」

「我，」金雄白一楞，然後脫口說道：「我怎麼能擔任這樣一個重要職位？」

於是，周佛海的興奮，迅即化爲憤怒，「你們都希望我來幹、勸我、逼我；自己又置身事外！」他幾乎是在喊叫：「莫非就是我一個人，注定了要跳火坑的！」

由於聲音太大，像在吵架；以致驚動了楊淑慧，奔上樓來，問明經過，便勸她丈夫說：「金先生不是不肯幫你忙的人；他總有他的道理，大家慢慢談。」

「正是這話。」金雄白說：「我不能擔任這個職務，有兩個原因：第一，我沒有做官的經驗，公事不熟，做幕僚長已很不相宜。何況，你想要把上海好好整頓一下，而我在上海，遍地親故，凡有請託，答應了對不起你；不答應傷了親戚朋友的感情，公私兩難；其次，日本人蠻不講理，眼睛長在額角上。以我的性情，要不了三天就會發生衝突，那不是替你惹麻煩？你想，在東北那件事，你傷了多少腦筋？」

最後這一點，打動了周佛海；正在沉吟時，「十兄弟」之一的「南京市長」周學昌來看周佛海。得知其事，居然自告奮勇。

「我辭掉『南京市長』，去當你的『秘書長』，你看如何？」

「南京的地位很重要，放棄可惜。」

「我們想到一個人。」金雄白很有信心地說：「找君強來最合適。」

羅君強已經外調「安徽省長」；如果來當上海市的「秘書長」，自是屈就。但以他與周佛海的關係，以及他自己本有在上海大幹一番的念頭，卻是樂於屈就的。

果然，電報一到蚌埠；羅君強辭「安徽省長」的呈文，在第二天就專差送到南京了。

到得走馬上任的那天，周佛海在舊法租界的邁爾西愛路，有名的所謂「十三層樓」，舉行茶會，招待各界，宣佈親自兼任「警察局長」，暗示將對貪污不法的「警察」，展開雷厲風行的整頓。

接下來是介紹他的僚屬，「秘書長」羅君強站起來講話：「我辭掉『安徽省長』來當『上海市政府秘書長』，目的是來做一條惡狗！」他一開口就這樣說，這眞是語驚四座，客人相顧錯愕，也有些皺起眉頭的，但羅君強絲毫不以爲意，仍舊大放厥辭。

「以後，只要奉到周市長的命令，我要同惡狗一樣，專咬惡人。」接下來便大罵「警察」

貪污擾民。

果然，沒有幾天，羅君強便抓了兩名「警察」，槍斃示眾。這兩名「警察」其實並非特別可惡；那時的升斗小民，有一樣很風行的職業，名爲「跑單幫」，說穿了無非販賣爲業；「吃飯傢伙」是幾隻用粗線編成的「網線袋」，看哪裡日用品便宜，便用「網線袋」去購運到缺貨之處脫手。大致由上海將「五洋」——洋火、洋肥皂之類運到內地；由內地將土產運到上海擠火車、過關卡，常受日僞憲警的欺凌，可說是一項需要「忍辱負重」的職業。

各地「警察」便專以剝削勒索「單幫」客爲生財之道，而以上海爲尤甚。自從羅君強用殺雞駭猴的手法，殺了兩個「警察」後；此風居然大斂，因而羅群強博得了一個「羅青天」的外號。

* * *

由於周佛海的作風確實強硬，連日本人亦不賣帳；日人犯法，一樣「公事公辦」，因而無形中又多了許多敵人。不過，暗地裡遇事化解，幫他忙的人也不少；金雄白自是其中之一。

有一天有個名叫彭兆章的人，到「南京興業銀行」上海分行去看金雄白。此人與金雄白是應酬場中的朋友，並無深交；突然見訪，不免先要猜測他的來意。金雄白知道此人在霞飛路開了一家服裝公司，雖非小商人，亦絕非鉅商；上門求教，可能是爲了「別頭寸」，便派一名副理代見。

「請問彭先生，要見本行金總經理，有何見教？跟我說也是一樣的。」

「對不起！」彭兆章說：「如果是普通銀行的業務，譬如抵押貸款之類，我自然可以跟你說。有件事，我必須跟金總經理面談。」

聽得如此說法，金雄白當然要親自延見；進了「總經理室」，握手道好，等女秘書來招待了茶煙，彭兆章取出一張支票，卻先有話說。

「雄白兄，」他問：「有甚麼話，讓那位秘書小姐聽到，沒有關係吧？」

「沒有關係，請儘管說好了。」

「你看，這張支票！」

金雄白接過來一看，是邵式軍所設的大華銀行支票；私人戶頭，而數目卻不算小。

「金先生，」彭兆章指點著支票說：「這個戶頭是化名，表面是中國人，實際是日本人；蘇浙皖三省『統稅局』的顧問川端。支票也是川端親筆所開的。」

金雄白仔細看了一下筆跡，果然；不說破則已，一說破很容易分辨，日本人寫漢字，別具一格，尤其是任何句子寫完以後，往往順手加上一點，是個下意識的動作；這張支票在銀數下的一個「整」字旁邊，就也有這麼一點。

「喔，」金雄白開始感興趣了，「彭兄，這張支票是怎麼個來歷？」

「昨天晚上，我在『會樂里』有個應酬——。」

「會樂里」是「長三堂子」集中之地；從清末到抗戰以前，一直是上海灘上最大的一個銷金窟。抗戰爆發，上海畸形繁榮；聲色場中的風氣習慣，漸漸改變。風塵女子第一等的是以交際花的姿態出現，談吐嫻雅，多才多藝，香閨佈置得富麗而脫俗；招待週到而親切，在這裡請桌客、打場牌、享受第一流的供應，博得眾口交讚，被認爲是一件很有面子的事。不過，所費當以「條子」計；而且，一兩次的豪華，並不能成爲女主人的入幕之賓。

其次是捧紅舞女。舞女之紅與非紅，只看她是不是有外號，以及外號流傳之廣與不廣？有的叫「至尊寶」，有的叫「洋囡囡」，有的叫「長毛駱駝絨」；得名由來，都只可意會。

至於會樂里的格調，已大爲貶低，鉅賈闊少，幾乎絕跡；成了「洋行小鬼」，「白相人」的天下。尤其是太平洋戰爭爆發以後，通貨膨脹，日長夜大；投機之風，不可嚮邇，錢來得容易，去得也快，股票市場如果風浪大作，入夜的會樂里就會出現三山五岳的各路人馬，喧嘩叫囂，一片烏煙瘴氣。

這天彭兆章應邀在會樂里春紅老四家應酬；主人是個所謂「生意白相人」，交遊雖廣而雜，黃昏時分來了一幫客人，主人替他們湊牌局，有的不願上桌；有的不喜麻將，要賭牌九，湊來湊去還是三缺一。

眼看不能成局了，卻有個人瞿然而起，大聲說道：「我來！」照理說，像這樣的情形，此人便是「見義勇爲」；應當大受歡迎。那知誰也沒有搭腔；不願與此人同局的意思是非常明顯的。

「坐下來，扳位了！」

「算了，算了！」有人接口：「快開飯了，打也打不到幾副，吃了飯再說吧。」

此人討了個老大的沒趣；不過肚子裡雪亮，大家不願跟他打牌的唯一原因是，所謂「贏得進輸不起」。其實，並不是這麼回事；只是身無現款，只好暫且容忍。

到得入席，三杯酒下肚，這口氣就不容易忍了，借酒蓋臉，大咒不願與他同局的朋友，「狗眼看人低」，莫非就料定他不會「升梢」發財？

「你發財；發甚麼財？發棺材？」這句話太刻薄，此人忍無可忍；身上掏出一張支票，狠狠地摔在桌上，大聲吼道：「你看看，甚麼東西？」

「甚麼東西，空頭支票！」

此人爲之氣絕，欲辯無由；看著一桌懷疑、輕蔑的眼光，爲了爭回這面子，非「還寶門」不可了？

「你們知道這是誰開的支票？統稅局的日本顧問，要我『做掉』周市長，先付的『定洋』。」此言一出，有的人冷笑；有的人詫異；主人怕出事，急忙亂以他語：「喝醉了，喝醉了！不要亂說酒話。」

「我沒有醉，我沒有醉！」此人氣急敗壞地說：「我這樣說了，你們都不相信我！」

冷眼旁觀的彭兆章，卻認爲他的話不假；靈機一動，便以和事佬的姿態勸道：「好了，好了，你把支票調給我；況你老兄，也不像用空頭支票的人。」

彭兆章隨身帶著錢莊的本票，湊齊數目，將那張支票調了過來；平息了一場紛爭。

「我當時心裡想，像這樣的事，寧可信其有，不可信其無。金先生，我知道你跟周市長很熟，特爲將這張支票帶了來；好作一個線索，預先防備。」

這段經過太離奇了，金雄白懷疑這彭兆章倒可能是用空頭支票來調現款；不過，他也抱著「寧可信其有，不可信其無」的想法，所以一面道謝，一面派行員用現款調他的支票。送走彭兆章，金雄白隨即持著支票去看周佛海，道明了來龍去脈，周佛海不信其事。

「我不知道，這個人怎麼下手？」這個懷疑，是周佛海不能置信的主要原因，因爲他無論在家或在任何場合，都是警衛森嚴；貼身的一名衛士十分可靠，平時足不出戶，也不可能爲人收買將不利於主人。

但不論如何，沒有置而勿問之理。銀行存戶的資料，本是業務上最大的秘密；但對周佛海來說，這種秘密是不存在的；因爲「財政部」具有金融檢查權，只要派人到大華銀行作例行檢查爲名，調出存戶卡片來一看，就完全明瞭。過了一天，金雄白接到周佛海的電話，約他見面；金雄白到了「中央儲備銀行」總裁辦公室，周佛海點點頭說：「這張支票的來路有問題。這個戶頭確是川端的。」

「想來是查過了。」金雄白問：「你有甚麼進一步的行動？」

「我就是爲此要跟你商量。」周佛海反問一句：「你有甚麼意見。」

「此刻我只想到一點，不論採取甚麼行動，要快；否則，對方會採取防禦措施，甚至另起爐灶。」金雄白又說：「對方可能已經發覺，這件事出問題了。」

「何以見得？」

「很容易明白的。這張支票並未劃線，但到現在並未向大華兌現。白相人遇到錢財上的事，手腳最快；遲遲不去兌現，豈非出乎情理。」金雄白又說：「現在還有一個辦法，把支票照相留副本，原件提出交換；這樣可以先把對方穩住。」

「對！」周佛海同意了，隨即又說：「我想，有兩個做法，一個是請你的那個朋友，把持票人的名字說出來；另一個是直接找邵式軍。」

金雄白考慮一會說：「兩個做法不妨並成一個，先把持票人的姓名身分弄清楚；然後找了邵式軍來問，加上支票的副本，有憑有據，就不怕他抵賴了。」

「好，好！那就拜託了。」周佛海拱拱手說。

於是金雄白派人去約彭兆章，在他的位於亞爾培路兩號的私人俱樂部晚餐。這個俱樂部庭園極大，內部佈置應有應有；光是廚子，便分三組，西餐、川菜、福建菜。但接受招待的人雖多，彭兆章卻還不夠資格；因此那天接到邀請，頗有受寵若驚之感，準時前來赴約。延入金雄白私人專用的小餐廳，先在吧上喝酒；話題轉入那張支票，彭兆章問說：「不知道查過沒有？」

「查過了。確有其人。」金雄白單刀直入地說：「跟你調片子的人，能不能請你見告？」

彭兆章面有難色，「金先生，」他問：「是不是要抓這個人？」

「不是，不是！」金雄白是想得很週到的，料知他必有此問，從容地說：「我是一番好意。此人得人錢財，不能與人消災；你想人家會放過他嗎？至於他的『目標』，且不說現在已有防備，就是沒有防備；照平日的情形，他亦近不得人家的身，不要癡心妄想，以爲可以僥倖成功。我想請你勸他，三十六計，走爲上策。趕快開碼頭，省得川端去找他。」

「啊，啊！金先生說得一點不錯。而且開碼頭還要快。」

「愈快愈好。」金雄白又說：「白相人的錢，湯裡來，水裡去；恐怕盤纏都有問題了。我想送他一筆，大家結個緣；兆章兄，你看不會嫌冒昧吧？」

「這是金先生幫他的忙，他感激還來不及，怎麼會怪金先生冒昧。絕沒有的事！」

「既然如此，再好不過。」金雄白道聲：「失陪片刻。」進他的私人辦公室，開好一張銀數相當於五兩金子的支票，裝入信封，回到餐廳，交給了彭兆章。

「我代表他謝謝。喔，」彭兆章說：「這個人不知道金先生聽說過沒有，叫做『梅花癩痢小黃』，他跟『宣統皇帝』是從小在一起；杜先生在上海的時候，他照『宣統皇帝』的牌頭，在南市狠過一陣子。」「宣統皇帝」是杜月笙一個「開山門」徒弟的綽號。

「這『梅花癩痢小黃』既跟『宣統皇帝』有淵源，或許唐世昌知道這個人。」金雄白答說：「唐世昌路子很寬；他倒不妨去請教請教，能夠開碼頭到內地最好。」

「是的，我來告訴他。」

「兆章兄！」金雄白指著信封說：「請你看一看，數目是不是差不多。」

彭兆章明白，這是金雄白交代清楚。原來因爲他將支票套在信封裡，不便抽出來看；如今既有此表示，他當然也要看個明白，以免出了岔子，無從分辨。

「金先生送得蠻多了。」彭兆章說：「不過支票最好劃線。」一面說，一面從上衣口袋中去抽自來水筆。

「不畫線的好。畫了線要經過交換，後天才能用錢。現在的市價，早晚不同，鈔票到了後天又打一個折扣。」

「金先生替人想得眞週到；不過，還是經過交換的好。金先生固然決不會疑心我；我自己要佔住地步，支票送銀行交換，來龍去脈，清清楚楚。如果他眞的急於要用錢；我想請金先生關照行員一聲，憑他的『良民證』，付現就是。」

「也不必『良民證』，他那個『梅花癩痢』，就是身分證明。」金雄白笑著說了這一段；又正一正臉色說道：「兆章兄一絲不苟，我很佩服。」

「好說，好說！」

金雄白舉一舉杯，「我敬你。」

「不敢，不敢！」彭兆章說：「照金先生這麼說，小黃開碼頭，確是越快越好。此人白天不知在哪裡；晚了也難找，不如我此刻就去一趟。」

「不，不！吃了飯去。」

「謝謝！」彭兆章說：「萬一眞的一步之差，金先生的一番好意落空，我亦不安。還是此刻就走的好。」

金雄白心想話是不錯，不過他枵腹而去，亦覺歉然，便取了四瓶好酒，問西餐廚子，正好做了一個栗子奶油蛋糕，便用盒子裝了，一起讓他帶回去。

第二天到了銀行，金雄白首先想起自己所開的那張支票；將管櫃臺的襄理找了來，照彭兆章所說的辦法，作了交代。一時好奇心起，復又關照：「如果那個姓黃的親自來領款，你想法子拖他幾分鐘，同時立刻來告訴我。」

他的意思是想看一看這「梅花癩痢」是何模樣？結果是失望了。始終未見有人來兌這張支票。不過並未絕望；因爲下午軋支票，竟不見此票來交換，可能下一天仍會親來取款。

誰知下一天，再下一天，始終沒有看到這張支票進帳。這一來，金雄白大爲困惑；百思不得其解之餘，唯有再找彭兆章。

「有這樣的事！」彭兆章亦很詫異，「那天晚上，我找了三個鐘頭把他找到，說了金先生的意思；把支票也交了給他。小黃千恩萬謝，說一定照金先生的意思，預先由屯溪轉內地。至於支票兌現的問題，他說不必那麼急，還是送銀行去交換。」

「一直沒有。現在這種通貨惡性膨脹的時候，支票會到期不來交換的，絕無僅有。」金雄白問：「會不會他又輸掉了？」

「不會！我還特地勸他：『人到法場，錢到賭場』，你把這筆盤纏輸掉，可能性命都輸在裡頭。他說，他也早就想開碼頭了，無非缺少東風；東風一到，扯蓬就走。要賭也不爭在這一時。」彭兆章緊接著又說：「何況就算把支票輸給了人家；人家又為甚麼不來交換。」

「啊！一言破的。」金雄白頗爲不安，「恐怕出毛病了。兆章兄，請你去打聽一下看，到底是怎麼回事？明天下午五點鐘，我在銀行裡等你。」

到了約定的時間，竟未有彭兆章的音信，人面不見，電話亦沒有。金雄白越覺事有蹊蹺，一直等到七點鐘，有個不能不赴的宴會，才悃悃離去；關照司閽，彭兆章一來，立刻用電話通知。快散席時，來了電話，是彭兆章打來的；「金先生，」他說：「我現在在你銀行裡；想馬上跟你見面。」

一聽這話，金雄白知道不幸言中了，小黃眞的出了毛病；忍不住要問個明白，卻不便直道姓氏，得用句隱語。

「兆章兄，」他問：「天地玄怎麼樣？」

電話中沉默了一下才有聲音：「金先生，你早就知道了。」

這便是證實了金雄白的憂慮；他毫不遲疑地說：「我馬上回來，請你等我。」又在電話中關照司閽，開會客室延賓。

* * *

「人是憲兵隊抓的。沒有錯；關在那裡，打聽不出來。」

「是那個憲兵隊抓的。」

「貝當路憲兵隊。」

「甚麼時候抓走的？」

「前天一大早；天還沒有亮透，是從被窩裡抓走的。」彭兆章苦痛地說：「這件事要怪我。」

「怎麼呢？」

原來小黃在彭兆章未去訪他以前，大概也知道有避風頭的必要，所以已定了船票，預備回原籍南通暫住；行期就在被捕的前一天。只爲支票畫了線，須利用他人的帳戶代收；因而未能成行，不知旦夕之間，禍起不測。如果彭兆章聽金雄白的勸告，不將支票畫線；小黃當天便可兌取現款，先回南通，再圖高飛，又何致於清晨被捕？推原論始，是爲彭兆章所誤；因而自怨自責。

金雄白聽得很仔細；到得聽完，立即發生一個疑問：「支票呢？爲甚麼不來交換？兆章兄，你知道不知道他是託誰去代收的？」

「對了！我們沒有想到這一點。」彭兆章說：「我託人去問他的姘頭。」說著，便要離去。

「請稍安勿躁！」金雄白擺擺手，示意他坐下。「我先打一個電話問問看。」

電話是打給唐世昌，他知道小黃這個人，但並不相熟。問金雄白何事打聽小黃？

金雄白自然不肯講實話，只說：「我需要瞭解這個人的生平及最近的行蹤。你能不能幫忙？」

「好辦！」唐世昌說：「我找一個跟小黃熟的人來看你；有甚麼事你儘管叫他做。」

「謝謝！這位朋友姓甚麼？」

「現在還不知道，要去問。」

「那麼，大概甚麼時候可以有回音？」

「明天一早。」唐世昌問說：「到哪裡去看你？」

「到我銀行好了。」

「好！九點鐘一開門，他就會來。」

掛斷電話，金雄白與彭兆章相約；請他明天早來參預這件事。

15 俠林恩怨

上海黑社會一瞥。

唐世昌言而有信；第二天一早，金雄白的銀行剛把鐵門拉開，便有人來求見。於是彭兆章退入別室；由金雄白單獨接見來客。

來客穿一身玄色嗶嘰夾襖袴；上衣大小四個口袋；胸前橫過一段極粗的金錶鏈；袖口卷起一大截，露出雪白的杭紡袖頭，是標準的「白相人」打扮。

「金先生，我叫虞亞德。我『爺叔』唐世昌，叫我來看金先生，說有梅花癩痢小黃的事要問我。」

「是的，是的！請坐。」金雄白將一罐剛開罐的茄力克，揭開蓋子，送到客人面前。

「謝謝，我有。」虞亞德從口袋中取出皮煙夾，抽出了一支「亨白」，點燃了往沙發上一靠，大口噴煙，那神態倒像跟金雄白是很熟的朋友。

「亞德兄，你跟小黃是老朋友？」

「靠十年的交情；很熟。」

「你知不知道他被捕了？」

「啊？」虞亞德將身子往前一傾，不勝訝異地：「爲啥？」

「正就是要研究『爲啥』？」

金雄白心裡在考慮，此人連小黃被捕都不知道，看來交情有限，那麼是不是可以深談，便成疑問了。

「金先生，」虞亞德問道：「我借個電話。」

「請，請！」金雄白起身，很客氣地取下話筒，交到虞亞德手裡。

他這個電話打了有十分鐘，回的話不多，只得兩句：一句是：「小黃出事了？」一句是：「怎麼搞的？」此外盡是在聽對方陳述。

打完電話，回到原處；他向金雄白說道：「金先生有話請說。」

看樣子，他已經知道了不少事了；金雄白便問道：「請問，你知道不知道，小黃最近有椿『生意』？」

「聽說。只知道他跟一個姓陳的，有樁『生意』在做；不知道是甚麼？」

「那麼，你知道不知道，他被捕以前，有張支票託朋友去代收；他這個朋友是誰？」

「不知道。不過，他有支票要調頭寸，都託他一個表兄。」

「你認不認識他的表兄。」

「認識，認識。」

「那麼能不能託你問一問？」

「當然，當然。」說著，虞亞德又要起身去打電話。

「慢慢！亞德兄，我冒昧請問一句：你跟小黃的交情如何？」

「我們是好朋友。最近就因爲他跟姓陳的來往，我們才比較疏遠了。」

「爲甚麼？姓陳的是甚麼人？」

「姓陳的——。」虞亞德搖搖頭，不肯多說。

「亞德兄，」金雄白正色說道：「看來你跟小黃倒眞是有交情的。既然如此，我要告訴你一件事，小黃託人代收的一張支票，始終沒有提出交換。」

「爲啥？」

「我也要問這句話。」

「那麼，」虞亞德楞了一會才問：「金先生你怎麼知道那張票子沒有去交換。」

「票子就是我開給小黃的。」

經過一番交談，彼此都有相當認識了。金雄白發覺虞亞德跟小黃不是酒肉朋友，倒是講義氣，而且有所不爲；在白相人當中還算是比較正派的人。在虞亞德，已瞭解金雄白跟小黃似乎有種特殊的關係，對於此人的被捕，極其關切；但到底是關切小黃的生死，或者別有緣故，卻不得而知。這一點必得先弄明白，才談得到其他。

「金先生，」虞亞德很率直地說：「我知道你法力很大，肯救小黃一定有辦法。除了去打聽支票以外，還有甚麼要我做，請你一道吩咐下來。小黃是我的朋友，能夠救他出來，我替金先生跑跑腿也是很樂意的。」

「言重，言重！」金雄白也相當誠懇地說：「我跟小黃素昧平生，有位朋友介紹，我幫了他一個小忙；但可能越幫越忙。如果是由於我的這張支票上出了甚麼毛病，我於心不安。現在我拜託你三件事：第一、支票的下落；第二、知不知道小黃跟姓陳的，在做的一樁『生意』，到底是怎麼回事？第三、小黃此刻關在哪裡？」

「好！曉得了；我馬上去辦。辦到怎麼樣一個程度，下午我來給金先生回話。」

「也不限於下午，隨時可以打電話來，哪怕深夜也不要緊。你只要把大名告訴接電話的人，一定可以找到我。」說完，金雄白取了一張名片，寫上《平報》、《海報》及亞爾培路兩號的電話。

「原來《海報》也是金先生辦的。」虞亞德肅然起敬地翹一翹姆指，「《海報》敢說話，硬得好！」

「多謝，多謝！」金雄白又關照：「這件事請嚴守秘密，越隱秘越好。」

「我知道。」

「還有。辦事恐怕要點費用——。」

「笑話，笑話！」虞亞德搶著打斷，而且神態峻然，「金先生不要罵人了。」說完，揚長而去。

於是彭兆章從隔室出現，「我都聽見了。」他說：「我原當是黑吃黑；如果支票是小黃交給他的表兄，照道理說，至親不會出問題的。」

「話也難說。越是至親，越會出問題。」金雄白又說：「你請回去休息吧！有消息我會跟你聯絡。」

在向金雄白告辭時，虞亞德已經知道，小黃曾有在會樂里爲人換去一張支票的事。他在金雄白辦公室中所打的一個電話，原意是找另一個與小黃亦常在一起的「同參弟兄」，打聽金雄白所告訴他的消息；此人不知小黃因何被捕，只把親眼所見的換支票的情形告訴了他。這張支票是否就是金雄白所送的那一張？如果不是，換出去的那張支票，來歷如何？這個謎底能夠揭開，小黃因何被捕，就有線索可尋了。

「老張，」虞亞德在股票市場找到了小黃的表兄張有全，一把抓住他說：「走，我請你吃茶。」

「現在沒有空。」滿頭大汗的張有全亂搖著手，「今天風浪很大，永紗漲停板又跌停板；我先拋後補，等我高峰補進，行情馬上又『擯』了！『兩面吃耳光』，不得不在這裡；此刻哪裡有心思陪你吃茶？」

「此刻沒有空，總有空的時候；我等你！」

「好！好！你在號子裡等我。」

所謂「號子」即是買賣證券的商號，虞亞德很有耐心地，一直守到市場收盤，等著張有全，問其盈虧；總算不幸中之大幸，行情繼續往下掉時，他以低價吸進了許多，最後行情回漲，這上面賺的一筆，差額足以補償「兩面吃耳光」的損失。

「走，走！我請你吃中飯。」張有全說：「許久不見，好好敘一敘。」

兩人就在「弄堂飯店」中，找到比較靜僻的一角，坐定下來；虞亞德問道：「小黃是不是出事了？」

「是啊！憲兵隊抓走的。你們是好朋友，要替他想想法子。」

「是怎麼回事，我還不知道呢！到底爲甚麼被抓？」

「我也弄不清楚；打聽都打聽不出來。」

「關在哪裡？」

「也不知道。」

這也不清楚，那也不知道；顯然並沒有去打聽過；甚至明明知道而不肯多說。

虞亞德生就一雙「賽夾剪」的「光棍眼」，看張有全言語閃爍，等喝過一杯酒，才突然發問。

「有件事，你一定知道。他有張支票託你代兌；他告訴過我的。」這句話是虞亞德的詐語；看張有全吃驚的神色，知道詐出眞情了，便又問說：「那筆錢現在怎麼樣了？」

「在我這裡。」張有全答說：「這筆錢留著給他做活動費的。老虞，你有沒有路子，可以把小黃救出來；要多少活動費？數目如果太大，只要有把握，大家來湊一湊，總可以湊齊。」

「我正在找路子。路子也找到了；不過人家有句話，先要把這張支票的下落找出來。老張，你把這張支票弄到哪裡去了？」

張有全色變，強自裝出不在乎的語氣，「支票自然兌現了。」他說：「還會弄到哪裡去？」

虞亞德不再提支票的事了，問起小黃最近常跟哪些朋友在一起？張有全提了幾個名字，獨獨沒有個叫陳龍的。

「你知道不知道，我跟小黃怎麼走得遠了？」

「是啊！我也在奇怪。」張有全答說：「以前你們沒有一天不在一淘的日子；忽然之間，不大往來了。我也問過小黃，他不肯說，到底爲了甚麼？」

從語氣中看來，似乎沒有全對，他與小黃疏遠的原因並不知道；倒不妨說破了，看他是何表情？

「爲了陳龍。」

「啊，爲他！」

張有全是吃一驚的表情，「爲甚麼呢？」

「陳龍這個人，你看怎麼樣？」

「我，我不大清楚。」

「這個人是半吊子，哪個跟他攪上了手，一定要倒楣。小黃跟他攪七捻三；我勸了幾次，小黃不聽，那就只好他走他的陽關道；我過我的獨木橋了。」

張有全很注意地聽完，卻不作聲；微偏著臉，忽然若有所思。顯然地，虞亞德的話，在他是堪供琢磨的。

「聽說陳龍跟小黃，有樁生意在談。你知道不知道，是甚麼生意。」

「我不知道。」張有全慌慌張張地說：「我一點都不知道。」

在虞亞德看，神態、言語，都是馬腳畢露，可以確定他對他們的那樁「生意」，縱非首尾皆悉，至少知道有這麼一回事。

「老張，」虞亞德突然問道：「小黃交給你的那張支票呢？」

「這，這當然去交換了。」

又露了一次馬腳；虞亞德本想再問：甚麼時候？轉念一想，這樣發問，等於告訴他，已知道他並未將支票提出交換，頗爲不安。便改口問道：「錢，交給小黃了。是不是？」

「還沒有。正要交給他；他出事了。」張有全問：「老虞，你問起這件事，總有個緣故吧？」

「小黃扯了我一筆錢，所以我問問。」

「他扯了你多少?」張有全問:「數目不大,我就替他還了;將來好扣的。」

「不必!等他出來再算好了。」

「他的錢存在我這裡;我替他買了四兩金子,十五個大頭。算起來已經賺了。」

虞亞德點點頭不作聲,將話題扯了開去,隨意閒談,但心裡卻在盤算,覺得張有全的態度很奇怪。前面談到小黃與陳龍的交請,閃爍其詞,不儘不實;但對小黃委託他處理的支票,話顯得很誠懇,不似黑吃黑的模樣。不過支票未提出交換,始終是一大疑竇。

九九歸原,關鍵仍在支票;虞亞德考慮下來,決定在這上頭尋根究底。不過他也想到,在這人來人往的弄堂飯店中,不便出以強硬的態度,因而提議:「我們另外找個地方談談;最好清靜一點的。我想到一條救小黃的路子,要跟你好好商量一下。」

「到公園去。」張有全問:「你看,是兆豐公園,還是法國公園。」

兆豐公園遠在滬西,虞亞德贊成到法國公園;兩人在大片草坪中,席地而坐,接膝相對,聲音大點也不要緊。

「小黃的那張支票,你兌現了?」

「是啊!當然兌現了,不然我怎麼會替他買金子跟大頭。」

「你是怎麼兌現的?」虞亞德怕他再說假話,會搞成僵局,特爲點破,「據我知道,這張支票到昨天爲止，還沒有在銀行裡出現。」

張有全一聽這話，目瞪口呆；但態度旋即一變，笑笑說道：「老虞，我不懂你在說甚麼話？你又不開銀行，怎麼知道支票沒有露面。」

「我雖不開銀行，自有開銀行的人告訴我。」虞亞德接著又說：「你如果不相信，我還你一個『報門』，是南京興業銀行上海分行的支票是不是？」

聽這一說，張有全又愕然相向了；但仍固執地說：「不會！人家爲甚麼不去交換。」

無意中所露的馬腳，以這一次最清晰，虞亞德抓住「人家」二字釘緊了問：「你說『人家』是誰？你是託人家去代收的？既然沒有交換，怎麼會有錢給你？」

這一連串的疑問，逼得張有全透不過氣來，只好說了實話：「有人把我的支票調去了。」

這倒也巧！又是現鈔調支票。將小黃在會樂里的遭遇，跟張有全的情形一對照；很自然會產生這樣一個想法，兩者之間，必有密切的關連。

於是又問：「這個人是誰？」

「我的朋友，你不認識的。」

「說給我聽聽也不要緊。」

「姓劉。」張有全說：「做米生意的。」

虞亞德看他的眼神，知道他是隨口捏造的，以爲敷衍之計；當即又問：「他爲甚麼拿現鈔跟你換支票？」

「因爲，進出有根據。」

「這話怎麼講？」

「譬如，」張有全慢吞吞地說：「你還我一筆錢，如果付的是現鈔，我可以不承認；如果你付我支票，我就賴不掉了。」他緊接著又說：「我那個朋友，把票子付了人家；一手轉一手，不知飛到哪裡去了。也許在南京，也許在蘇州，所以好幾天都不見來交換。」

他越是此刻說得振振有詞；越顯得前面是在說假話。虞亞德心中一動；決定結束眼前的場面，另在暗中「釘梢」。

「小黃的出事，恐怕出在這張支票上面。既然支票沒有下落，我也沒有法子好想。看看再說吧！」

說著，便站了起來；可是張有全卻拉住他問：「老虞，請你說明白一點；爲甚麼這張支票上頭會出毛病？」

虞亞德不知道他是明知故問，還是眞的不懂？因而含含混混地敷衍過去，作爲一場無結果而散，約期明天上午在「號子」裡見面再談。

出了兆豐公園，兩人分手，背道而行；虞亞德走了幾步，回頭一看，張有全正坐在一輛三輪車上；於是先買了一份報，再叫一輛三輪車，關照車伕，釘住前面張有全的那輛車，不要快，也不要慢，車錢多給，只要跟緊了就是。

到坐上車子，拿起報紙，挖了兩個小孔；名爲看報，其實是暗中監視。這樣亦步亦趨，一直跟到滬西小沙渡路；看張有全進了弄堂，他的車子也跟了進去。等張有全停車，他的車伕也停了下來；虞亞德卻不下車，看清了地方，然後下車付了車資，慢慢踱上前去，記住門牌，找一家點心店，坐下來守伺。

約莫半小時以後，看到張有全又出現了；還有一個並肩同行，邊走邊談的同伴；仔細一看，不由得驚喜交集。爲怕張有全萬一發現，趕緊拿起報紙遮住了臉。

這時有一個問題需要虞亞德即時解決，是否繼續跟蹤？他在想，如果他是金雄白，聽他談到這裡，一定頗爲興奮；但也一定會追問：以後呢？這樣一想，毫不遲疑地，丟了些零錢在桌上，起身就走。

一出門口，卻又想起一句俗語：「光棍只打九九，不打加一。」凡事不可過分；從法國公園跟蹤到此，收獲已多，應該知足，否則便成了「加一」，倘或爲張有全、陳龍發覺，變成打草驚蛇，豈非弄巧成拙。

反正明天在證券號還會見面，此刻不必多事。虞亞德解決了這個問題；旋即有第二個問題需要他解決，應不應該告訴金雄白？

這個決定很容易，多保持聯絡，總不是件壞事；於是取出金雄白給他的名片，上載電話號碼及時間，算起來應該此刻是在平報館。

一接通了，虞亞德報了姓名，隨即說道：「事情有點眉目了；小黃的表兄，跟姓陳的，大概有勾結——。」

「喔！」金雄白打斷他的話說：「亞德，你請過來，我們當面說，好不好？」

虞亞德知道這是他覺得電話中，不宜細談；好在路亦不遠，當即坐上一輛三輪車，趕回望平街平報館。金雄白已經關照過、司閽立即帶他上樓；那人也是短打，左腰上突起一橛，虞亞德細看方知他佩著手槍。

「請坐！」金雄白看一看表，指著小酒吧說：「請這面坐。」

於是，他一面調酒；一面請虞亞德開談，啣杯傾聽，聽完隨即有了一個頗具自信的結論。

「這張支票，當然是調給陳龍了；他剛才去看陳龍，一定是去問支票的下落。」說著，拿起電話接到他的銀行，查問那張支票，可有下落。

「怎麼樣？」

「仍舊沒有。不過，看樣子明天會出現。」

「那麼，我請教金先生，明天見著張有全，我應該怎麼說？」

金雄白想了一下答說：「仍舊不妨慢慢盤問，看他的反應，如果依舊隱瞞欺騙，不妨將你看到他跟陳龍在一起的情形，老實揭穿了它。看他怎麼說？」

「好！就這樣。」虞亞德續說：「金先生很忙，我就不打擾了。」

金雄白起身說道：「多謝亞德兄，在這裡便餐如何？」

「謝謝，改天吧！今天我有個飯局，說好了一定到，不便失約。」

「那改在明天中午好了。」

「好！明天中午來叨擾。」

一早先到冠生園吃早茶，約莫十點鐘左右，虞亞德安步當車去赴約；張有全神色匆遽地迎上前來，一開口便是埋怨：「老兄怎麼這時候才來？我等得好心焦。」

他拖住他說：「走、走，我們仍舊到法國公園去談。」

事實上在三輪車上便談了起來：「昨天跟你分了手，我就去看陳龍。」張有全說：「問他支票到哪裡去了。」

虞亞德大感意外，不由得就問：「你不是說陳龍跟你不太熟；又說支票是換給姓劉的。怎麼一下子變了陳龍呢？」

「對不起！」張有全面有愧色，「昨天我沒有跟你說眞話。」

「爲甚麼？」

「因爲，因爲——，這一點說來話長，先不必說它。總而言之，我是上了他的當；現在才知道陳龍這個人很陰險。」張有全又說：「怪不得你勸小黃跟他少來往；你是對的！」

這話自然使虞亞德深感安慰；同時對張有全也充分信任了，「請你說下去。」他問：「陳龍怎麼交代。」

「他說支票弄丟了。」

「有這樣的事？」

「是啊！我也不相信，我問他：你掛失沒有？他說沒有。我問：爲甚麼不去掛失？他就不講理了！」

「怎麼不講理？」

「他說：支票歸我了，掛不掛失，何用你多問，又叫我最好少管閒事。」張有全激動地說：「其中一定有毛病。我看小黃出事，一定是陳龍從中搗了甚麼鬼。」

虞亞德點點頭說：「我也是這麼想。」

張有全沉默了一會，突然問道：「我倒問你，你能不能找兩個人，把陳龍弄來，逼他一逼？」

「逼甚麼？」

「自然是逼他說實話；不說，請他吃頓『生活』。」

虞亞德想起平報館的司閽，覺得那支「手槍」或許可以借用一下；因而這樣答說：「或許有辦法，等我想一想。你先把這張支票怎麼到了陳龍手裡的經過，跟我先談一談。」

於是張有全談支票落入陳龍手中的經過：「有一天，他跟我說，小黃跟他合伙做一樁生意，進行到一半，小黃忽然不幹了；說這樁生意很難。不幹也不要緊，收了人家的定洋，要退回給人家；小黃不退，害他對人家難以交代。這自然是小黃不對，我說我來問他；他叫我不要問，說小黃不肯告訴我的。不過，他要我留心，看小黃有甚麼與平時不大相同的地方，譬如突然交了個新朋友這類的情形，一定要告訴他。」

「這就是說，陳龍要你替他做密探；偵察你表弟？」

張有全感到他話鋒銳利，很有力地答說：「話不是這麼說，當初我也是想把他們到底爲甚麼會有誤會查出來，好替他們化解。我哪裡會害小黃。」

「當然、當然。」虞亞德自覺話說得不大客氣，所以賠笑說道：「你不要見怪，我也是就事論事。現在請你說下去。」

「後來我告訴他，小黃要回鄉下去一趟；他問哪一天？我說，本來要走了，只為有一張支票託我去兌，所以耽擱下來，他就跟我要支票看，又說把支票調給他；錢第二天送給我。」

「你就相信他，把支票給他了。」

「是的。」

「錢呢？」虞亞德問：「有沒有給你？」

「給我了。」

「甚麼時候？」

「第二天。」張有全說：「那天一早，小黃就被日本憲兵抓走了。」

虞亞德將前後經過情形，細細想了一遍，覺得張有全的態度很可疑；其時車子已到了法國公園，虞亞德為了急於打破疑團，便邀張有全在法國梧桐下面的露椅上坐下來談話。

「老兄，有句話我實在忍不住要問。小黃是你的表弟；他的銀錢交給你經手，看起來你們表兄弟是很親熱的；既然如此，你有甚麼事應該跟小黃談，為甚麼只聽陳龍的話？譬如那張支票，陳龍為甚麼要換了去？其中顯然有毛病。這一點莫非你沒有想到？」

「我也想到的；不過沒有想到支票上會出事。」

「你既然想到，爲甚麼不問他緣故？」

「我也問了。他不肯告訴我；只好算了。」

「照這樣說，你很怕他！」虞亞德逼緊了問：「爲甚麼？」

張有全臉一紅，大有窘色；無奈在虞亞德那雙威嚴的眼睛逼視之下，不能不答，「是這樣，我做錯了一件事，弄了個把柄在陳龍手裡。」他囁嚅著說：「有一天他們邀我喝酒，不知怎麼樣喝醉了。一覺醒過來，他老婆脫得光光地睡在我身邊。」

虞亞德哈哈大笑，「白相人」不大講口德，遇到這種風流韻事，非「問過明白」不可；因此，他撇開正事，先開玩笑，「陳龍的老婆漂亮不漂亮。」他問。

「也不算漂亮。不過——。」

「不過怎麼樣？」虞亞德說：「你不要吞吞吐吐，老老實實告訴我；我幫你想辦法。」

「不是我吞吞吐吐，這件事說起來，我心裡很難過。」

「苦水——吐出來就不難過了。不過怎麼樣？」

「漂亮是不漂亮，不過風騷入骨。」

「怪不得！總是你平常勾搭過她；才會有這種事。」虞亞德又問：「多大年紀？」

「三十五、六。」

「乖乖，眞厲害的當口。」虞亞德想了一下問道：「既然脫得光光地睡在你身邊，那是你已經上手了。」

「我也搞不清楚。」張有全哭喪著臉說：「我醉得人事不知；怎麼上的床都想不起來。」

「嗯、嗯，」虞亞德又問：「醒了以後呢？捨不得起床？」

「哪裡！」張有全立即否認，「我一看這情形，嚇壞了，趕緊要起床；她老婆一個翻身壓住我，不讓我起床。」

「那，」虞亞德笑了，「你樂得享享艷福？」

「虧你說得出！莫非你還不懂，是怎麼回事？」

「我怎麼不懂，當然是仙人跳。不過，你連有沒有弄上手，都弄不清楚，就著了仙人跳，冤枉不冤枉？換了我，」虞亞德嚥口唾沫說：「一個翻身壓住她。」

「不過，」張有全忽然出現了微笑，「也不爭在哪一刻。」

「怎麼？」虞亞德大爲詫異，「莫非以後還有來往？」

「嗯！」張有全低聲說道：「常常出去開旅館的。」

虞亞德越感意外，「陳龍知道不知道？」他問。

「知道。」

「知道？」虞亞德問：「倒甘心戴綠帽子？」

「沒有辦法。」張有全說：「他不行了。」

「這一說，就跟仙人跳不一樣了。」虞亞德問：「你有甚麼筆據在他手裡？」

「自然是借據。」

虞亞德一時衝動，大聲說道：「我替你把這張借據要回來。」

「我的事不必急，如今先要救我表弟。」張有全又說：「關在貝當路憲兵隊，沒有錯；如果要送禮，我來想辦法。」

看張有全對小黃，補過之心，頗爲殷切，虞亞德亦有些感動；當即答說：「下午你在大東酒樓等我。我此刻就去看個很有力量的朋友。」

訂了後約，虞亞德立即去看金雄白，將經過情形，細說了一遍，彼此的判斷相同，陳龍與小黃所合作的那樁「生意」，必與謀刺周佛海一案有關；不知去向的那張支票，是導致小黃被捕的關鍵。

這一來，越使金雄白覺得有責任援救小黃；既然已可確定囚禁之地在貝當路憲兵隊，他決定到跟日本憲兵有業務聯繫的七十六號去想辦法。

於是打了個電話給林之江，約他在亞爾培路兩號吃午飯；順便將虞亞德約了去，不過不便讓他跟林之江見面，招待他在別室享用由於海運中斷，來之不易的阿根廷牛排，靜候佳音。

林之江比約定的時間來得早，一見面就說：「金先生，吃中飯謝謝了；虹口憲兵隊長打電話給我，有樁要緊事，馬上要趕了去。你有啥事情，請吩咐。」

「你有幾分鐘的時間給我？」

林之江看一看表說：「二十分鐘。」

「二十分鐘夠了，是這麼回事。」金雄白將小黃被捕的前因後果，約略說了一遍；然後又說：「正好你要跟虹口憲兵隊長碰頭，能不能託一託，討個人情？」

「不必！」林之江的語氣很輕鬆，很有把握，「既然原來想行刺周部長，我們照規矩到貝當路去提人好了。提了來怎麼辦，請周部長給我們一個電話，奉令遵辦就是。」

金雄白直覺地認爲這樣處置，簡單明瞭；因而欣然同意。

「光叫小黃，案子沒法辦；名字叫甚麼，在哪裡抓去的，這些資料要給我。」

「好！請你等一等。」

金雄白到別室問了虞亞德，取張紙記下來，交給了林之江。這一切只用了十五分鐘；

林之江便利用這五分鐘，打電話回七十六號，說明案情和辦法，關照立刻到貝當路日本憲兵隊交涉提人。

「大概今天晚上就可以提到。」林之江說：「你跟周部長先去接頭，如果電話先來，我一提到，做個口供筆錄，馬上放人。」

「費心費心！改日請你好好玩一玩。」

「金先生，」林之江低聲笑道：「要請我就要請張善琨。」

「一句話。」

送走了林之江，回來看虞亞德，將跟林之江接洽的情形都告訴了他。虞亞德自是又驚又喜。

「你明天早晨到我銀行裡來，預備接小黃。」金雄白又說：「現在可以開懷暢飲了！我叫他們拿瓶好酒來。」

取來的一瓶白蘭地，據說是眞正拿破侖當政時代所釀製的；虞亞德酒量不壞，一下子就喝了大半瓶，自然不免有些飄飄然了。

於是帶著五分酒意，十分興奮，坐了金雄白的汽車到大東酒樓；張有全是早就在那裡了。一看虞亞德的神態，便知事情相當順利；起身含笑問道：「怎麼樣？」

「慢慢說。」虞亞德坐了下來；先要一客冰淇淋，吃完了又喝一杯冰水，方始舒口氣說：「這下心裡熱得才好一點。」

「你在哪裡喝的酒？」

《平報》老板金雄白那裡。」虞亞德說：「事情不要緊了，七十六號去提人——。」

「輕點、輕點，」張有全急忙推一推他的手。

虞亞德也發覺了，在這種場合大聲談七十六號，惹得人人注目，是件很尷尬的事，於是放低了聲音，將如何由林之江關照七十六號，向貝當路日本憲兵隊將小黃提了回來；只要周佛海一個電話，便可釋放交涉經過，原原本本告訴了張有全。

「明天上午，你同我一道去看看金先生，先謝謝人家；然後一起去接小黃回來。」

「眞是！」張有全欣慰之餘，不免感慨：「只要有路，容易得很；找不著路子，比登天還難。」

「只要小黃一出來，陳龍是怎麼一件狗屁倒灶的事，都清楚了。」虞亞德又說：「如果他出賣了小黃，你看，我不會饒他。」

「算了，算了！不必多事。」

「咦！你爲甚麼這麼幫他？我倒不大明白。」

「還不是，還不是——。」張有全訥訥然無法出口。

「我懂了，我懂了！」虞亞德湊過臉去低聲笑道：「看他老婆的面子；不，看他老婆的大腿分上，是不是？」說完，哈哈大笑。

這醉態可掬的模樣，使得張有全大爲受窘；當即說道：「我還有件要緊事要請你幫忙。」

「甚麼事？」

「到車上再說，辰光來不及了。」

於是付帳款出門，在車上，虞亞德又問何事？張有全才告訴他，只是騙他離開十目所視大東酒樓而已。接著邀他到卡德池去洗澡；而且安排出一連串的節目，洗完澡睡一覺，出來吃夜飯；飯後去看童芷苓的「劈紡」；犧牲大軸的武戲到舞廳，帶相熟的舞女出來吃消夜。到時候再訂後約。

粉墨春秋（中）【經典新版】

作者：高陽
發行人：陳曉林
出版所：風雲時代出版股份有限公司
地址：10576台北市民生東路五段178號7樓之3
電話：(02) 2756-0949
傳真：(02) 2765-3799
執行主編：朱墨菲
美術設計：吳宗潔
行銷企劃：林安莉
業務總監：張瑋鳳

初版日期：2020年10月
ISBN：978-986-352-884-5

風雲書網：http://www.eastbooks.com.tw
官方部落格：http://eastbooks.pixnet.net/blog
Facebook：http://www.facebook.com/h7560949
E-mail：h7560949@ms15.hinet.net
劃撥帳號：12043291
戶名：風雲時代出版股份有限公司

風雲發行所：33373桃園市龜山區公西村2鄰復興街304巷96號
電話：(03) 318-1378
傳真：(03) 318-1378
法律顧問：永然法律事務所 李永然律師
　　　　　北辰著作權事務所 蕭雄淋律師

行政院新聞局局版台業字第3595號 營利事業統一編號22759935

定價：350元

國家圖書館出版品預行編目資料

粉墨春秋 / 高陽著. -- 經典新版. -- 臺北市：風雲時代,
2020.09　冊；　公分

ISBN 978-986-352-884-5 (中冊：平裝)

857.7　　109011565